天才醫女有點黑

1

風文創 1148

荔枝拿鐵 著

目錄

序文

荔枝拿鐵

我從小就喜歡古言，也從小就和其他同齡人不同，不愛那些熱鬧之處，又有些微的社恐……因此，平時除了玩玩遊戲、正常工作學習，便最喜歡在睡前讀些小說。

讀著讀著，不免開始自己幻想一些故事出來，就想著，是否也可以試著將這些故事寫出來呢？

於是，便有了這部小說。

這部小說我大概寫了六個月左右，因為我平時最不喜歡看的就是拖拉的情節、故作高深的文字，這本小說我儘量做到了簡潔明快、輕鬆直白。

另外，因為自己受不了那些BE結局，常因那些結局搞得心情抑鬱，寫作之初，我便決定不寫悲劇。所以，在我的書中或許會有遺憾、錯過、小虐，但絕不會虐到底！

真心希望讀者朋友們平日在為了碎銀幾兩奔波之後，能在我的書中找到一點點甜。

第一章

末世第三年，周瑜一槍貫穿最後一個喪屍的腦袋，望著遠處烏泱泱又過來的喪屍軍團，用袖子抹掉遮住眼睛的血污，絕望的仰頭望天，朝著背後的周瑾說道：「哥，看來今天我們是逃不過去了！」

周瑾齜了齜牙，呸呸吐出濺到嘴裡的血沫子，看著地上被他們兄妹爆頭的一眾喪屍，嫌棄地罵了一句。「奶奶的！阿瑜，就是死，老子也不能變成這群又髒又臭的東西！要是變成了這群東西，老子還不如死了呢！」

周瑜無奈道：「我也不想變啊，可我們身不由己，要不然乾脆我們自己給自己一槍得了？可就算死了屍體也得……哥，我也不想死後被這群噁心的東西給吃了啊！」

要想不變喪屍，唯一的辦法就是自盡，只有在被咬前就已經死透了才不會發生變異，可要是那樣，他們兄妹的屍體肯定會被喪屍分食殆盡，想想自己死後被撕得四分五裂，五臟六腑都被掏出來吃，周瑜就想吐。

看著越來越近的喪屍群，她急道：「哥，你快想想辦法！我們的屍體不能留給他們！」

周瑾看了眼槍裡的子彈，只有兩發了，而這裡距離他們的基地還有幾十里，肯定是回不去了。他們兄妹這次出來是來找物資的，回來的路上，開的大型越野露營車卻壞了，還沒修好就倒楣遇到一群喪屍，兄妹倆好不容易幹掉了這群數目不少的喪屍，可鬧出的動靜卻把喪屍大部隊勾來了。

看著已經逼近的喪屍大部隊，周瑾已經能清楚地看到他們臉上潰爛的傷口、白色的瞳仁了，心中一嘆，砰砰兩槍將帶頭的兩個喪屍爆了頭，拉起妹妹的手，就往旁邊不遠的露營車跑去。

算了，死就死吧！

「阿瑜，看哥多有先見之明？事先藏了這個！哈哈！炸彈一炸，屍體都碎成渣了……那群噁心傢伙也休想吃我們了！」

周瑾上了車就往車座底下掏去，將自己事先放那裡的炸彈舉起，朝著妹妹周瑜咧嘴笑道，又倏地斂了神色，難得溫柔地說：「阿瑜別怕，有哥陪妳呢！」

周瑜回了她哥一個微笑，握緊了她哥的手。「有哥在，阿瑜不怕！」

不管是末世前，還是在末世掙扎求生的這三年，有她哥與她相依為命，陪在她身邊，她從來都沒感到害怕過。而今天，哪怕到了終於要結束的這一天，看著車外近在咫尺齜牙咧嘴的喪屍，周瑜也不害怕。

「哥，要是有下輩子，我們還做兄妹啊！」

「成！下輩子哥還護著妳！哈哈，這群噁心東西！想吃我們，讓它們作夢吧！」

周瑾哈哈笑著，引爆了手裡的炸彈。

砰！

世界安靜了。

他們終於再也不用看見那群噁心玩意兒了！

「嘿嘿，小娘兒們，讓爺痛快痛快，到時候爺帶妳上山吃香喝辣啊？」

「嗚嗚……你們這群畜生啊！還我兒女命來！我跟你們拚了！」

「哎呀！妳個臭娘兒們竟敢咬爺爺？我看妳是想找死啊！老子打死妳個臭娘兒們！」

啪！啪！

周瑜覺得頭好疼，迷迷糊糊中聽到周圍嘈雜的聲音，心中納悶。

她不是死了嗎？怎麼還能聽到人說話的聲音？難道喪屍會說話了？還是她沒死？她明明記得她哥拉響手雷了啊？爆炸帶來的疼痛她還記憶猶新，怎麼會還活著呢？難道炸成爛肉還能活？

「老大，快別打了，都暈了！那群官差馬上就要過來了，咱們還是趕緊快撤吧！」

「嗯？竟然這麼快？這群擺設平時向來都是看熱鬧的，今兒是怎麼了？」

「誰知道呢？老大，若動真格的，咱可不是那群官差的對手，咱們還是趕緊撤吧！」

「嗯，旁邊那丫頭剛被我踹暈了，知道你喜歡雛兒，特意給你留的，你扛著那丫頭，老子扛這娘兒們，扯呼！」

「嘿嘿！還是老大想著小弟。」

「那是！行了，趕緊撤吧，都旱了好幾個月了，到了山上咱兄弟再痛快……哈哈！」

周瑜更納悶了，這都是什麼啊？又是老大又是小弟的，跟個古裝武俠片似的……自己這是在哪兒啊？就算她真活著，不也應該在基地的醫院嗎？醫院什麼時候變得這麼亂啊？跟在電影院似的。

正胡思亂想著，突然感覺一股大力將自己整個人給倒提了起來。

突然的拉扯讓周瑜難受得不行，瞬間的腦充血讓她本能睜開了眼睛，然後她就看見自己此時正倒掛在一個滿身汗臭的古裝男人肩頭，晃晃悠悠的被扛著跑。男人側前方還有一個粗壯男人，肩膀上同樣扛著一身古裝打扮的女人也正往山上跑。

誰能告訴她這他娘的什麼情況啊！夢嗎？周瑜狠狠地咬了一下自己的舌尖。

靠，好疼！

疼痛讓她混沌的腦子有些清醒過來，意識到自己好像真的還活著，連繫剛才迷糊中聽到的對話，周瑜猛然發現她好像就是那個老大口中的雛兒。

雖然很驚訝，但現在的情況周瑜也沒時間多想，反正聽對話就知道這兩個男的不是什麼好東西，那她也就不用客氣了。

於是她舉起胳膊肘，扭腰，側身，一手肘擊向扛著她男人的後頸。

雖然周瑜剛醒來一點力氣也沒有，但三年與喪屍搏鬥的經驗讓她熟知人體重要位置，頸椎骨正是其一，男人毫無防備之下被她擊了個正著，痛得嗷一聲慘叫就將她扔了出去，疼得抱著脖子蹲了下去。

周瑜在被扔出去的同時在空中一個翻滾散去被扔的力道，順勢就站了起來，看著捂著脖頸蹲地嚎叫的男人。

靠！挨了她全力的一肘竟然沒暈嗎？

然後她很快就明白了為什麼，看著自己的小胳膊、小腿震驚不已。

怪不得那老大這麼篤定說她是雛兒，這身體也就十來歲吧！她一百七的修長身材呢？去哪兒了啊？

「他娘的，妳個臭丫頭！敢打老子？」

周瑜還處在自己變了樣子的震驚中，剛才被她打了的男人緩過勁來就罵罵咧咧的撲了過來，在她前面不遠處扛著另一個女人奔跑的男人也聽見動靜停了下來，不在意的問道：「怎麼了老四？那雛兒也咬你了？哈哈，沒想到這娘兒倆倒都挺烈性的！趕緊弄暈吧，趕路要緊！」

被叫老四的男人應了一聲，脖頸處傳來的劇痛讓他整個人都氣紅了眼。

媽的，這小娘皮剛是想殺了他啊！要不是這丫頭力氣不夠，他的脖子非斷了不可！

眼看紅著眼的男人張著手臂朝著自己撲來，恨不得掐死自己的模樣，周瑜也沒空琢磨自己為什麼會變成小孩了，側身先躲過男人抓過來的手臂，知道如今自己的小身板不能硬碰，連忙四下摸索，啥也沒有，只能抓起地上的一捧土朝著男人的臉撒了過去。

萬幸，這地方位於山上，土夠多。

男人撲了個空，一回頭又被撒了一捧土，迷得眼睛張不開，氣得哇哇大叫，雙手不由自主去擦被迷的眼睛。

就是現在！

周瑜眼睛一亮，一個翻身就朝他撲了過去，目標是他插在腰上的短刀。

男人剛才或許是氣急了，或許根本沒將她這個小女娃當回事，撲過來時根本沒有想起來拔刀，但周瑜卻一眼就看見他插在腰間的短刀了。

男人感覺腰間動靜，頓時也明白周瑜的目的，顧不得眼睛刺痛，雙手也朝著周瑜奪刀的手伸去，想將刀奪過來。

但哪裡還來得及？周瑜先他一步一把將他腰間的刀抽了出來，在男人貓腰去奪刀的同時抬起刀奮力滑向了他的脖子！

這一切都發生在電光石火間，男人甚至都還沒反應過來，只能捂著脖子跪倒在地上發出了幾聲咯咯的聲音，就圓睜著雙眼朝地上摔去，到死都不敢相信自己竟然會死在一個小丫頭手裡。

「老四！」

同樣不敢相信的還有被稱作老大的男人，不敢相信僅僅幾個呼吸間他兄弟就被眼前的小丫頭給殺了？

他立刻笑不出來了，親眼看見老四幾個回合間就被殺死，讓他對眼前的小丫頭不敢再掉以輕心，急忙將肩上扛著的女人扔地上，將腰間的長刀抽出來握在手上，朝周瑜撲了過來。

「臭丫頭！沒想到妳竟然會武？讓妳爺爺領教領教！」

周瑜心裡大驚，她現在這具身體簡直弱得離譜，剛才殺第一個叫老四的男人就已經讓她感覺力氣都用盡了，再對付這個明顯比老四高壯還帶武器的老大，實在是有些力不從心。

而且從男人攻來的角度和力度看，這個被稱作老大的男人顯然武藝不弱。

周瑜在末世就不是多厲害的人，也就槍法、箭法還行，如今在力竭的情況下就更不行了，勉力接過這個被稱作老大的男人一刀，手腕一陣劇痛，手裡的短刀就落了地，眼看著男人高高舉起了長刀。

老天爺大概是耍她玩吧？讓她活過來然後再讓她被殺嗎？

周瑜苦笑著，但想像的劇痛並沒有襲來，反而是男人的慘叫聲響起，她抬頭一看，就見一個一身古裝的少年正拿著一根粗棍子，朝男人後腦一棍一棍的揮下，邊打邊罵道：「我靠！讓你個臭山匪不敢動官差卻在這兒欺負女人，讓你他媽的想上老子的便宜娘，還在這兒打老子妹子，去死吧你！」

眼見那個老大被少年幾棍子就打得撲倒在地，腦後的鮮血同腦漿一併冒了出來，周瑜都替他疼得慌，但聽著眼前少年熟悉得不能再熟悉的粗話，看著他揍人時那熟悉的狠辣動作，周瑜又忍不住興奮起來。

「哥？」

「呃？呵呵，大……妹吧？哥哥在呢！」

周瑾聽見周瑜喊他，不敢確定眼前的女孩穿沒穿成他妹妹，只能模稜兩可的回了一句，記憶裡這丫頭也是他原身的妹妹。

大妹？周瑜皺眉，有些不確定眼前這人是不是她哥了。她哥向來叫她阿瑜的，也就她一個妹妹，怎麼叫她大妹呢？

但她又覺得剛聽見的那句我靠十分像她哥的風格，想了想又試探了句。「喪屍？」

周瑾立刻瞪大眼。「我靠！阿瑜？真的是妳？妳也穿了！真是太好了！」

周瑜在周瑾的幫助下殺了兩個山匪，神情一放鬆，還沒來得及跟她哥溝通，腦子裡屬於原身的記憶就紛紛湧了出來。

一旁的周瑾看她抱著頭不動了，知道妹妹應該是和他一樣出現原身的記憶了，可能需要幾分鐘的時間。一時也沒事幹，看不遠處兩個死了的山匪實在礙眼，就將他們的屍體踢一旁的懸崖下去了，等踢完，才驚覺自己好像忘了搜他們的身了。

唉，疏忽了！周瑾暗嘆。但看那懸崖還挺深，只好算了，而這時周瑜的頭痛也過去了，記憶也接收完了。

周瑜接收完原身的記憶睜開眼，看見一旁有些興奮的看著她的周瑾，也高興得笑起來。死而復生的感覺可真是太好了！

雖然記憶裡他們不僅穿越到了落後的古代，還穿越到跟全族一起流放的途中，開局也是困難重重，但這個世界他娘的沒有喪屍啊！光這一點他們就賺到了。何況，她還和她哥穿到了一起，這輩子依然還是兄妹！

想到以後再也不用擔心被喪屍吃掉或者被咬，那些什麼科技文明、高樓大廈、手機電腦的，周瑜都可以當它們是浮雲。真是，要什麼自行車啊？比起在沒有喪屍的世界活著，別的都算個屁！

「哥，接下來我們怎麼辦？」周瑜摸著自己如今的小瘦臉，朝一旁的周瑾笑問道：「要我說我們反正已經離開了流放隊伍，要不乾脆逃跑算了？」

這古代又沒有監視器，逃了應該也不至於被捉吧？

周瑾一聽就知道他妹在想什麼，手指習慣的彈了彈他妹的額頭，才道：「妳以為沒有監視器，我們就能想跑哪兒跑哪兒？可別天真了！據我所知，呃，不，據原身記憶裡所知，這個大燕朝的戶籍制度是很嚴苛的，進出縣城以上的城鎮都得出示身分證明和村裡開的通行證才行，那身分證明上妳的出身、住址、年齡、樣貌特徵都寫得清清楚楚，不比身分證差多少的！要是沒人幫護，根本沒地方可藏！」

「那……」

「打住，妳想說可以逃到鄉下去是吧？告訴妳，鄉下也不好藏，尤其是我們這種一點當地情況都不瞭解的陌生面孔，一進村就會被人發現了。妳想啊，村人都是幾輩子、十幾輩子就在村裡住著，輕易不搬家的，人口流動性那麼小，我們要是去了，能不引人注目嗎？妳當古代人都是傻子啊，見妳臉生就先把妳給抓了！除非我們躲到深山老林去，在山上茹毛飲血的過一輩子才能保證不被發現。要那樣，我們還不如先跟著流放隊伍走呢，先走一步算一步，萬一有危險我們再逃也不遲。」

周瑜嘆口氣道：「那也只能如此了。」

畢竟她也不想剛逃過被喪屍吃，就被山上的豺狼虎豹給吃了啊！

周瑜的原身就是一個大門不出二門不邁的小姑娘，記憶裡除了跟著她娘學寫字就是學刺繡，對她哥說的這些個大燕律例、國策什麼的是一點也不知道。

她還以為穿到了古代就能跟那些古裝片裡大俠似的肆意行事呢，比如郭靖黃蓉、楊過小龍女之類的，唉！原來不行啊！

「唉！」周瑾也嘆了口氣。「我們快別耽誤時間了，回流放隊伍前，還得先找到我們的娘，記憶裡她也被山匪捉走了，我們既然占了她兒女的身體才得以重生，怎麼也得替原身好好照顧人家的娘吧！唉！這座山可不小，也不知那群山匪的老巢在哪兒？還來不來得及將原身的娘給救出來！」

周瑾是男人，當然知道那群山匪捉女人想幹麼，想到原身娘那標準的三從四德的價值觀，這萬一要是已經被那啥了，也不知道還能不能活著。

他們娘？

周瑜腦子裡冒出原身娘鄭氏溫柔美麗的臉。

好像……剛在哪兒見過……唉呀！她想起來了！可不就是剛被山匪老大扛著的女人嗎？剛才好像被那山匪老大扔地上了！

「呃……哥，我們娘好像就在那兒！」

周瑜在四周巡視一圈，果然見東面十來米的草叢裡，她娘還在那兒躺著呢！

「我靠！還真是！」周瑾順著周瑜的手指看向不遠處的草叢，一眼就認出那裡躺著的女人衣衫，可不就是記憶裡他娘今天穿的衣服顏色嗎？

周瑾忙朝著女人跑去，邊跑邊埋怨周瑜。「知道妳不早說！」

「天地良心，哥，這真不能怪我。」周瑜也跟著她哥跑，邊跑邊解釋。「我這不剛接收了原主記憶還沒徹底融合，剛又只顧著興奮了，才一時沒想起來……」

周瑾沒空搭理她，兩人剛殺山匪的地方本就離鄭氏被扔的草叢不遠，也就十來米距離，瞬間就到了。

周瑜前世是學醫的，看鄭氏躺地上不動，急忙上前用手去試探她還有沒有呼吸，又俯身去聽她的心跳，見呼吸還算平穩，心跳也有，才鬆了口氣。

「吁！沒事，應該只是暈過去了！不過她心跳太快了，大概是低血糖了，得趕緊給她補充糖分才行，要不這麼昏下去也會有生命危險。」

周瑾朝著林子裡四下看看，除了樹就是草，只能搖頭道：「這破地方上哪兒找糖水去啊！我看還是趕緊回流放隊伍吧，看能不能跟族人想辦法先借點……」

「行，沒有糖水，鹽水也行，我們趕緊走！」

「嗯。」

兄妹倆合力將鄭氏扶到周瑾背上，兩人一個揹一個扶，朝著記憶裡的流放隊伍走去。

第二章

流放隊伍這邊，官差頭子宋衙役這時候正在滿心不耐煩的應付吹鬍子瞪眼的周閣老，他覺得周閣老可能做學問做得有點傻了，自從那幾個女眷被抓走後，就一直跟他折騰個沒完，一直質問他們為何身為押送官差不保護女眷？

他回答山匪來得太突然，他們來不及反應，這老學究又問那為什麼反應過來不派兵追擊？他被煩到派了人，他又質問為何要耽誤這麼長時間？這麼長時間過去了，女眷都被搶上山了，追回來有什麼用？

……怎麼什麼話都讓你說了?!為什麼我們必須保護女眷啊？我們是管押送的官差又不是鏢局！你們現在是流放的人犯又不是我們押送的鏢！老子的弟兄家人也都等著弟兄們平安回去呢！憑什麼要為你們這些人犯拚命啊？

他真不知道這老學究這些年的官是怎麼當的，怎麼當了這麼多年權貴了還這麼天真呢？真當這流放三千里是鬧著玩的？敢情他們這些衙役在他眼裡，就是陪著他一路遊山玩水，順便當保鏢的？

宋衙役百口莫辯，想將心裡的話噴眼前老頭臉上，想揪著這老學究的耳朵告訴告訴他。

您老真當那些被判流放的人一路上九死一生都是病死的啊？老人家，你們現在是人犯啊！那些被搶的女眷也不再是夫人、小姐，誰還會把她們當人啊！

這是離京都還不遠，他手底下弟兄不敢太造次，等離得遠了，他們弟兄就得先找幾個鮮亮的痛快痛快。都不用他們用強，一個饅頭、一碗濃粥，到時候她們的男人就會自動將他們的妻女給送過來！

不過這些話宋衙役也就敢在心裡罵，要是說出來就直接把眼前的老學究給得罪了。臨行前宋衙役的上峰特意將宋衙役叫了過去，暗示他這一路上對這老學究客氣點，宋衙役深知這是上面有人給他上峰打招呼了，所以他還真不太敢得罪這位昔日權貴。

畢竟這老學究是做過皇子、皇孫老師的人物，門生故舊裡幾乎都是大燕的頂峰人物，現在雖然被抄家流放，但誰知道會不會有東山再起的一日啊？他們這些大老，失勢得勢反反覆覆的，誰又敢妄下定論呢？

再說臨行前他們弟兄也得了這老學究親朋好友送的不少好處，這趟差事的油水頂平時好幾趟了！俗話說拿人錢財與人消災，宋衙役也願意給這位一點面子。

「快看，那些官差回來了！」

「咦？好像只有官差，一個女眷也沒有啊？」

「唉呀！這下完了，恐怕是一個也沒救回來！」

「唉唷！老天爺唷！我苦命的杏兒唷……」

「你看他們，連衣角都沒破，莫不是在林子邊轉了一圈就回來了吧？」

「可不是！還說去追擊山匪，追擊山匪怎麼可能一個也沒追回來？當我們傻子呢！」

隨著追擊山匪的官差小隊空手回來，流放隊伍頓時喧鬧了起來，一時說什麼的都有，尤其是家裡女眷被山匪抓走的人家，見周閣老朝宋衙役發火，宋衙役一聲都不敢吭，也就跟著越發大膽的哭鬧起來。

其中一個媳婦兒被山匪抓走的男丁更是憤怒的揪住一名剛過來要同宋衙役彙報的衙役的脖領子，叫嚷了起來。「夫人！我夫人呢？你們怎麼辦事的？為什麼沒救回我夫人……」

宋衙役見了實在一肚子氣，他這個人，既然敢帶隊跋涉幾千里的押送人犯，本身就是個膽大的，脾氣自然也好不到哪兒去。他肯給周閣老面子是因為對周閣老的身分有所顧忌又得了不少好處，但這可不代表他誰的面子都願意給。

真他奶奶的見鬼了！難道是個人就想拿他當軟柿子捏？

他這會兒正被周閣老知乎者也念咒似的念得滿心不耐煩，見押送的人犯竟敢在他面前放肆，哪裡還忍得住？直接就抽出腰間掛著的鞭子，朝正揪著他手下的男人抽了過去，邊抽邊罵自己手下。

「還不給老子打？等著投胎呢！老子不說話真當老子病貓啊！」

押送人犯的衙役們人手一條鞭子，鞭子上都帶著倒刺，路上若是看見有人走得慢或者不聽話，這鞭子就會抽過去，一鞭子就是一道血口子，厲害得很。那男人只挨了宋衙役一鞭子就慘叫起來，幾鞭子下去就疼得躺在地上打滾，哀號著求饒。

一旁的周閣老心中一堵。這他娘的是抽雞給他看吧？

眾衙役們因為周閣老的鬧騰不得不頂著日頭跑了一趟，雖然只是做做樣子，但也白走了半天路，心裡此時都忍著氣呢。

如今見他們頭兒都發了話，那還有什麼可猶豫的？紛紛揚起鞭子朝著鬧騰的人群抽了過去，也不管誰是誰，看見誰哭鬧就抽誰，頓時流放隊伍裡的抱怨聲就沒了，慘叫聲紛紛響了起來！

其中一個小胖子的叫聲分外響亮，堪比海豚音。

「啊——娘啊！疼死小爺了！嗚……你們憑什麼打人！嗚嗚，祖父快救我！」

這小胖子正是周閣老的小孫子周珞，在家時十分得寵，被嬌慣得不行，這次閣老府雖遭了難，但因為他年紀小，家人又護得緊，也沒吃什麼大苦頭。

家人的保護讓小胖子並未覺得流放抄家有多可怕，只感覺吃食難吃了很多而已。但今天親眼看見山匪衝進人群搶人，甚至搶他阿娘時，小胖子才嚇壞了！又因為看見他爹為了護著他和阿娘，被山匪給砍得滿胳膊流血，小胖子終於忍不住哭了。

但這時候家人都忙著安撫女眷或給他爹裹傷，小胖子無人安慰，就咧著嘴想去找最疼他的祖父抱抱。結果路上碰上被山匪搶走了娘親，正抱在一起哭的周璃和周瓔兄妹倆，頗覺得同病相憐，就停下來跟著兄妹倆一起哭，正哭著呢，後背就挨了一鞭子，小胖子疼得不行，張嘴就嚎了起來。

周閣老正低頭找角度想去撞一旁正暴虐的抽人的宋衙役，就聽見小孫子淒慘的求救聲，忙順著聲音望過去，就見不遠處一個衙役正舉著鞭子抽他孫子。

你個小祖宗！還不快躲開？光哭個球！

周閣老見傻孫子連躲都不會躲只知道哭，眼看著又挨了一鞭子，急得跺腳，邁著老腿以前所未有的速度就衝了過去，一把將他孫子護在懷裡，吹鬍子瞪眼的朝著要揍孫子的官差斥道：「有種你打老夫！打我孫子算什麼本事！」

那衙役一看是他，心道自己是沒本事打人，扭頭就去尋找下一個目標了。一旁正摟著周璎哭的周璃見了，深怕也跟小胖子一樣挨上一鞭子，極有眼色的拉著小妹往周閣老後面躲了躲。

周瑾兄妹在一片兵荒馬亂的情況下揹著鄭氏走進流放隊伍，因為隊伍裡正混亂，兩人一直到走近人群才被眾人發現。等眾人反應過來，不管是正打人的還是正挨打的，或者沒打人也沒挨打的，都震驚不已，誰也沒有想到他們娘仨還能完好無缺的活著回來。

宋衙役也忍不住停了鞭子，驚訝的看向周瑾。

沒想到這小子竟真的把他娘和妹妹給追回來了！雖然不知道他怎麼辦到的，但宋衙役還是忍不住讚了一聲。「好小子！還真把你娘和你妹給救回來了！」

周瑾正想著怎麼跟族人或官差張口好借些糖水，見宋衙役主動跟他說話，哪有不抓住機會的理由？連忙揹著鄭氏上前幾步，朝正舉著鞭子的宋衙役鞠了一躬，彷彿沒看見他剛還在抽人，咧嘴笑道：「官差大哥，有糖水嗎？能否借小子一點，我娘急需糖水救命呢！」

眾人皆對周瑾這表現頗為無語。

片刻後，也不知是不是周瑾的那句官差大哥取悅了宋衙役，還是純粹打人打累了，宋衙役聽完周瑾的話，還真的讓人拿了一塊紅糖化了水給周瑾送過來。

周瑾得了糖水，忙又跟宋衙役道謝，才將鄭氏放在一旁的草地上，兄妹倆一個人半跪著抱著鄭氏，一個人將糖水給她餵進去。

萬幸，喝完糖水後不一會兒鄭氏就悠悠醒來，周瑜偷偷給她把了把脈，發現她的心跳比起昏迷時慢多了，吊著的一顆心才放了下來。

這時候兄妹倆才發現流放隊伍裡的人都在注視他們，而一股詭異的氣氛正在流放隊伍裡蔓延。

「呃？大家……」周瑾剛想說點什麼，就被一陣隱忍的抽泣聲打斷，然後就見一個小人兒牽著另一個更小的人兒抽噎著從人群裡冒了出來，朝他們撲了過來。

「嗚嗚……娘！嗚嗚……大哥、大姊！他們都說你們回不來了！阿璃都要被嚇死了！」一直強忍著害怕在照顧妹妹的周璃再也忍不住，撲進鄭氏懷裡哇的哭了出來，看他哭，一旁的小妹周瓔也跟著哭了。

鄭氏剛醒過來，就見大兒子、大女兒都好好的蹲在面前，此時又見懷裡的一雙小兒女也都安然無恙，頓時被巨大的驚喜激得差點又暈過去，還是周瑜發現她臉色不對，急忙掐她虎口，才讓她緩過氣來。

鄭氏頓時喜極而泣，抱著四個孩子大哭起來。哭聲情真意切，既有失而復得的驚喜，又有劫後餘生的後怕。

周瑾幾個的突然出現打斷了衙役們揍人的節奏，周閣老見族裡鬧騰的人都已經被打得皮開肉綻，懷裡的小孫子也被這些官差嚇得快哭暈了，雖然知道宋衙役打人有殺雞給自己看的意思，也不得不黑著臉趁宋衙役停下鞭子時上前說情。

「呃，宋衙役，能不能看老夫薄面不要再打了？都打殘了接下來也不好趕路，再說，要是傷亡太多你也不好交代不是？」

宋衙役打半天也累了，這一停才發現自己的脾氣發得有點大，將周閣老的族人給揍得不輕，見周閣老找了過來，面上也有些訕訕的，忙讓手下停了手，笑著想跟這老學究解釋兩句，畢竟懷裡人家親朋給塞的銀子還燙著手呢。

「老太爺，真不是小人想動手，可您老剛也看到了，按您的要求弟兄們該追山匪也追了，該受的累也受了，雖然沒將被劫的女眷救回來，但弟兄們也盡力了不是？結果呢，弟兄們辛苦半天也沒落好不說，還被您的族人給指著鼻子罵……」

周閣老想說你盡力你奶奶個屁！但到底怕自己說出來宋衙役再藉故打人，話到嘴邊又給嚥下去了，只黑了臉強忍著不開口。

周閣老其實是好意，知道他自己這張嘴直來直去沒有把門的，怕一張嘴又說出什麼難聽話來。結果宋衙役見了反倒誤會了，以為自己陪著笑臉想給彼此一個臺階，可面前的老頭卻有點不想給他臉，心裡的氣忍不住又冒了出來。

「呵，您老也別怪小人發脾氣，小人沒讀過幾天書，不懂您說的那些大道理，但小人卻知道今兒要是有人劫掠我的妻女，那首先得從小人的屍體上踏過去！可您老看看，您這群族人在山匪來的時候都幹了什麼？」

宋衙役用手指指草地上因為護衛家裡女眷死了的兩個男人和一旁不明狀況的周瑾，接著說道：「那群山匪也就二十幾個吧？您族人多少人？光青壯加一塊兒就有小二百人！但凡多幾個和這兩位或者這小子似的，那群山匪能得逞？結果他們自己沒骨氣，畏縮著不敢上前，自個兒躲一旁當王八，卻讓我們弟兄為他們拚命，到哪兒也沒這個道理吧？」

真是！一頓鞭子就鬼哭狼嚎的窩囊廢，都成階下囚了還當自己當年在京裡耀武揚威的日子呢！

周閣老對此話無法反駁。

好吧，他也承認宋衙役這番話有些道理，說實話這群窩囊廢他也看不上，亦覺得自己這時候人在屋簷下更應該與人為善，畢竟宋衙役對他也算尊敬，並沒有太為難過他們一家，他也應該給人家些面子才行。

但奈何周閣老平生除了做學問，最愛的就是抬槓和辯論，在升任內閣大學士之前又在御史臺待過，養成了有論不辯就渾身難受的毛病。此時聽見宋衙役直接將責任都推到了他們這邊，絲毫沒提己方不作為這一點，周閣老就忍不住想同他說道說道了。

「你這話說得就未免有失偏頗了，所謂……」

「父親！您再耽擱著不給珞兒裹傷，是想讓你孫子疼死嗎！」周閣老的大兒子周澤林被自家大兒子周珀攙扶著趕了過來，及時攔下他父親接下來的話。

周閣老這才想起懷裡的寶貝孫子來，見小孫子這會兒疼得臉都白了，抽噎聲都小了，也顧不得跟宋衙役辯論，忙帶著小孫子回去上藥了。

周澤林在周閣老倒臺前已經在鴻臚寺任職多年，專管接待外賓，比起只喜歡研究學問，教皇孫讀書的老子周閣老，於人情世故上不知強了多少。

山匪下山劫掠時，他忙著護衛家裡女眷，胳膊上也被劃了一刀，正忙著裹傷，一個不留神他爹就跑宋衙役那邊吹鬍子瞪眼的鬧騰去了。

周澤林知道後氣得都翻白眼了，一口氣差點就上不來，差點成了被自己親爹給活活氣死的古今第一人。

這老爺子這是嫌大罵今上，害得一家子抄家流放還不夠？還想讓一大家子更慘點嗎？如今一家子沒有被今上給直接砍了腦袋，就想著流放路上讓宋衙役再給整死幾個嗎？

周澤林真想眼睛一閉不再管他爹惹的破事了，但自己投胎挑的親爹，想換也換不了，他爹倔脾氣上來能不管不顧，他卻不能扔下一家子不管，只能強撐著繼續來給他爹擦屁股。

勸好了老爹，周澤林才抱著傷胳膊朝著宋衙役躬了躬身，笑道：「這幾日多得宋差爺關照，鄙人一家甚是感激，周某在此謝過了。老父年老頑固，又喜與人爭辯，但實沒壞心，有得罪之處，還請您多多包涵，萬望宋差爺不要怪罪！」

「哈哈，唉唷！周老爺這句差爺小人可不敢當，您還是叫我宋衙役吧，要不非折煞小人不可，小人有幸得老太爺幾句教誨高興還來不及呢，哪裡談得上怪罪啊？哈哈！」

宋衙役笑著避開周澤林的禮，朝他亦抱了抱拳，覺得可算出現個懂事的了。

兩人都是明白人，知道如今兩人身分過從甚密反而不好，又寒暄兩句就分開了。

宋衙役見時候也不早了，忙吩咐手下指揮隊伍裡的男丁將因為護衛女眷死了的兩個男丁挖坑埋了，就又押著流放隊伍繼續上路。

因宋衙役今天的一場鞭子，流放隊伍安靜了不少，不管是挨鞭子的，還是因為山匪劫掠受傷的，都不敢高聲喧譁，都強忍著疼痛，默默地跟著前面的隊伍走，就怕走得慢了被後面的衙役看見，再吃一頓鞭子。

整個隊伍除了兩家死了男丁的家裡偶爾傳出幾聲抽泣聲外，就剩下走路的沙沙聲和戴腳鐐的男丁們走路時發出的金屬碰撞聲。

周瑾兄妹一人揹著一個竹筐，竹筐裡一個放著他們的全部家當，一個坐著小周瓔，鄭氏牽著小周璃，一家子默默地跟在人群中，就這麼走啊走、走啊走……漫長而沒有盡頭。

長途跋涉麻木而痛苦，宋衙役等官差還能換著坐車休息，周閣老也因為宋衙役的特殊照顧，帶著小孫子蹭了一輛騾車的犄角，但別人就沒有這個面子了，不管男女老幼都只能靠兩條腿步行。

周瑜原身的身體本就很弱，走到後來，這跋涉對她來講就猶如酷刑，覺得每邁出一步，腿腳都跟針扎似的疼痛，能勉強跟著不掉隊，全靠周瑜這個來自異世的成年靈魂在咬牙強撐著。

周瑜緩解身體疼痛的方法就是分散注意力，趁著這段痛苦的時間，將她在腦子裡原身的記憶整個梳理了一遍。

第三章

記憶裡原身兄妹所在的周家也算望族，尤其在族裡主支的周里安升任內閣大學士兼太子少師之後，周家在京都也曾炙手可熱了十幾年。

原身兄妹的祖父周瑞福周老爺子是周里安沒出五服的旁支堂弟，本來一家子就是個在老家種地的小地主，但周老爺子不是個安於現狀的，又會鑽營，看閣老府在京都過得風光，就帶著一家老小投奔了過來。

一家子這些年靠著閣老府日子過得很不錯。雖然沒有閣老府風光，但因為背靠閣老府，家裡的買賣也沒人敢刁難，周老爺子又是做生意的一把好手，十幾年下來不說掙得盆滿缽滿，也算家財頗豐。

周老爺子一共有三個嫡子、兩個庶女，庶女早早就被周老夫人馮氏嫁得遠遠的了，如今家中只餘三個嫡子。

長子名喚周旺祖，娶妻孫氏，共有五個子女，其中長子周珠，長女周瓊，次子周耀都是孫氏所生，兩個庶女周玲、周珍分別是柳姨娘、楊姨娘所生。

次子周旺業，娶妻甄氏，續弦錢氏，共有三個孩子，長女周琳和長子周瑚是已故的先二夫人甄氏所生，次子周環是錢氏所生，周旺業還有一個出身青樓的小妾尤氏，沒有子女。

三子周旺舉，娶妻鄭氏，也是四個孩子，分別是長子周瑾，長女周瑜，次子周璃，次女周瓔，都是鄭氏所生。

三個兒子只有周旺舉不負周老爺子所望中了舉，但可惜的是中舉後沒幾年就因一場傷寒去世，留下了鄭氏幾個孤兒寡母。

馮氏本就不喜歡長得妖媚的小兒媳鄭氏，又因為心愛的小兒子驟然離世，且離世前大夫說小兒子之所以一場風寒都挺不住，是因為最近幾年飲酒縱慾過度，早就掏空了身子的緣故，馮氏就更看這個兒媳不順眼了。

她這時候也不想，周旺舉自從中舉後就得意忘形，終日與人醉酒狎妓，鄭氏規勸丈夫時她還在一旁攔著只一味偏袒兒子。她就覺得是鄭氏沒日沒夜的勾搭他兒子，才讓他兒子掏空了身體，年紀輕輕就丟了性命！

馮氏看鄭氏不順眼，連帶對鄭氏生的幾個孩子也不喜歡起來，處處苛待。周老爺子也因為最有可能讀書成材的兒子突然死去厭惡了鄭氏，對馮氏苛待兒媳的行為睜一隻眼閉一隻眼，府上的其他人更是見風使舵的好手，所以鄭氏他們自周旺舉去世後的日子過得著實算不上好。

好在鄭氏本就是個不爭不搶的性子，骨子裡又十分恪守本分，自周旺祖死後只一心給丈夫守孝，照顧教養子女，對於一家子的苛待則能忍就忍。加上鄭氏自己的嫁妝頗豐，又有娘家時常接濟，生活也能過得下去。

鄭氏本想著日子就這麼過下去了，等她幾個兒女長大她也就熬出了頭。誰知道天降橫禍，閣老府突然間就犯了事，被抄家不說還被判全族發配三千里，周老爺子一家自然也在這全族之列，鄭氏母子幾個也跟著受了牽連。

俗話說，一人得道雞犬升天，但也還有一句，一榮俱榮，一損俱損。

周老爺子家因為與周閣老同族，巴著閣老府享了十幾年的富貴後，在周閣老因為大罵今上弒殺暴虐，被判革職抄家，全族發配遼東的時候，他們家也跟著受了牽連，全都當了陪綁。

當然，當陪綁的可不止他們一家，周閣老沒出五服的族親全都在列，男女老少共計三百九十二人。

好幾百人的流放隊伍，幾十人的押送官差，再加上拉著幾百人口糧的七、八輛騾車，行動起來，那真是浩浩蕩蕩，頗為引人注目。

因為隊伍規模太過龐大，自然不能穿街過巷，這一路上都要挑離城池頗遠的路走，大多都是荒郊野地。碰上偏遠路旁的驛站還好，還有個院子能遮遮風，也能打些清涼乾淨的井水喝，要是碰不上，就只能露宿荒野。

幸虧現在是六月，不用擔心被凍死，但暑熱也照樣熬人，尤其在他們每天都要行進至少五十里的情況下。

因為怕流放途中男丁作亂，大燕律規定發配途中凡弱冠以上的男丁全都要戴上腳鐐，凡十三歲以上五十五歲以下的男丁在發配前還都要挨一頓廷杖。

這一頓廷杖下來，本就傷得不輕，再加上天氣炎熱傷口化膿，發配隊伍只出來五天，剛離了京都二百多里，就已經因為感染死三名男丁。

這還不算，因為流放隊伍一直在荒郊野外行走，不光要擔心中暑、傷口感染，還要擔心偶爾下山覓食的野獸，藏在草叢的蛇蟲鼠蟻，甚至攔路搶劫的山匪……簡直是怎一個慘字了得！

周瑾、周瑜兄妹穿過來前，流放隊伍就剛剛遇到了一小股山匪襲擊，不過這股山匪的目標並不是劫財，而是劫色。幾十個山匪突然拿著砍刀闖進流放隊伍，見著年輕女子就搶，搶了就跑，有的家裡男丁反應快想要阻攔，這股山匪直接提刀就砍。

隊伍裡的成年男丁都挨了廷杖，又戴了腳鐐，加上平時又養尊處優慣了，哪裡是山匪的對手？見幾個男丁被山匪砍死、砍傷後，大部分男丁都退縮了。

這群退縮的男丁也包括周老爺子和他的兒孫們，在鄭氏剛將幼子、幼女藏好，轉身想去護著長子、長女後不幸被山匪發現搶走時，畏縮不前，當了烏龜。

周瑾的原身發配時正好十二歲多，十三未滿，幸運的躲過了廷杖，也沒有戴腳鐐，見到他娘被搶走，一急就追了上去。周瑜的原身比周瑾還小兩歲，見哥哥追著山匪跑了，也慌張跟上，結果兄妹倆追了沒有多遠就被山匪發現，雙雙被打死，末世的周瑾兄妹就此穿了過來。

周瑜邊整理原身記憶邊跟著流放隊伍走，走得周瑜覺得腳下都發飄了，整個人跟騰雲駕霧似的，宋衙役才揮了揮手裡的鞭子，在一處挨著水邊不遠的林子邊喊眾人停下來，這時候天已經黑透了。

這幾天的流放生活讓人們都有了經驗，見隊伍停了，眾人都顧不得疲累，紛紛跑進林子裡找起晚上能休息的乾燥位置來。林子只有這麼大，好位置可不多，要是不幸挨著水邊，那漫天飛舞的蚊蟲可真能將人咬得一宿睡不了覺。

鄭氏也迅速帶著幾個孩子朝一處有點偏但好歹乾燥的樹底下衝了過去，幸運的搶在幾個人前面將位置先占了。

而走在他們後面的周家人就沒有那麼幸運了。

衙役們揍人的時候，周旺祖和周旺業兄弟倆都因躲閃不及被抽了幾鞭子，加上前幾天受的廷杖還沒好，身上舊傷加新傷，這一路都是被小妾攙著才能走，所以連帶著一家子都跟著走得很慢，漸漸地就落到了隊伍後面。因此等周老爺子帶著家人過來時，好地方都已經被人占完了。

一家子找了一圈也沒找到合適的落腳處，正不得不去河邊找的時候，就看見鄭氏娘兒幾個待的位置了。

馮氏立刻就帶著兩個兒媳婦朝鄭氏他們走了過來，到了近前也不用她親自開口，她的大兒媳孫氏便趾高氣揚的對鄭氏一家大聲說道：「三弟妹，還不趕緊將地方讓給爹娘？沒看到娘都累壞了嗎？」

周瑾此時剛將帶的蓆子鋪好，聞言皺了一下眉，剛想說話，就見記憶裡一直唯唯諾諾的鄭氏先他一步指著一旁的一處空地開了口。「那處還有地方，大嫂趕緊將娘扶過去吧，要不一會兒也該被人搶了。」

要是依著平時鄭氏退一步海闊天空的性子，這位置她肯定會讓了。但今天她太生氣了，一想到自己被山匪搶走時眼前一家子畏縮的樣子，她就再也忍不住，難得的尖利起來。

「妳！」孫氏沒想到一直老實聽話與世無爭的鄭氏會給自己這麼一句，她本就言語不爽利，一時就被噎在那裡。

一旁的錢氏向來尖酸刻薄，這會兒又累得夠嗆，恨不得立刻躺在周瑾鋪的蓆子上歇一會兒，見鄭氏竟然不讓開，立刻不管不顧的尖聲叫嚷起來。

「喲，三弟妹，妳這是要造反啊！敢這麼說話？怎麼，今兒被山匪扛了一遭，這性子也改成山匪性子了？」

她這話可就誅心了，連後面的周瑞福聽了都皺眉頭。

據周瑾所知，他們所在的大燕朝雖然對女人的要求沒有前世明清那麼嚴苛，婦女和離改嫁都是被允許的，也不用纏足，但與除了丈夫外的男子身體接觸也是犯忌諱的，就連對兒子也不行。男子七歲後，母子也是需要避嫌的。

所以，錢氏這番暗指鄭氏與山匪曾經肌膚相親、身子不乾淨的話就太陰損了。

「妳！咳咳！」鄭氏聽了果然連羞帶氣的一口氣沒上來，頓時嗆咳起來。

而一旁的周家人除了周老爺子呵斥了一句，讓錢氏閉嘴，竟連一個開口的都沒有。

周瑾見了都氣笑了，一下站了起來。

「照二伯母這麼說，我娘被山匪差點搶走，大伯、二伯和幾位堂兄都置之不理，姪兒我自己將娘救回來還救錯了？要這樣那姪兒可受教了，趕明兒二伯母要是遭了同樣的事，姪兒絕對學會袖手旁觀，要不依著二伯母這樣的婦德典範，就是被救回來也得一頭碰死，是吧？我也省力氣了。」

周瑜則攬著氣得渾身發抖的鄭氏，也跟著她哥譏諷道：「娘，不可跟二伯母學啊，妳可不能碰死，要是妳死了，豈不更壞了咱家男人的名聲了？本來經了這事，咱家男人就夠沒有名聲了！這要是再添一條逼死家裡女眷的名聲，咱家男人可就更丟——人——現——眼——了！」

最後幾個字周瑜故意拉長音看著她便宜祖父說了出來，心道：你要是還不嫌丟臉就讓他們接著鬧，看事情鬧大了誰更丟臉！

周老爺子氣得一噎。

「你們兩小兔崽子，膽肥……」

「錢氏！妳給我住嘴！」

錢氏被周瑾兄妹嘲諷了一通，咬牙還想再罵，就被一旁的周瑞福給高聲喝止了，周瑞福怎麼也沒想到平時不聲不響的三房幾個竟然敢這麼折騰，尤其是自己的一對孫子孫女，剛才竟能說出那麼一番話來，明裡暗裡的將他們這些長輩給貶了個徹底。

周老爺子對於這種挑戰他在周家權威的行為很不滿，不過還是暫時壓下了心裡的不快，知道現在還不是追究這些的時候。

今兒宋衙役罵他們這些男人窩囊廢就夠諷刺了，一路上那些衙役更是沒少拿他們家嘲笑，沒能救援鄭氏這件事的確讓他們家這些男人丟盡了臉面，連帶著周閣老都對他頗有微詞，將他給叫過去訓斥了一通。

雖然周老爺子現在第一恨的就是連累他們一家子也被流放的周閣老，但架不住瘦死的駱駝比馬大，就算被流放了他們依然得靠著這位，自然也不敢得罪。就更別提惹怒流放路上管著他們生殺大權的宋衙役了，那對他們來說更是個閻王。

所以周老爺子覺得他們家現在必須低調聽話，躲在流放隊伍裡不冒頭才行，因此對於馮氏在這時候還帶著兩個兒媳婦去擠對鄭氏幾個的行為，他覺得真是太蠢了。

周老爺子忙朝著旁邊的兩個兒子低聲道：「還不過去將你娘和你們那兩個滿嘴噴糞的婆娘拉回來！都什麼時候了還敢亂吠？還嫌咱家丟臉丟得不夠嗎?!」

周老爺子在家裡一言堂慣了，他的話一出沒人敢不聽，周旺祖和周旺業急忙過去將人帶回來，一家子轉去了剛才鄭氏指的地方。不過臨走前馮氏還是狠狠瞪了一旁低頭抹淚的鄭氏一眼。

周璃、周瓔見可怕的祖父、祖母和大伯母、二伯母都走了，才敢上前撲到鄭氏懷裡安慰氣得直掉眼淚的娘親。

鄭氏見孩子們都圍在自己身邊擔心，為母則剛，覺得為了孩子她也得堅強起來，忙擦了擦眼淚，強笑道：「娘沒事，你們都累壞了吧？趕緊躺在蓆子上歇會兒，娘這就去打水，再找點野菜，一會兒給你們煮餅吃。」

流放途中一天就兩頓飯，一人一個硬得跟石頭一樣的雜麵餅子，一碗看得見碗底的稀粥。

周璃、周瓔都還太小，鄭氏怕他們吃了硬餅子不消化，每次休息的時候都得將餅子掰碎，再加把尋來的野菜給他們煮成糊糊吃，沒有鍋子，鄭氏就在湖邊撿凹進去的石頭當鍋。餅子糊糊雖也不好吃，但好歹好消化，再加上些野菜，囫圇能將兩個小的餵飽。

「阿瑜，妳看著弟弟妹妹，我也去河邊轉轉，看能不能找點吃的。」

周瑾見鄭氏拿著家裡唯一的竹筒去打水找野菜，也坐不住了，一家子總光吃餅子也不行啊！記憶裡那餅子至少摻了三分之一的糠，哪有什麼營養？就打算去河邊看看，看能不能找兩條魚，好歹給弟妹們補充點蛋白質。

流放隊伍好幾百人，休息的時候總有孩子、婦人在休息地周圍晃悠著找點吃的，只要不走太遠，官差們也不大管，只要出發前點人數的時候出現就行。

「哥，你看看河邊有沒有蒲草、蒿草之類的，有就拔些回來，我想著趁晚上休息的時候看看能不能再編張蓆子出來，晚上鋪地上也能防潮，白天披身上還能防雨，現在正是雨季，說不定哪天就得下雨。」周瑜對著她哥說道。

家裡就一張草蓆，每次睡覺的時候鄭氏總是讓他們睡蓆子，自己睡在草地上，長此以往，非生病不可。

「嗯，行，我先給妳去找草，找完我再去找吃的。」周瑾應了一聲就走了。

周瑜將家裡唯一的薄被搭在已經睡熟的弟弟、妹妹身上，他們都累壞了，一沾蓆子就睡著了，此時正睡得打鼾。

前世周瑜當了一輩子妹妹，一直盼著自己也能有個弟弟或妹妹，能夠讓自己也過過當姊的癮，可惜前世她父母去得早，這願望注定不能實現了！沒想到穿到古代來竟夢想成真，還給了她雙倍，弟弟妹妹都有。

她妹妹周瓔今年只有五歲，是個長得萌萌的小娃娃，睡覺也乖乖巧巧的，睫毛長長的，也不知是不是在作夢，那睫毛一顫一顫的；弟弟周璃今年七歲，也不知隨了誰，性格像個老學究，小小的人說起話來卻一板一眼的，但睡起覺來卻不老實，四仰八叉的，可能因為跟著流放隊伍走了不少路累壞了，正微微的打著小呼嚕。

周瑜看著眼前的弟弟妹妹，暗自慶幸他們是在夏季流放的，暫時不用擔心嚴寒，要是在冬日流放，就他們這缺衣少穿的，全家就一條薄棉被，走不了多遠就得全都凍死！就算他們幾個大的能僥倖活著，兩個小的也得折在路上。

「唉！」周瑜嘆口氣。日子多難也得過啊！這人啊到哪兒就得睡哪兒。

在周瑜眼裡那些遇到點事就哭哭啼啼的，那是根本就沒遇到難事，不信將他們扔喪屍面前看看？保證哪個都不敢哭，誰哭喪屍咬誰！

見兩個孩子睡得好，周瑜就放心了，起身先在周圍轉了轉，撿了幾根柴火，然後按著記憶裡鄭氏前幾天的做法，用根柴火在空地上刨了個淺坑，又在周圍撿了幾塊石塊，將火給生起來了。

又見官差抬著幾大桶稀粥和幾大框餅子過來了，周瑜又忙去領了一家人的飯。領完飯，才又守著弟妹坐下來一邊看著不遠處的火，一邊拿著一片大葉子當蒲扇給兩個小人驅蚊蟲。夏日的夜裡最煩人的就是這些蚊蟲了，簡直無孔不入，幸好他們找的這塊地方還算乾燥，加上鄭氏每日不管多累都要給孩子們洗漱，幾人身上都不太臭，不怎麼招蚊蟲。

看兩個小人兒睡得口水直流，想起兩人白日裡圍著她甜甜叫姊姊的樣子，周瑜的心都要化了。也不知道是不是原身身上天然的血緣關係作祟，她這才穿過來一天不到，就對原身娘和這兩個便宜弟妹莫名的親近起來，一想到若是流放路上幾人有個不測，就心疼得不行。

唉！照這情形下去，就算將來他們兄妹有機會離開，恐怕她也捨不得他們了。

周瑜覺得她哥應該跟她的感覺也差不多，光看他一路上心甘情願的照顧兩個小傢伙就能看出來了。尤其是對小周瓔，一路揹著不算，跟小丫頭說話還故意壓著嗓子，深怕嚇著小丫頭，那眼中的寵溺簡直都要冒出來了，一副寵妹狂魔的樣子。

哼！也不想想自己穿的少年正處於變聲期呢，那破鑼嗓子再刻意尖著，也不知多難聽！周瑜忍不住腹誹。

沒想到這場穿越不但圓了她做姊姊的夢，還圓了她哥有個蘿莉妹妹的美夢了！

從小她哥就喜歡小蘿莉，每次送她的生日禮物都是芭比娃娃，對她身為女孩子不喜歡芭比娃娃卻喜歡槍枝模型的愛好十分不理解，最常說的一句話就是她大概投錯了胎，他們不應該是兄妹而應該是兄弟！對她也從來沒有像對小周瓔那麼溫柔過，整天就知道欺負她，搶她玩具、搶她零食、揪她辮子，還故意惡作劇嚇唬她。

還是在爺爺去世後，她哥對她才好一點，末世來臨後，也才有了點哥哥的樣子……

正胡思亂想著呢，鄭氏就抱著一個有凹槽的石塊，提著竹筒，石塊裡有洗好的一捧野菜，同抱著一大捧蒿草的周瑾一塊兒回來了。

周瑜忙跑上前接過鄭氏手裡的竹筒，鄭氏見女兒已經將火生好了，想到女兒平時雖然在家裡不受寵，但也是她嬌養著長大的，哪裡幹過這些，心裡不由得酸澀不已，忍不住就親暱的摸了摸她的頭頂，讚道：「我們阿瑜長大了。」

周瑜五歲那年父母就因意外去世了，生活裡就她爺和她哥，一個女性長輩都沒有，哪受得了這個，鄭氏眼裡的親暱雖然不是對真正的她，但也讓她忍不住紅了眼眶。

鄭氏見了，越發心疼，溫柔的將她攬在懷裡，一邊安慰女兒一邊還不忘誇讚抱著一捆蒿草的周瑾。「阿瑾也越來越有長兄的樣子了，娘和弟弟妹妹以後全靠你了。」

周瑾亦被誇得美滋滋，幹勁十足的扔下懷裡的蒿草就想繼續去河邊。

他身為兄長，得多幹些！

「哎！這又是去哪兒？先吃了飯吧！」鄭氏見了忙攔道。

「嘿嘿，娘先煮著餅子，我剛拔蒿草的時候看見蒿草根那兒有不少螺螄，我得趕緊去撿回來，去晚了被別人發現就壞了！」周瑾悄悄地對鄭氏和周瑜說道。

周瑜一聽有螺螄也興奮起來。螺螄雖小那也是肉啊！

「哥，我也跟你去，兩人一起也能多撿點。」

「嗯，行，不過妳的身體撐得住嗎？」周瑾十分擔心他妹如今的身體狀況，真是瘦得跟骷髏似的。

「沒事，我就是虛的，回來我多喝點螺螄粥就好了。」周瑜滿不在乎道，心思全放在了螺螄上。

「那行，快走！」

「噯！」鄭氏都沒反應過來，兄妹倆就跑沒了影。

「這兩孩子！」鄭氏無奈的搖搖頭，雖然心裡覺得兩孩子自從將她救回來後就變了個人似的，但她心裡卻把這歸結為兩孩子遭遇巨變，突然間成長了。

畢竟，連她自己不都跟以前不一樣了嗎？要是以前，聽了今兒錢氏那番話，依著她的性子非得以死明志不可。但死裡逃生回來後，尤其是看到她的孩子都圍在她身邊一臉擔心，她就一點也不在意外人說什麼了，她得活著守著她的孩子長大，這一點比什麼都重要。

鄭氏永遠忘不了，今天在她被山匪擄走時絕望的朝家人求救，那幫人躲閃的眼神，要不是捉她的兩個山賊正好內鬨，她兒子、女兒乘機將她救了回來，他們一家子怕是真的要家破人亡了。

都這樣了，讓她還對那一家子毫無芥蒂的掏心掏肺？滾一邊去吧！從今以後在她心裡，他們老周家是老周家，他們家是他們家，她以後心裡也只有她的兒女，誰要是再敢欺負她的孩子們，她一定饒不了！

周瑾兄妹倆自然不知道他們便宜娘此時正從以前的包子升級成了河豚，打算誰惹她就扎誰，兄妹倆這會兒正美滋滋的在蒿草叢中四處尋找螺螄呢！

這一帶的螺螄著實不算少，個頭也不小，有不少足足有硬幣大小，為了提高效率，兩人將那些小的都先棄之，專挑大的撿。

撿拾的中途，周瑾還眼疾手快的在泥裡逮住了不少泥鰍。

然而摘來的大葉子盛不下，周瑾就將外衣脫了，做了個大包袱兜著。泥鰍太滑溜，包袱兜不住，他就用石頭先將泥鰍頭砸了，再放進包袱裡。

兄妹倆手速都很快，不一會兒就撿了半包袱大螺螄外加泥鰍，等流放隊伍裡其他人吃過飯發現他們這邊的動靜，也過來哄搶著找時，他們已經找了滿滿一包袱功成身退了。

兩人往河的上游走了走，找了個僻靜的地方，將螺螄用石頭都砸了殼取出肉來，又將泥鰍也用鋒利的石頭殺好，都洗乾淨了，才兜著一兜螺螄肉和泥鰍回去。

鄭氏見他們竟然找回來這麼多螺螄還有泥鰍，也是歡喜得不行，這些螺螄配著餅子粥足夠他們娘兒幾個吃好幾天了。倉裡有糧心裡不慌，鄭氏見有這麼多螺螄肉、泥鰍肉，難得豪爽的抓了一大把螺螄肉和幾條泥鰍放進一旁的石鍋裡，連同餅子和粥煮了起來，已經被鄭氏喊醒等吃飯的兩個孩子饞得口水都流出來了。

其餘剩下的螺螄肉和泥鰍，鄭氏打算放在火堆旁邊的石頭上烤乾，要不這熱天，放一宿都該臭了。

「娘，妳只將螺螄肉烤乾就行，那些泥鰍給我留著，我有用。」周瑾剛忙活半天累得夠嗆，正接過小弟遞過來的竹筒喝水，見鄭氏打算烤泥鰍肉忙阻止道。

「欸，行。」鄭氏連問都沒問他留著泥鰍肉要幹麼就答應了。在她心裡出嫁從夫，夫死從子，如今兒子長大有了主意，她欣喜還來不及，聽著就是。

周瑾覺得這被信任的感覺真他媽的好！

雖然鄭氏連問都不問就無條件的信任讓周瑾感覺很爽，但他還是覺得需要告訴鄭氏自己的打算，畢竟他們家現在全是婦孺（周老爺子一家子自動被周瑾歸為外人），前面還有將近三千里的流放路要走，鄭氏作為家裡唯一成年人，有些事情也需要她出面才行。

「娘，我們家如今遭了難，我聽官差說我們被發配的遼東離京都有三千里，就算每天走五十里也得走兩個多月才能到，小弟、小妹又還小，這一路不知多艱難呢。現在祖父、祖母明擺著也不會幫我們，全靠我們自己照顧自己，要是不想周到，我們一家子恐怕很難到得了遼東。」

周瑾先把這一路的困難說了出來。

鄭氏雖沒怎麼出過門，但好歹也是成年人，在京都時也聽人說過那些犯事遭流放的人家有多慘，一場變故下來人口十能存一二就算不錯了。

如今他們家也遭了難，這幾天她白天夜裡，無時無刻不擔憂的也正是這個，怕孩子們還小，路上難免會折損一、兩個。所以她才想著將硬餅子煮爛，每天不管多累都要儘量燒些開水晾涼灌竹筒裡給孩子們路上喝，就怕孩子們路上生病有個好歹。

但她內心也知道，光靠這些怕是護不住幾個孩子的，這一路上缺衣少食的，光憑她自己，幾個孩子很難挨到遼東，只不過這些她都不願深想罷了。

「阿瑾，你放心，娘就是拚著這條命不要，也一定會護著你們的！娘知道你今兒肯定被嚇著了，你也別太擔心……」鄭氏以為周瑾也跟她一樣擔心，連忙乾巴巴的安慰道。

估計您拚了命也沒啥用……

周瑾無奈地看著母親。

「娘，我哥的意思是這一路艱險，我們幾個凡事更應該商量才行，所謂人多力量大，我們齊心協力，一定能將困境度過去的。」一旁的周瑜見鄭氏誤會了她哥的意思，忙替她哥說道。

「對對，我就是這個意思！娘，兒子現在長大了，大妹又聰明，以後遇事妳也別光想著自己扛著，憋在心裡自己瞎琢磨，說出來我們一起想辦法，總比妳一個人想得周全。」周瑾忙跟著道。

原身記憶裡鄭氏這幾天都處在極度焦慮中，白天忙著照顧他們幾個那麼累，到了晚上還常常睡不著，這麼下去誰不倒下她都得先倒下了。

「對，娘，家裡不能光妳操心，我們也能幫上忙了。妳看今天哥就捉了這麼多螺螄和泥鰍，女兒也學會了生火，還想到用蒿草再編個蓆子，妳看我們棒不棒？」

為了安慰焦慮的鄭氏，周瑜豁出去臉面不要了，學著記憶裡原身的樣子，一副做作的小女兒姿態，鑽鄭氏懷裡撒起嬌來。

「嘿嘿……娘快誇誇我！」

周瑾震驚地看著周瑜。

眼前這個軟成一團的生物是誰？還是他那個朝喪屍嘴裡開槍連眼都不眨的妹妹嗎？莫不是穿成了小女孩就真變回小女孩性子了吧？不對，他妹當年還是小女孩的時候也不知道撒嬌為何物啊！見他妹看過來的眼神似乎想讓他也這麼幹，忙默默地轉過了臉。

不行，他還要臉呢！

鄭氏看兩兄妹的樣子，又怎會看不出來兩個孩子這是在寬自己的心呢，又怎麼忍心自己的孩子們擔心。見女兒撒嬌，忙寵溺的摁了摁周瑜的小鼻子，跟著笑道：「我們阿瑜真棒，如今也知道為家裡操心了。不過，阿瑜什麼時候也會編蓆子了？還有阿瑾，什麼時候學的捉螺螄、泥鰍啊？為娘怎麼不知道？」

完蛋。周瑜扶額，她忘了原身是個大門不出、二門不邁的嬌小姐了，幸好她說得還算模糊。

「呵呵，女兒哪裡會編蓆子啊？但不會我們可以學啊！我想著應該也不難，就跟打絡子差不多吧，我們研究研究總能學會的。」周瑜急中生智說道。

周瑾連忙也解釋。「呃……兒子也是去莊子的時候見有人捉過這個螺螄、泥鰍吃，當時一時好奇跟人學的。」

「原來如此！娘還奇怪呢，你們怎麼就會這些了。」鄭氏就是隨口一問，聽了兩人回答也就相信了。

見總算混過去了，兄妹倆對視一眼，都想以後可得注意了，鄭氏畢竟是原身親娘，萬一發現他們兄妹與平時有異，以為他們被附身啥的就不好了。

不過周瑜覺得光注意也不行，那太束手束腳了，也得想個辦法讓鄭氏覺得他們的改變是理所應當的才行，總不能以後因為怕引起懷疑就什麼也不敢做吧？

於是她想了想，就又試探著說道：「娘，我覺得越是艱難，我們就越要未雨綢繆才行，比如娘今兒遇到山匪被捉走這事，我們就得提前想想，下次怎麼做才能避免這事才行。」

「嗯，」周瑾覺得他妹說得有理，想了想就小聲說道：「我也是這麼想的，剛留下那些泥鰍不讓娘動，就是想著過會兒給今天送我們糖水的那個官差送去。我已經打聽過了，那人是押送的官差頭頭，跟他打好關係對我們總沒壞處。而且我想，以後我們家趕路的時候都儘量緊跟著周閣老他們一家子走，那群官差看重周閣老，對他們一家子照看得也多些，跟在他們後面也能安全些。」

周瑾又看了不遠處的周家人一眼，道：「反正遇到事也沒人管我們，我們何必再受他們一家子的氣呢？」

而且，現在他也沒功夫應付那一家子。

鄭氏如今也對周家人寒透了心，見兒子這麼說就點點頭，道：「能遠著些也好。」

「娘，妳看我哥想得多周到，俗話說三個臭皮匠頂個諸葛亮，以後碰到事我們幫著妳一塊兒動腦筋，總能想出辦法來的。」周瑜拉著鄭氏的手說道。

所以，萬一以後她和她哥出現一些平時不會的技能，性格變得跟以前不一樣，那都是他們被生活所迫逼出來的啊！可別懷疑他們被附身給當邪祟燒了啊！

其實周瑜這麼擔心是多餘的，鄭氏心裡本來就是這麼想的。

鄭氏見長子、長女這麼懂事深感欣慰，她對今天被搶那事到現在都還心有餘悸，聽了兒女的話也想了想，說道：「從明兒起，娘和阿瑜就儘量用泥灰將臉給遮了，以後再有人來搶……也不會注意到我們了。」

周瑜眼睛一亮，點點頭。

嗯嗯，效果不錯，鄭氏終於肯開口跟他們商量，不自己悶在心裡了。

但低頭看看自己胸前的扁平，不過是個十歲出頭的小豆丁，要是穿身男孩衣服都分不出是男是女來，覺得自己遮不遮不太要緊，她娘倒是得好好遮遮。

鄭氏長得太好看了，就算是蓬頭垢面都難掩豔色。要是周瑜沒記錯，她這個娘今年才剛三十，本來長得就好，又正是有女人味的年紀，往流放的隊伍裡一站，就跟身上會自動發光似的，山匪不搶她搶誰？

「娘，我還小，關鍵是妳，可得遮仔細了，最好將這身合身的衣裳也換了……」周瑜瞅著她娘那要哪兒有哪兒，標準的S形身材有些羨慕地說道。

鄭氏也知道自己貌美，這在以前當然是好的，可現在在流放途中，這就是罪過了。不，應該說在她守寡後，從婆婆和兩個嫂子的眼中這就是罪過了！

因為這張臉，不管她怎麼恪守婦道，平時都是素面朝天的，連院門都很少出，她們還是覺得她不是個能守得住的。要不是實在捨不下幾個孩子，她真的是一刻也不想守在他們周家，尤其是偶然間碰到兩個大伯，他們的眼睛赤裸裸看過來的時候……

「嗯，臨行前妳外公外婆還給我們送了幾件粗布衣衫，都故意做得寬寬大大的，明兒我們都換上，要是還不行，娘就將臉劃了！」鄭氏這會兒無比嫌棄自己這張臉，咬牙道。

周瑜、周瑾嚇到了。倒也不用這麼狠！

周瑜慌忙道：「別別，娘，等明兒我給妳用炭筆將臉修修，再穿上粗布衣服，想來就不顯眼了，可別劃臉啊！」

有了螺螄肉的這頓晚飯，一家子難得吃得分外香甜，就連小周瓔都多喝了半碗粥，將小肚子吃得溜圓，同周璃玩了一會兒，就又睡著了。

吃完飯，鄭氏就和周瑜開始研究起怎麼編蓆子來，周瑜也就理論上可以，實踐不行，動手能力還不如鄭氏。兩人一個比劃一個琢磨，不一會兒倒也起了個頭出來。

與此同時周瑾也沒閒著，找了兩片大葉子洗乾淨，將收拾好的泥鰍捧著，打算給宋衙役送過去。

他們這邊其樂融融的，有人卻不高興了。

周瑾和周瑜撿了不少螺螄，流放隊伍裡的人自然都看見了，誰也不是傻子，雖然他們大都養尊處優慣了，但好幾個月的牢獄生活再加上幾天的流放下來，猛然看見肉那也是兩眼冒光，哪還想得起這螺螄肉以前都是窮苦人才吃的，他們曾經有多嫌棄。

所以眾人不約而同都衝向河邊的那片蒿草地跟著翻找起來，雖然沒有周瑾兄妹撿得多，但幾乎家家戶戶都撿了點，有幸運的也捉了不少泥鰍。

唯獨周瑞福一家子誰也沒動，覺得周瑾兄妹既然捉了那麼多螺螄和泥鰍，肯定會給他們送不少過來。結果，等得花都謝了，飯都吃完了，連個螺螄殼也沒看見，又怎能高興得起來呢？

但周老爺子發了話，讓他們近期不許再招惹鄭氏娘兒幾個，馮氏也不敢讓錢氏幾個過去要。

今兒因為鄭氏差點被擄走他們沒幫手，三房一家對他們意見很大，一個個都跟吃了嗆藥似的，連趕路休息都不跟他們一處了。馮氏也怕現在過去要，那娘兒幾個再鬧起來老頭子發火，只能眼刀子跟不要錢似的往他們這邊扔。

周瑾早就看見她們的不甘了，心裡冷笑，給宋衙役送泥鰍的時候不但不避開，還故意路過她們，朝著不遠處坐在車上歇著的宋衙役走了過去。

宋衙役看見是他，挑了挑眉。

「官差大哥，謝謝您今兒給的糖水，小子如今無以為報，這幾斤泥鰍是小子剛捉的，都收拾好洗乾淨了，給您和各位官差下酒，就當小子的謝禮了。」周瑾既禮貌又落落大方的躬身說道。

俗話說伸手不打笑臉人，宋衙役雖看不上幾斤泥鰍，但不妨礙他覺得周瑾這小子知情知趣，加上周瑾今兒又在山匪手裡救回自己的娘，也令他高看了一眼。聞言就指指一旁放著的一個木盆，笑道：「呵，難得你小子是個知恩圖報的，得了，放那盆裡吧。」

「欸。」周瑾邊答應邊將手裡捧的泥鰍都放到那木盆裡，眼睛掃到木盆旁邊扔著缺了個口子的破陶罐，想到他們家如今連個鍋都沒有，就順勢指著陶罐笑道：「官差大哥，這陶罐你們要是不要了，能不能給我？」

這個陶罐雖破，但並沒有壞，要是有了這個陶罐，他娘煮粥也方便些，還能多盛些水路上喝。

他們如今什麼都沒有，鄭氏煮粥都只能找合適的石頭當鍋用，他便宜祖母手裡倒有兩個小鍋灶，但用腳跟想也知道不會給他們使。現在天氣這麼熱，缺了水可不行，可他們只有一個竹筒，盛水量有限，路上根本不夠喝。

那陶罐本來就是要扔的，宋衙役聽了也不在意，揮揮手無所謂道：「你要是想要就拿走吧。」

周瑾忙高興的拿起陶罐，又朝宋衙役一臉感激的道了謝。

宋衙役見了，眼睛閃了閃，說道：「看你這麼懂事，爺也不白拿你東西。說吧，你們幾個還缺點什麼，爺也可以送你。」

「不用、不用了，有這個陶罐就已經很好了。謝謝官差大哥！」

周瑾一臉憨厚的摸摸頭，朝宋衙役又躬了躬身，就在宋衙役頗為玩味的目光中抱著破陶罐走了。

宋衙役旁邊的手下李茂見了，看著周瑾的背影，頗為不解的問宋衙役。「頭兒，您吃這小子幾個泥鰍是給他面子，怎麼還要送他東西啊？」

而且晌午那會兒還送了這小子的娘紅糖水，那紅糖金貴，連他們平時都吃不上。

第五章

「你知道個屁！趕緊給老子燉泥鰍去！」宋衙役一腳踢在李茂屁股上，笑罵道。

其實宋衙役故意說送周瑾東西，只是臨時起意想試試那小子會不會貪得無厭而已。

結果，自然是不貪的。

小小年紀就會審時度勢來靠上他，還能做到不卑不亢，不貪小便宜……

「要是周閣老不倒，這小子沒準兒將來是個人物，但這會兒……可惜了！」宋衙役忍不住嘆息道。

「咦，您不是跟弟兄們說周閣老說不準還有東山再起的一日嗎？讓我們都對那倔老頭敬著點兒，怎麼就斷定這小子可惜了？」李茂端著泥鰍盆又竄了回來，見宋衙役還盯著走遠的周瑾看，又納悶的問道。

宋衙役被他突然出聲給嚇了一跳，氣得又給了他一腳，才沒好氣的給他解惑。「周閣老是說不準，但這小子……你難道忘了，這些發配的人家到了遼東可不是就沒事了，那可是家裡每三個男丁就得出一個去軍營服役的。你也看見那小子那一家子都什麼人了，他還能跑得了？」

「可這小子還這麼小，要去也輪不到他……」李茂又想問，可突然想起周瑞福那一家子男人的窩囊樣，就明白宋衙役話裡意思了，也跟著唏噓道：「是怪可惜的！」

要說這流放路上九死一生，那那些流放家族裡被罰入伍的男丁，就幾乎是百死一生，千死一生了！一旦打仗，那都是要被推到戰場前面擋刀的，鮮少有人能活下來。

周瑾並不知道他在宋衙役和他手下眼裡已經被當成了死人，他正美滋滋地抱著新換來的陶罐跟鄭氏獻寶。

「娘，以後妳不必再用石鍋煮粥了，煮得又慢量又少，以後就用這個陶罐煮，一次就夠我們一家子喝了。」

鄭氏看見周瑾拿回來的陶罐也很高興，但她如今也學精了，見周瑾滿臉興奮，說話也大聲，忙示意他小聲點，指了指不遠處周老爺子一家子。

周瑾就是故意高聲說給他們聽的，聞言更是朗聲道：「娘，這陶罐是官差大哥特意賞兒子的，兒子本來是想著今兒多虧了官差大哥給的糖水才救醒了妳，我們現在身無長物，也沒有別的能報答的，就想著將捉的泥鰍送給他們好歹表現心意。沒想到官差大哥就給了兒子這個陶罐，還誇兒子知恩圖報，讓兒子以後好好護著娘和弟妹，有事就說話呢！」

周瑾這番話說得分外高聲，語氣就像個在外面受了表揚的孩子，急於跟家長彙報似的。這會兒林子裡的人大都躺著休息，本就安靜，他這番話不但周老爺子一家聽到了，林子裡的大部分人也都聽到了。

「嗤！不就是人不要的破罐子給了他嗎？得意什麼！」

人群裡立即就有人酸溜溜的說道，但到底顧忌周瑾如今在宋衙役面前能說上話，怕他報復不敢說得太大聲。

周老爺子那邊錢氏幾個也忍不住罵了幾句，卻被馮氏給喝止了。倒不是馮氏不氣，而是馮氏覺得鄭氏幾個也逍遙不了幾天，如今他們娘兒幾個缺衣少食，什麼都沒有，鄭氏一個女人帶著四個孩子，過不了幾天就得回來求自己。

想著過幾天怎麼整治鄭氏這個討厭的兒媳婦，馮氏難得的有耐心起來。

周瑾要的就是這個效果，他們一家子如今太弱了，只能拿宋衙役的名頭給他們擋擋槍了。

一旁的宋衙役將這一切都看在眼裡，看看手下正張羅著給他燉的泥鰍，便沒開口。看在這盆泥鰍的面上，就由著那機靈小子拿他當回槍使吧！

晚上，鄭氏和周瑜研究著編出一張一米多長的蓆子出來，也不敢多編，新鮮蒿草編的草蓆還濕著，很有些分量，必須等這張草蓆曬兩天乾透了，才能接著編。等編完蓆子，這一天下來都累得夠嗆，他們忙收拾收拾睡了。

第二天天剛亮，流放隊伍就又被官差敲著鑼叫醒，收拾了東西開始趕路。

這一走就走到快午時才停下來。多虧了宋衙役給周瑾的陶罐，昨天臨睡前鄭氏燒了一罐開水，加上竹筒裡的，這一路周瑾一家子才沒渴著。

沒有那麼多盛水容器的人家就不行了，連著走了好幾個時辰，路上又沒遇過水源，竹筒裡的水早就都見了底。見隊伍停下的地方不遠處有條泥水溝，渴了一路的人們也顧不得水髒不髒，紛紛衝了過去，用手掬著就喝了起來。

周瑜看著這些曾經連滴茶水都不屑入口的公子、小姐們爭先恐後去搶那一窪泥水，心有餘悸的對她哥說道：「哥，多謝你弄來的陶罐啊！」

她的原身本來身體就弱，這一路走下來，累得夠嗆，腿腳感覺都不是自己的了。只能一灘泥似的坐靠在一棵樹旁，呼呼喘著粗氣，說話聲跟個破風箱似的。

周瑾沒有搭理她，只忙著將筐裡的衣物都翻出來倒在蓆子上。

「哥，你這會兒翻衣服幹麼?!」周瑜又好奇的問道。

「撕了衣服給妳做綁腿。」周瑾臉都沒抬，一邊挑揀筐裡僅有的幾件衣服，一邊回答道。做綁腿還是他路上突然發現宋衙役等官差都綁著綁腿才想起來的。

「大哥，綁腿是幹麼用的？有雞腿好吃嗎？」坐在筐旁邊的小周瓔奶聲奶氣的問道，心想：雞腿鴨腿都好吃，那綁腿也應該很好吃吧？

「阿瓔，綁腿不能吃，綁腿是用布條將小腿給綁緊了，這樣就能防止長時間走路後的膝蓋損傷、腿部抽筋、肌肉痠痛，還可以防止低矮的枝條和蚊蟲蛇蟻這些劃傷腿，或者從褲腿爬進去……」周瑾一見軟萌萌的小妹就高興，立刻變了一張臉，柔聲對小妹解釋道。

「噢，原來不能吃啊！」周瓔很失望，撅著小屁股站起來去旁邊找小哥玩了。

周瑾臉色一僵，邊上周瑜看了一眼沒忍住，噗哧一笑。

活該！讓你對兩個妹妹差別對待！這下被小蘿莉懟了吧？哈哈……

見她哥瞪了過來也不怕，直接反瞪回去。

到底還是孩子呢，有點事就能鬧起來！

鄭氏見兄妹倆眼神跟刀劍似的你來我往，暗暗覺得好笑，又忙上前解圍道：「阿瑾怎麼這麼棒？怎麼還能想到做這綁腿？」

「我也是看娘和『妹妹』走完一天的路，腿都疼得不行，又正好看見宋衙役他們都綁著綁腿，突然想到以前在書上看過這綁腿的用處，才想著試試的。」周瑾刻意強調妹妹兩個字，想喚起無良妹妹的良心。

難為妳老哥我為了妳這麼費心，妳還好意思嘲笑我，哼！

鄭氏聽了就上前幫著周瑾挑了一條自己在抄家時穿的裙子撕了，這條裙子是綢緞的，在牢裡穿著並不方便。後來她娘買通牢頭來看望他們的時候，給她帶了身細布做的衣裙，她就將這條裙子收起來了，流放後就一直放在包袱裡。

鄭氏這條裙子用料實在，拆開後布料足足有一米多寬、兩米來長，做幾人的綁腿足夠了。於是，在周瑾的幫助下，鄭氏幾個除了一直被人揹的周瓔，都將腿給綁起來。

周圍的人見他們一家子都將腿綁得跟粽子似的，就有人忍不住好奇的過來問。周瑾就將綁腿的作用和方法同大家說了，特意強調，宋衙役他們都綁著呢。

人們有信的有不信的，有跟著綁的也有覺得浪費布料的，周瑾也不管，反正他都說了。

流放隊伍每天發兩頓飯，中午一頓，晚上一頓。因為天氣炎熱，中午吃完飯還能休息一個時辰，好避開一天裡正熱的時候。

中午鄭氏照例煮了餅子粥，加了一把乾螺螄肉和一把找來的野菜，娘兒幾個每人喝了一碗，休息了半個時辰，鄭氏和周瑾就強忍著睏倦又起來了。

不起不行啊，流放隊伍人太多了，大家如今都吃不飽，像野菜這些能充飢的食物再也沒人不當一回事了，每次流放隊伍停下後大家都爭先恐後去找，不靠搶的幾乎都找不到了。加上昨天人們又跟著周瑾找到了螺螄和泥鰍，如今連泥水窪都圍滿了人，鄭氏和周瑾只能趁著休息的時間到離流放隊伍稍遠點的地方去轉轉，看能不能找到點吃的。

因為遇過山匪搶人的事，只要離開隊伍有點距離，周瑾就不會讓鄭氏單獨行動了，而周瑜因為身體弱，被鄭氏強制留下來帶著兩個小的接著休息。

可周瑜身上畢竟住著一個成年人靈魂，見她娘和她哥為了生活辛苦忙碌，又哪裡還睡得著？等他們走了也忙坐起來，打算將行李再好好收拾收拾，路上也好帶些。

他們如今所有的物品包括一床薄被、兩張草蓆、兩個背簍、一包袱衣裳、一個陶罐、幾副碗筷，僅此而已。

現在天氣熱，兩個孩子只在肚子上搭件衣服，並沒有蓋被子。周瑜就先將薄被展開，重新用周瑾做綁腿剩下的一塊長布條，回憶當初軍訓時學的打背包方法，將薄被打成行李卷，又將一張草蓆捲成條狀，掖到行李卷的繩索裡，這樣走的時候直接揹著就能走，方便省力許多。

然後就是兩個竹簍，一個竹簍得留著給小周瓔坐，裡面只能放一個盛衣服的包袱。剩下的陶罐、碗筷、晾乾的螺螄肉、竹筒這些都被放在另一個竹簍裡。

將一切整理好，周瑜就望著這寒酸的家當發愁。

記得前世看過的穿越文裡，人家穿越都帶著系統、靈泉、空間啥的，怎麼他們兄妹穿越就什麼也沒有呢？不但沒有，還悲催的穿到流放途中，也太倒楣了！

這會兒她大概早忘了，就在昨天她剛穿過來時，看到眼前世界沒有喪屍時是如何的興奮了。那是恨不得抱著穿越大神啾一下，好感謝祂多贈一條命的再造之恩。可現在她就覺得靠眼前乾癟物資，他們一家子很難撐過三個月，甚至連三天都撐不過去。

唉！他們兄妹倆真是越混越慘啊！想當初在末世時還有壓縮餅乾、罐頭、室內蔬菜這些可以吃，甚至可以滿地隨便撿別墅、豪宅、汽車這些，那真是只要夠膽，不怕裡面有喪屍，想撿哪個撿哪個！

可現在呢？連個野菜都不能隨便吃。唉，沒想到這破地方生活品質竟然連末世都不如，想那末世除了喪屍那個暫時無解的問題外，至少不用挨餓啊！

周瑜摸著癟癟的肚子忍不住在心裡抱怨個不停，但抱怨歸抱怨，要是讓她在兩個世界隨便選，周瑜還是會選這個世界。喪屍什麼的簡直太噁心了，哪有眼前睡得打鼾的弟妹可愛啊？

但，眼前的生活好難啊！她好想念他們兄妹穿來前，同他們一起炸碎的那輛新撿來的露營車上，她僅吃了一勺的那罐蜂蜜啊……

「我的蜂蜜啊！」周瑜忍不住小聲感嘆道。

突然眼前景物一變，就置身到了另一個地方。四下一看，竟然是他們穿來前的露營車裡，而她旁邊放著的，正是自己心心念念的那罐蜂蜜。

周瑜傻眼了。

她這是也有空間了？她的空間就是他們的越野露營車？哈哈哈，真是太好了！她就說穿越大神不會虧待他們的！

周瑜看著熟悉的露營車，忍不住哈哈笑出了聲。

笑夠了才想起琢磨她怎麼突然就進了露營車空間的。

她剛是怎麼進來的來著？呃……好像是她剛說蜂蜜來著，然後就進來了。難道蜂蜜就是進出空間的密碼？周瑜想，那她再試試？

「我的蜂蜜！」周瑜又喊道，卻並沒有出去。

看來喊蜂蜜只是進來空間的密碼啊……

「出去！」

「離開！」

「回去！」

周瑜坐在露營車裡將想到的詞都喊了一遍，但都沒有用，她還是在露營車空間裡。她能感覺這空間就挨著她剛才外面坐著的地方，她甚至都聽見了小周璃的小呼嚕聲，但就是出不去。

這時候她才著急起來，忙又試著去開車門，發現車門也打不開。在車內打轉一會兒，見車鑰匙就在車上插著，又爬到駕駛座去擰車鑰匙，然後，她發現，車發動了！

周瑜心裡一喜，忙去摁車上的裝置，發現除了車門車窗依舊不能打開外，車內的音響、空調都能正常使用。她試著踩了一腳油門，車並沒有動，她還是沒有出去。

哎呀！這可怎麼辦啊？過一會兒她娘她哥就回來了，弟妹也快醒了，她要是還出不去，他們急不急的先不說，她突然不見這事被發現了可怎麼解釋啊？

可到底怎麼才能出去呢？周瑜將自己能喊的東西都喊了一遍，車的遙控鑰匙也被她摁了無數次，都沒有成功。

到底怎麼回事啊！別人的空間不是一個念頭就能出去嗎？為什麼她不可以啊？難不成她要成第一個困死在自己空間裡的穿越者嗎？真要那樣的話，她哥怎麼辦啊？不得急死啊！

「哥救命啊！你妹妹被困住了啊！」周瑜急得直跺腳，一腳踩在油門上，結果這次車子不但動了，還直接竄了出去。

「啊！」超高的車速讓周瑜本能的用胳膊擋在臉前面，等幾秒後車停下睜開眼，就發現自己坐在了一棵離地幾米的大樹的樹杈上，對面站著手裡拿著兩顆鳥蛋一臉震驚的她哥周瑾。

兩人大眼瞪小眼，都傻了。

「我去！」周瑾看著突然出現的他妹，驚得差點從樹上摔下去，嚇得慌忙去抓一旁的樹枝，兩個鳥蛋都在慌亂中被他給捏碎了才將將站穩。怕自己眼花了，又揉了揉眼，見面前依然是他妹，也一臉震驚的樣子。

周瑾慌張的看看四周，見離樹底下七、八米，除了她娘正忙著打野菜，一個人都沒有，才拍拍胸脯小聲問道：「阿瑜，妳這是穿越後自帶飛天遁地的屬性了？我怎麼沒有？」

好氣！憑什麼他妹能有他沒有？

拜周瑜所賜，末世裡無聊的時候一天在周瑾耳朵邊講自己看過的一些穿越、修仙之類的小說，周瑾也因此記住了一些小說裡的情節。再加上穿越這件事真的在他們身上發生了，周瑾對於周瑜突然有了飛天遁地的本事接受起來倒挺快的，就是忍不住妒忌。

穿越大神，也趕緊給我一個自帶技能吧！比如力大無窮、點石成金，哪怕吐火、吐水也行啊！

「哎呀！哥，不是飛天遁地，是空間！空間出現了！就是我們的露營車，喊蜂蜜就能進去，喊你就能出來。」周瑜忙解釋道。

周瑾一下子不興奮了。「空間？空間是什麼東西？聽著就沒有飛天遁地厲害……」

周瑜這下子無語了，但這會兒也不是跟她哥解釋的時候，看看現在的處境，發現眼前自己待的這棵樹太高了，她下不去啊！

她忙道：「哥！一時跟你也解釋不清，現在不是說這個的時候，你趕緊把我弄下去，我得趕緊回去，要不一會兒小弟、小妹醒了見不到我該著急了……」

「妳能遁過來不能遁回去嗎？」周瑾納悶問道，堅持認為周瑜會飛天遁地。

「不能，不對，應該說我能回去空間，但若是出來還得來你這裡，因為我出空間得喊你才行，你在哪兒我就得去哪兒！」

周瑾兩眼茫然，明顯聽不懂。

周瑜實在懶得跟他解釋，直接喊：「我的蜂蜜！」然後就在周瑾面前消失不見了。

「哥！」又出現了。

就是飛天遁地啊！還說不是飛天遁地！周瑾眼睛又成了星星眼。

周瑜扶額，跟她哥解釋不清也沒有時間解釋，只能道：「哥，你要是想學這本事，就先把我從樹上弄下去，回去我就告訴你。」

周瑾點頭。「好！」

片刻後，周瑜在她哥的幫助下從樹上爬了下來，正想著趕緊回去，就聽後面她娘的聲音傳了過來。

「阿瑜，妳怎麼也過來了？」

兄妹倆齊齊心裡一驚，回頭一看，就見不遠處他們娘鄭氏走了過來。

「呃，娘，我看妳和哥好久了都不回去，我不放心，就過來看看。」周瑜見鄭氏好像並沒發現她剛從樹上爬下來，忙找了個藉口說道。

「嗯，是出來挺久了，那我們趕緊回吧。」鄭氏手裡提著一兜野菜走過來，又朝著周瑜嗔怪道：「下次可不許一個人出來找我們了，娘不放心。」

「噢。」周瑜忙聽話的答應，同周瑾對視一眼，老實的跟著鄭氏回去了。回去後收拾收拾就又到了流放隊伍出發的時間，接下來又是半天辛苦而枯燥的趕路。

周瑾對於周瑜說教他飛天遁地早就迫不及待了，一路上心裡都火燒火燎了，但路上這麼多人，只能強忍著。好不容易等到隊伍停下，幫著鄭氏搶好了今晚住的地方，周瑾拉起周瑜就往營地外跑。

「娘，我和阿瑜去周圍看看，看能不能找點吃的！」周瑾邊拉著周瑜跑，邊跟鄭氏喊道。

鄭氏還想說讓周瑜休息自己去，一抬眼，哪裡還有兩人的影子？

「這兩孩子！」鄭氏無奈的搖搖頭，開始收拾起今晚住宿的東西來。

第六章

「快說！妳怎麼會飛天遁地的?!」

周瑾將周瑜拉到一個沒人的地方，就急火火的問道。

「哥，我說過了，不是什麼飛天遁地，是露營車空間，我們自帶的空間。」見周瑾還是一臉疑惑，周瑜又解釋道：「你還記不記得，我們穿越前開的車，就是那輛跟我們一塊兒炸了的越野露營車，它也跟著我們一塊兒穿越了！它就是我們的空間。」

「呃，妳的意思是我們的車也穿過來了？在哪兒？那跟妳會飛天遁地有什麼關係？」

周瑾雖然聽周瑜說過不少穿越修仙類的小說，但他只對自己感興趣的情節有印象，比如武功蓋世啊、御劍飛行啊、飛天遁地啊，並不知道空間是什麼東西。

「都說了不是飛天遁地，我不會什麼飛天遁地！」周瑜氣得不行，強忍著怒氣又解釋道：「是空間！露營車空間！它也不在這裡，它就在我們的意識裡，隨時想去就能去！」

「妳的意思是我們的露營車隨著我們穿越成了我們的空間？而妳突然出現在我面前是因為這個空間？」

周瑾見周瑜氣急敗壞，才終於識相的不提什麼飛天遁地了，不過他覺得他妹說的這個空間應該跟飛天遁地也差不多，他妹不就是靠這個空間突然出現在他面前的嗎？

「對，對，我就是因為進了空間，然後喊你才出現在你面前的！」周瑜見她哥終於聽進去了，忙點頭道。

「那我能不能進去？」周瑾眼睛一亮，興奮道。

「應該能，我就是喊了車上的蜂蜜就進去了，然後喊了你就出來了，所以我覺得這空間進去的密碼應該就是喊空間裡的東西，出來應該也一樣，因為我們倆原來也算屬於空間裡的，所以喊你……」

「壓縮餅乾！」

「呃……」

周瑜話還沒說完，面前的周瑾就喊了一聲「壓縮餅乾」，然後人就不見了。

哥你好歹等我把話說完再試啊！好吧，她不跟這傢伙生氣，他喊壓縮餅乾也能進去，至少說明她想得對，進出空間只要喊空間裡原有的東西就行。

周瑜也不敢進空間去找她哥，因為若按她的判斷，出空間也需要喊空間裡的東西才行，而現在空間外面只有她是屬於空間裡的東西，若是她此時貿然進去，他們兄妹都在空間裡，出來時沒有東西喊，那兩人豈不是都要被困在裡面？所以她只能等。

誰知道這一等就足足等了一刻鐘，周瑜都有些擔心了起來，焦慮中突然想起自己在空間裡的時候好像能聽見外面的聲音，就想著喊幾聲看看她哥能不能聽見。她也不敢喊她哥名字，怕一喊將自己也給喊進去，只能低聲朝空氣喊道：「喂！那誰，你趕緊給我出來！」

沒有動靜，她哥也沒有出來。

呃……這傢伙不會根本沒聽清楚她說怎麼出來就跑進去了吧？

「喂，你是不是出不來了？喊我就能出來了！」周瑜又急忙朝空氣說道。

一秒後，周瑾叼著根牙籤出現在她面前。

果然！周瑜咬牙切齒。

「呼……哎呀！嚇死我了！」周瑾拍著心口朝周瑜說道：「原來出來要喊妳啊！那妳還說只要喊空間裡的物品就能進出？害我將車裡物品都喊了一遍，連牙籤我都喊了還是出不來！幸虧妳不傻，知道提醒我！」

周瑜憤怒地指著她哥嘴上還沒擦掉的壓縮餅乾碎片。「你像是著急的樣子嗎？自己沒聽清還怪我嘍？」

周瑾有些心虛，剛他聽見他妹說他也能進入空間太興奮了，好像真沒聽清他妹後面說了什麼就進去，看他妹氣得臉都黑了，忙轉移話題，道：「哈哈！阿瑜！我們的空間真是太好了！妳知道嗎？它竟然是靜態恆溫的，東西放進去時什麼樣還是什麼樣，我保溫杯裡的咖啡都兩天了還燙嘴呢，空調、音響也都能用……」

周瑜瞇起眼睛。「所以你這麼長時間都在裡面吃著餅乾、喝著咖啡、吹著空調、聽著音樂嘍？是不是還哼歌啊？」

「沒有，我還找東西來著呢！」周瑾心虛的擦擦嘴角的餅乾屑，慌忙辯解道：「妳看我找到了這個。」邊說邊忙將從工具箱裡翻出來的兩把瑞士軍刀拿出來，遞給周瑜一把。「一人一把，留著防身！」

周瑜的關注點卻不在瑞士軍刀上。

「哥，既然你能拿出空間裡的東西，那是不是說也能將空間外的東西放進去？剛你說空間是靜態恆溫的，要是能在裡面放東西，豈不是比冰箱還好用！」

東西放冰箱放久了都會壞掉，而這個空間卻不會。

「試試不就知道了！」周瑾向來覺得實踐大於分析，直接從身邊草叢折了一片葉子，就想試試能不能放進空間裡。

「哥，你這次出來的時候不要喊我了，喊瑞士軍刀試試，我想確認看看從空間出來是不是也是喊空間裡的物品就行。」

前面幾次他們出來都是喊對方，也不知道喊空間物品到底行不行。要是行，那他們以後只要在外面安全地方放一件空間裡的物品，他們兄妹倆就能同時進入空間了。

「好！」周瑾點點頭，這才明白剛才他在空間喊半天也沒出來的原因，原來是進空間需要喊空間裡的物品，出來必須喊放在空間外的物品才行啊。

這次周瑾進去快，出來也快，片刻後就出來了。

「阿瑜，東西果然如妳所說能放進去，喊瑞士軍刀也能出來。」

「太好了！」周瑜高興的握拳。「那以後我們倆就能同時進空間了！」

「等以後幹麼？我們這就試試唄！」周瑾試空間功能試出了癮，忍不住想接著試下去，不過旋即又想起一事，納悶的問周瑜。「咦？不對啊，阿瑜，怎麼我進去出來空間都是在原地，妳第一次出空間時卻能直接跨越幾百米，突然出現在我面前啊？」

而且還是直接出現在離地七、八米高的樹上！

「呃？可能因為我就在原地？因為你出來空間是喊我，所以我在哪兒你就得在哪兒出現？」

這一點周瑜也不確定，只記得當時自己好像喊了她哥後露營車就竄出去，然後她就突然出現在她哥面前了。

周瑾還是那句。「試試不就知道嘍！」

然後直接跑出去幾十米，喊了車鑰匙就進了空間，結果片刻後又在同一個地方出來了，只好又咚咚咚的跑回來，氣喘吁吁道：「不行啊！我喊的是妳的名字，也出來了，但並沒有出現在妳面前啊！妳再想想，妳那次出現在我面前之前還幹了什麼啊？我看看是不是哪個步驟弄錯了？」

唔……她幹什麼來著？

「噢！哥，我想起來了！我還發動車了，還好像……踩了油門，對，就是踩了油門，但我第一次踩油門時車並沒動，第二次踩……對，第二次踩的時候我同時喊你，車就衝出去了，然後就在你面前出現了！」周瑜邊想邊激動的說道。

「那妳等著！」周瑾又一溜煙的跑幾十米外去了，然後又進了空間，幾秒後嗖的出現在周瑜的面前，手裡還攥著一包牙籤。

「哈哈哈，這露營車空間絕了啊！竟然還能瞬移，只要開車的同時喊外面的空間物品，就能直接出現在那物品面前！哈哈，阿瑜！看來這空間不但能放東西，還能當任意門用啊，是一個大型的哆啦A夢百寶袋啊！」周瑾太興奮了，一把拉起周瑜道：「走，阿瑜，我們去裡面吃東西去！」

說著就將從空間裡特意拿出來的牙籤扔了幾根到一旁茂密的草叢裡，這樣他們出來的時候只要喊草叢裡的牙籤，就能出現在草叢裡了。草叢很深，也能防止兩人突然出現被人看見。

等牙籤放好，周瑾拉著周瑜喊了「露營車坐墊」，兩人就到了露營車空間裡。

進了露營車兩人馬上就吹著空調先吃起東西來，因為食物緊缺，又有兩個弟妹要照顧，這幾天他們都只吃了半飽，早就餓壞了。

一人吃了一塊壓縮餅乾，喝了一瓶礦泉水，還一人吃了一個豬肉罐頭，兩人才拍拍肚子，同時長長吁了一口氣。

簡直太滿足了！

吃飽喝足，兩人又盤點起露營車裡的物資來。

穿越前他們兄妹倆剛發現一個已經被喪屍占領的小型人類基地，費了不少力氣將裡面的喪屍幹掉後，把基地裡面的物資都搬到他們的露營車上。

可能因為那群喪屍剛占領那個小型基地不久，物資裡竟然包括一冰箱剛採收不久的新鮮蔬菜，和壓縮餅乾、鹽、糖、醬油、醋、茶葉、酒、臘肉、桶裝水、沒過保存期限的罐頭，還有武器等等這些常用物資更是不少，足足裝了半輛露營車。

「可惜我們有空間這事不能讓娘和弟妹知道，不然這流放路上就不用發愁了。」周瑜看著露營車裡滿滿的物資感嘆道。

有了這一露營車物資，別說流放兩個多月，就是流放半年他們也不會餓著。

挑了半天，從盛蔬菜的筐裡挑了兩根黃瓜、一個圓茄子、兩顆小白菜出來，只有這幾樣在這個世界比較常見，別的番茄、馬鈴薯這些，這個世界都還沒有。

「哥，你說一會兒我們將這些拿出去，就說是遇到個老鄉送的行不行？」周瑜拿著幾樣蔬菜問周瑾。

「誰天都黑了還在這荒郊野嶺轉悠啊？」周瑾覺得太假了。

「唉！也是！」周瑜也覺得這藉口很爛，只能無奈的將幾樣蔬菜放下。「那怎麼辦？總不能守著這一車東西，光我們吃卻看著我們娘和弟妹挨餓吧？那樣我們也吃得不安心啊！」周瑜現在早就將鄭氏和兩個孩子當成了自己家人，忍不住著急道：「總得想個法子，能合理的拿出些物資才好啊！

「要不……我們把壓縮餅乾砸碎偷著放到娘煮的粥裡？」周瑜眼睛一亮道。

「餅子粥都吃了好幾天，那味道娘早就記住了，妳往裡面放了別的東西，娘肯定能吃出來。」

周瑾又打擊周瑜道，見周瑜噘著嘴發愁，又不忍心，勸道：「我看妳也別著急，據我觀察，宋衙役他們帶的那幾車物資也消耗了好幾天，我覺得他們這幾天應該就會找地方補充物資，到時候哥再想想辦法，看能不能跟著他們出去一趟。要是能，我們就把壓縮餅乾的外包裝去了，當成便宜糕點買回來，反正那東西也不好吃，說便宜買的娘應該也信！」

「不是不讓犯人私帶銀兩嗎？沒有錢你怎麼買東西啊？」周瑜納悶道。

「哎呀，妹妹，妳太天真了！所謂水至清則無魚，還有一句叫上有政策，下有對策，真一分錢不讓帶，那些官兵上上下下的還有什麼藉口撈錢啊？還不是犯人想帶小頭，得先給他們送大頭！只要不擺在明面上，還不都是睜一隻眼閉一隻眼？」周瑾點點他妹額頭嗤笑道。

「你，就事論事！別搞人身攻擊！」周瑜瞪眼咬牙。

她從小到大都是乖寶寶，又沒有接觸過社會的陰暗面，除了學習就是上各種補習班，難得的假期還得被她爺逼著跟他炮製藥材，學習藥理，哪有空知道這些啊？

她又不跟她哥一樣，逃過學、曠過課，還一時誤入歧途短暫混過黑社會，雖然被她爺和老師給揍回來了，但到底積累了一個來月的社會經驗。這還不說，上大學期間他也沒消停，和同學開過公司、賣過小吃、發過傳單、當過保安，沒出社會就已經做過十來樣工種了，誰能和他比啊！

「嘿嘿。」周瑾笑話妹妹向來適可而止。「妳也別生氣，哥的意思是妳別看流放隊伍裡現在人人都跟乞丐似的，但大家多多少少都藏了點錢……」

「那我們家也有嗎？」周瑜眼睛一亮，問道。

「我們家夠嗆，據我所知，外公、外婆的確給娘送過衣物和錢。但除了賄賂官差的，剩下的都進了咱那便宜祖母的口袋了，只給我們剩了些衣裳鞋襪。」周瑾道。

「切，沒錢你說這麼半天？」周瑜失望道。

「嘿嘿，我們沒有，便宜祖母有啊，我們可以跟她要啊……」

周瑾跟前世似的抿著嘴笑道，一副溫潤無害的樣子，只有跟他混了兩輩子的周瑜知道，每當她哥露出這個表情，就是他算計別人的時候。

有了空間兄妹倆心裡踏實了許多，兩人在空間裡又研究了一刻鐘，怕出來的時間太長鄭氏擔心，只能先回去。

回去前周瑾先用瑞士軍刀削了兩根樹枝，又用從空間裡拿出來的尼龍繩做了幾個套野雞野兔的套子放到了不遠處的樹林裡，套子旁放了幾把砸碎的壓縮餅乾屑。做好後，周瑾看著自己的成果很滿意，拍拍手上的碎屑，道：「走吧！明天一早再來看看，看能不能有收獲。」

周瑜想著明天可能有野雞、野兔吃，算上前世她都已經將近四年沒有吃過新鮮肉類了，難得的對她哥星星眼，崇拜道：「哥，你怎麼什麼都會啊？」

「那是，妳哥是誰啊！」周瑾對妹妹難得的誇讚很受用，忍不住自得道：「這還是我上大學時，暑假去家鄉在內蒙的同學家裡玩，跟他爸學的呢，他爸可是當地套野兔的一把好手。可惜後來末世，別說野雞、野兔，連人都快沒了，就沒用上。」

喪屍病毒肆虐的時候，他的那個同學也沒有倖免。

周瑜見她哥突然沈默下來，知道他這是又想起前世的事了，忙勸道：「哥，別想那些不開心的了，你忘了爺爺常跟我們說的，做人得往前看。」

他們的爺爺幼年喪父，中年喪妻，晚年喪子，一輩子都是靠著這句話支撐著，常掛在嘴邊念叨的也是這句話。

「嗯，對！做人得往前看！」周瑾本就不是個愛感傷的性子，不用周瑜勸自己就好了，搖搖頭晃掉腦袋裡的感傷，覺得還是餵飽如今的一家老小比較重要。

「行了，我們趕緊回去吧，要不娘該著急了。」

「嗯。」

兄妹倆急匆匆的回了流放隊伍，鄭氏也知道如今食物難尋，見他們出去這麼久還空手回來也沒有說什麼，只笑著讓兩人趕緊吃飯，然後就抱著家裡唯一的陶罐去打水了。

周瑾和周瑜端著餅子粥都有些食不下嚥，一是兩人剛都吃飽了，二是正因為他們吃飽了，看著家人挨餓心裡才更愧疚。

於是低聲商量幾句後，還是決定將提前砸碎的壓縮餅乾拿出些來餵給弟妹吃。

周瑜將口袋裡包好的餅乾碎掏出來，分別混到兩人的粥碗裡，用筷子攪勻了，然後兄妹倆一人端著一碗去餵兩個孩子。

兩個孩子這時候已經吃過飯睡著了，迷迷糊糊的被哥哥姊姊叫醒，然後一人嘴裡就被餵了一口壓縮餅乾碎粥。難得的香甜滋味充斥著兩個小傢伙的味蕾，人都還沒徹底清醒就本能的大口吞嚥起來。

「好吃，甜甜的！」小周瓔邊吃粥邊笑得一臉滿足，窩在周瑾懷裡笑得甜滋滋的。

「嗯，好吃就多吃點，姊姊找到了甜草根加入粥裡，所以粥才甜甜的。」周瑜邊餵周璃喝粥邊解釋道。

不解釋不行，懷裡的周璃清醒些後已經在問她這餅子野菜粥為何和原來的味道不一樣了。

「大姊，這粥是娘留給妳和大哥的，給我們吃了你們吃什麼啊？」周璃喝了幾口粥後又問道。

周瑜覺得頭疼了。你說你哪來這麼多問題啊？跟小周瓔似的乖乖給什麼吃什麼不好嗎？

「阿璃趕緊吃吧，大哥剛幫官差辦了點事，官差給了大哥兩個餅子，大哥和大姊剛已經吃過了。不過，大哥給官差辦事這事得保密，阿璃誰也別跟他說喔！」

周瑜一邊餵周璃一邊想法子騙這小子，深怕這小子又接著刨根問底問出什麼大哥給官差辦什麼事、能不能告訴娘之類的……萬幸周璃到底年紀還小，又十分信任大哥、大姊，聽周瑜說吃過就放了心不再問了，安心的吃起粥來。

周瑾和周瑜見了，才齊齊鬆了口氣。

「看來以後往粥裡摻壓縮餅乾這事不能幹了，這小子太精了。」等兩個孩子又睡著後，周瑜忍不住心有餘悸道。

「我早就說不行，連這他們都能吃出不對來，更別說娘了。」周瑾又打擊他妹道，換來他妹一個白眼也不在意，又道：「看來只能依著我的法子，等宋衙役他們去購買物資的時候再想辦法了。」

「也只能如此了。」周瑜嘆道：「也不知道他們什麼時候去？希望到時候我們能找到機會跟著啊……」

「誰說不是呢？」

兩人都真心盼望著。

第七章

第二天一大早天還黑著，周瑾就睜開了眼，將一旁的周瑜也給晃醒了，他們得在隊伍出發前去看看昨晚做的陷阱怎麼樣了。

兄妹倆越過熟睡的人群，悄悄地朝昨晚下套的野林子走去，離最近的放置陷阱的地方還有十來米，兩人就聽見了一陣撲騰聲。

「好像套到東西了！」周瑾驚喜的喊道，急忙朝撲騰聲傳來的地方跑去，周瑜也忙緊跟其後。

到了近前果然見一隻肥碩的野雞被牢牢的套在繩圈裡，尚在徒勞的掙扎著，看起來像是剛被套住不久。

周瑾忙上前將野雞摁住，也沒殺牠，就用草繩將牠雙腳捆牢了，提在手上。

剛來就有了收獲，讓兄妹倆振奮不已，忙去查看其他的陷阱，又陸陸續續在後來的七、八個陷阱裡，收獲了一隻已經死了的兔子和另一隻半大的野雞。兄妹倆對成果很滿意，興奮的提著獵物回去了。

流放隊伍裡的人們這時候也都已經起來了，正在收拾東西，看著提著獵物回來的兄妹倆，人群頓時沸騰了，其中最沸騰的當數兩個孩子。

「大哥！這是你抓的兔子和雞嗎？我們有肉吃了嗎？」周璃拉著周瓔邁著小腿跑了過來，看著兄妹倆手裡的雞和兔子，興奮的喊道。

「嗯，中午休息的時候就讓娘給我們做肉吃。」周瑾摸摸小弟因為瘦而越發顯得大的腦袋，笑咪咪的說道，難得看見這小子如此興奮的樣子。

「哇！中午可以吃肉肉嘍！」小周瓔十分拉仇恨值的叫嚷起來，引得流放隊伍裡別的小孩子都流起口水來，紛紛哭鬧著跟身邊的大人們也要起雞肉、兔肉來。

小周璃見了忙捂住妹妹的嘴，給她做了個噓的手勢。

其實何止是隊伍裡的小孩子們流口水？連營地裡的大人見了周瑾兄妹捉的野雞、野兔也都感覺嘴裡的唾液不斷的分泌中，都饞得不行，不過是沒有跟孩子們一樣哭出來而已。

也難怪大家眼饞，自從抄家後，眾人就很少能吃到肉了，也就有時親朋過來探望時能摸著一點。但自從流放後連這一點也沒了，此時見了肥碩的野雞和野兔，哪能不饞呢？

周瑾可顧不得別人饞不饞，他又不是聖人，寧願自己家挨餓還去救濟別人？大家都有手有腳，他既然能捉獵物，別人自然也能，自己不去想辦法捉卻只會依靠別人施捨，這樣的人他也看不上。所以，他極其自然的在眾人豔羨的目光中提著獵物、領著弟妹走去了自家的地盤。

早晨流放隊伍是沒有飯的，周瑾兄妹將獵物拿回去後流放隊伍就出發了，但因為想著中午就能吃到香噴噴的肉，一家子都很興奮，連趕路都感覺比別的時候有力氣。

又是漫長而辛苦的半天跋涉後，隊伍在一個水塘邊的樹林裡停了下來。

一家子急忙找了個陰涼的樹下安置好，周瑾就將早晨打的獵物拿出來。和鄭氏商量了一下，只留下那隻活著的野雞一家人吃，剩下的兔子和另一隻小點的野雞都被周瑾提著給宋衙役送過去。

沒辦法，周瑾還想著官差們去補充物資的時候能帶上他，不時常在宋衙役這個頭頭面前晃晃，又怎麼能讓宋衙役記住自己，在派人外出採買物資的時候能想起他呢？

至於為何他敢確定官差外出的時候會帶著部分人犯？那還不好猜，那群官差怎麼可能放著免費的苦力不用，自己辛辛苦苦去搬搬抬抬的。

周瑾過來的時候，李茂正忙著安排衙役們去給人犯們發飯，一抬眼看見周瑾提著雞和兔子走了過來。他們雖然身為官差不缺肉吃，但這些野物也確實難得，見了就笑道：「你小子挺有本事啊！還能逮住這野物？」

「嘿嘿，官差小哥，小子小時候跟莊子裡的人學了些下套的本事，得了些獵物，給官差大哥送過來下酒。」周瑾笑呵呵的說道，一副跟李茂很熟的樣子。

李茂一愣。這小子還挺會取名，跟老大叫官差大哥，跟他就叫官差小哥，這稱呼既不像別人喊他們官爺那麼卑微，又比喊衙役尊敬，看來這小子真跟頭兒說的一樣，是個面憨內精的啊！

「頭兒這會兒不在，在車裡睡覺呢！」李茂想著周瑾過來送東西，肯定是想親自將東西送到他們頭兒手上，就指指一旁的石頭。「要不你坐那裡等會兒吧！」

「唉，小子就是過來送個東西，哪敢打攪官差大哥休息啊？反正做這野雞、野兔也得您操持，擱您這兒就行。」

雖然對沒有當面將獵物送給宋衙役有些遺憾，但巴巴的在這兒等著宋衙役醒了那叫什麼事啊？不顯得逼著跟人宋衙役要好處嗎？這麼蠢的事周瑾才不會幹。

知道李茂是管著宋衙役小灶的，就笑著朝他問道：「您看放哪兒合適？」

李茂就找了個木盆給他，周瑾將野雞野兔放好，又看李茂正忙著，就又笑道：「本來是想給您殺好洗乾淨了再送過來的，省得您做的時候麻煩，但手裡實在沒稱手的傢伙。小子看您也怪忙的，要不您借我把菜刀，我去給您將這野雞和兔子都收拾好了剁成塊，再給您端過來？」

能有人替自己省事，李茂哪有什麼不願意的？就又找了一把菜刀、一小塊砧板，一塊兒遞給周瑾，不客氣道：「別剁太小塊了，吃著不帶勁，老大愛吃大塊的！」

「欸，成，您瞧好吧！」

周瑾接了東西端著木盆就往河邊走去，想著家裡也沒有稱手的工具殺雞，正好這會兒有菜刀，就順道又回去將自己家的那隻雞也拿了，打算帶到河邊一塊兒殺。

鄭氏此時正為如何殺雞苦惱，她在周家雖然過得不算好，但身邊也是有婆子伺候的，就算偶爾下廚，這些雞鴨之類的也都是別人按要求給收拾好，她直接用就行了，她哪裡殺過雞啊？別說殺雞，那雞一撲騰鄭氏就忍不住一陣心驚肉跳，但又想在孩子們面前不露怯，此時正一臉慘白的跟自己的膽怯奮鬥呢！

周瑜倒是敢殺，可奈何她娘覺得她不敢，將她攆得遠遠的照顧弟妹，自己拿著塊石頭跟那隻半死不活的野雞都對視了快一刻鐘也不敢下手。

小周瓔看得都著急了，扭著身子對周瑜道：「大姊，我們什麼時候才能吃上肉啊？」

周瑜正猶豫要不要不符合原身人設的去將那隻雞殺掉得了，也好讓牠解脫，省得臨死前還要飽受驚嚇之苦。她正想下定決心，周瑾就過來了。

周瑜和鄭氏見了齊齊鬆了口氣。一個想終於不用再強撐著了，可嚇死她了！一個覺得，總算不用再看著她娘在對一隻雞掙扎了。

於是，周瑾和周瑜兩個一人提著獵物和菜刀，一人拿著陶罐，一塊兒去了河邊。

鄭氏本來想說她去，但奈何她太怕了，再加上周瑾說只讓周瑜給他燒水不讓她看殺雞，周瑜也說她不害怕，鄭氏才「勉強」同意了。

兄妹倆假意看不出他們娘的故作鎮定，拿著雞走了。在河邊找了個乾淨地方先架了石頭生了火，將水給燒上，趁周瑜燒水的空閒，周瑾又先將兔子扒了皮，清理好內臟剁成塊。等剁好了兔子，陶罐裡的水也開了，兩人放好木盆，一個端著陶罐澆水，一個趁熱拔起雞毛來。

兄妹倆小時候都是在農村長大的，又從小沒有父母，爺爺忙的時候都是他們自己做飯，對於做這些都很熟練。

「喲，我當是誰呢？原來是我們家的小馬屁精啊！怎麼，巴巴的上趕著給人送兔子送雞的還不行，還得給人當奴才使喚啊？」

兄妹倆正忙著，就聽一道尖酸刻薄的聲音從後面傳了過來，扭頭一看，就見二伯母錢氏正站在他們後面，一臉譏諷的看著他們。

周瑾抬抬眼，上下看了錢氏一眼，道：「妳是不是很閒？還是吃飽了撐著沒事幹，跑這兒來亂叫喚？」

怎麼那硬餅子還沒撐死妳呢！

周瑜也道：「哥！搭理那些整天只會吐酸水的人幹麼？我們趕緊收拾，一會兒好讓娘給我們燉雞湯喝，饞死這群酸雞！」

「嘿！你們兩個小兔崽子怎麼說話呢？眼裡還有沒有長輩，有了雞肉、兔肉不孝敬你們祖父、祖母，還敢跟你們二伯母這麼說話？簡直、簡直反了你們了！」

錢氏聽了頓時炸了，沒想到平時本分老實的兩兄妹這麼會挖苦人，氣得不行，上前就要打兄妹倆的巴掌。

周瑾兄妹哪能讓她打著？見她過來，十分默契的一人拎起雞，一人拿著菜刀，同時輕輕的轉了半個身，避開她打過來的手。

他們這一避開不要緊，可害苦了錢氏。兩人本來正蹲在地上拔雞毛，他們這一避開，後面揚手打過來的錢氏就撲了個空，慣性下一個沒站穩，朝前面盛滿雞毛和水的木盆就一頭栽了進去。

兄妹倆齊齊嘶了一聲，頓時覺得錢氏好慘。

幸虧木盆裡的水已經不太燙了，要不這一栽，錢氏非毀容不可。

但就是這樣，錢氏也出了大醜，當她頂著一頭雞毛從木盆裡爬起來的時候，河邊的眾人雖然已經被流放折磨得有些麻木不仁，見了卻也都忍不住笑了出來。

其中有個長得白胖，單眼皮圓臉龐的三十多歲婦人嘲笑得尤其大聲。

「哈哈，唉唷喂！旺業家的，吃不著妳姪兒打的雞，饞得妳想吃雞毛不成？哈哈，那玩意兒可不好吃，扎嗓子！」

這話說完，更引得河邊眾人哄堂大笑起來。

周瑾、周瑜兩位受過現代網路茶毒的，不禁一愣。

這位嬸子，我們嚴重懷疑妳在開車！

錢氏頂著一腦袋雞毛狠狠瞪向白胖婦人白氏，這白氏小時候和她就是街坊，相比自己商戶的出身，白氏的出身更好些，父親是舉人不說，兩個兄長也都中了秀才。

兩家緊挨著住，又年紀相仿，自然從小就認得，也從小就被人比較。

錢氏家裡雖家財萬貫，樣貌又比白氏好，但京都的高門大戶向來更看重門第出身，對錢家這種商戶人家，尤其看不起。所以每逢出門作客、結伴出遊這些，白氏都比錢氏更受歡迎，因此錢氏自小就深恨白氏，白氏對她也是厭惡。

兩人相看兩相厭的長大，本想著出嫁後就再沒了交集，卻沒想到又都嫁入了周家。錢氏嫁的是周家旁支周旺業，白氏嫁的則是周家嫡支周旺榮。

周旺榮不但是周閣老的親姪子，還是他們那一輩最年輕的舉人，相較於做了周家旁支媳婦，還是個繼室的錢氏，婚後的白氏依然將她吊著打。

但沒想到三十年河東、三十年河西，白氏進門剛一年多，剛生下兒子周理不久，周旺榮就在一次外出與同窗遊玩時驚了馬給摔死了。這下錢氏可終於翻了身，忍不住時常在族裡女眷面前對白氏冷嘲熱諷，說她八字不祥才剋死了夫君。

漸漸地這話就傳到了白氏的婆母耳朵裡，白氏的婆母魏氏亦是年紀輕輕就守了寡，和同命相連的兒媳婦白氏處得很好，聽了這話就來氣，拉著兒媳婦就找上了周家的門。婆媳倆當著馮氏和錢氏幾個妯娌的面，將錢氏撓了個滿臉花。這事當時在周家族裡鬧得很大，白氏和錢氏也因此事徹底撕破臉，成了一對徹頭徹尾的死對頭。

所以看見錢氏出糗，白氏肯定要踩上一腳的，何況相比錢氏，對於和自己一樣也是寡婦的鄭氏，白氏自然帶著好感，對她的兒女也更多了幾分同情。

此時見錢氏瞪向自己，也狠狠地瞪了過去。

錢氏此時雖然恨不得撕了白氏的嘴，卻也知道有周閣老一家護著，她若打了白氏自己也落不著好處。而此時自己頂著一身雞毛跟個落湯雞似的，留下來也會越發惹人嘲笑，於是只能將滿腔憤怒化成一句經典臺詞。

「你們兩個小兔崽子，給我等著瞧！」

然後就急匆匆的走了。

周瑾、周瑜兄妹倆只對視一眼，聳了聳肩，繼續把雞毛拔完。

純天然的野雞肉質緊實，香味濃郁，即使沒有別的調味料只加了鹽巴，但也香氣撲鼻，讓人食指大動。

一家子都已經好幾個月沒有聞過肉味了，都有些迫不及待起來。正要開動，就見錢氏抱著一個粗瓷大碗，後面浩浩蕩蕩的跟著周瑾兄妹的幾個堂兄。

周瑾見了這陣仗忍不住冷笑起來，呵呵，這架勢是打算要不成雞肉就要明搶啊，也不看他們，接過如臨大敵般的他娘手裡的勺子，繼續給一家子盛起雞湯來。

周環眼見周瑾將一隻雞腿盛到小周瓔碗裡，他已經好幾個月都沒吃過肉了，頓時饞得先忍不住，大罵道：「好你個周瑾，有好肉不給祖父、祖母留著，竟給那賠錢貨！她也配！」

「就是，周瑾，趕緊將雞湯給我們，要不有你好看！」周耀也跟著叫囂道，為顯氣勢，還一腳將周瑾家的背簍給踢翻了。這一下將小周瓔嚇得頓時哇哇大哭了起來，鄭氏見狀忙將她護在懷裡，安慰道：「不怕，不怕，有娘呢！」

周瑜則一臉淡定的將氣得臉鼓鼓的小周璃拉到了身後，免得一會兒她哥揍起人來誤傷了他。

「我要是不給呢？」周瑾見蘿莉小妹哭了，也懶得跟這群蒼蠅周旋了。拍拍褲子上的土站了起來，順勢將陶罐底下一根正燃著的木柴抽出來，用還燃著火的那邊指著周耀的鼻子慢悠悠道：「你，能拿我怎麼樣？」

周耀幾個跟著過來就是打算周瑾要是不乖乖交出雞肉，就一起將這小子給揍一頓，周環、周耀為此還特意拿了棍棒，但誰也沒想到周瑾會先動手，還這麼狠，直接拿燃燒的棍子指著人。

看著近在眼前還熊熊燃燒的木棍，感覺那火的灼熱烤得他臉都燙了起來，周耀頓時慫了。這要是給他臉上來一棍子他不疼死也得燙死啊！他甚至不敢叫囂說周瑾不敢，因為他從周瑾眼神裡能得出答案，他敢！

他要是敢動一下，他就敢直接燙死他！

「你、你這是幹麼？我可、可是你哥，你……有話好好說！」周耀忍不住哆嗦道。

一旁的周環卻是個混不吝的，何況周瑾拿燃燒的棍子指著的也不是他，他自然不怕，看周耀慫了頓時跳腳罵道：「能拿你怎麼樣？自然是揍你小子！」

邊罵邊揚起手裡的棍子朝周瑾打去，還不忘招呼跟來的周珠和周瑚。「大哥、二哥，一起上啊！」

周瑾這一輩男丁，若按周家的總排行依次是周珠、周瑚、周耀、周環、周瑾、周璃，所以周環叫周珠和周瑚大哥、二哥。

周珠是個只知道讀書的，不會打架，他跟過來一是也想吃肉，二是對前幾次周瑾一家子頂撞祖父祖母不給他們讓地方，早就心存不滿，想要給幾人一些教訓。

但他所想的教訓也就是動動嘴皮子，或者看著周環幾個揍人，他才不會自己動手，覺得那樣太有辱斯文了。而周瑚則是不敢不聽他繼母錢氏的話無奈跟來的，他跟過來本就不情願，自然也不會上前。

兩人都不想打架，聽了周環的話就都沒有動，周瑚甚至還想攔攔周環，可惜沒攔住。也幸虧兩人沒有動手，因為周環的話都沒喊完，就被周瑾一腳給踹了回來。

周珠和周瑚看得都傻了。

「啊！打死人啦！」錢氏見寶貝兒子被周瑾一腳就踹飛了，急忙上前抱著兒子號哭起來，指著周瑾罵道：「你個忤逆不孝的東西，該死的小畜生！敢打你哥哥，有本事你打死我！」

「妳兒子才是畜生呢！這會兒知道妳兒子比我兒子大啦？妳兒子舉棒子打我兒子時怎麼不說？」一旁的鄭氏幾次想上前都被周瑜攔了，這會兒見錢氏罵她兒子再也忍不住了，跳出來跟錢氏對罵起來。「告訴妳！我才是阿瑾的娘，我兒子孝不孝順、忤不忤逆還輪不到妳來說！妳帶著幾個姪子拿著棍棒過來什麼意思？還不是看我們阿瑾好不容易找到口吃食想過來搶！行啊，想搶東西是吧，先從我這當娘的身上踏過去再說！」

鄭氏跟隻護崽子的母雞似的將周瓔推到周瑜懷裡，張開手將幾個孩子護在身後，想欺負她的孩子，除非她死！

周瑜在後面默默地給她娘點了個讚，就在這一片罵聲中，端著雞湯領著兩個孩子往一旁的大樹後面避了避，餵兩人吃起肉來。反正前面有她哥頂著呢！她娘也被激起了火性，就沒她什麼事了。

所以，當周珠、周瑚怕事情鬧大，將周老爺子請過來的時候，周瑜三個都已經吃飽喝足等著看戲。

第八章

周老爺子過來就先狠狠地瞪了錢氏一眼，朝她罵道：「不過是小子們打鬧，環哥兒打不過他弟弟是他技不如人，妳個婦道人家跟著摻和什麼？」

一句話，就將錢氏帶著周環幾個過來搶周瑾他們雞肉的事定調成了不過是兄弟幾個鬧著玩。罵完錢氏，周老爺子又轉身朝一旁幸災樂禍的圍觀人群笑道：「幾個淘氣小子，一言不合就往一塊兒滾，過一會兒就又好，大家見笑了，都散了吧，哈哈！」

錢氏被周老爺子狠戾的目光一瞪，嚇得整個身子都哆嗦起來。

她帶著兒子和姪子過來搶雞肉並沒有通過周老爺子夫婦倆，在河邊時她被周瑾兄妹鬧得丟了大醜，實在氣不過，就叫親兒子周環將周珠幾個都叫來，又誘惑又威脅的讓他們幫著她過來搶雞肉。

本來想著四個小子對付周瑾一個怎麼都足夠了，到時候將周瑾打一頓，再將雞肉搶回去，她也能出了河邊丟醜的惡氣。

縱使事後周老爺子知道了她也不怕，錢氏嫁進周家這麼多年，對她這個公爹也算了解，知道她這個公爹最擅算計，只要不損害他的顏面又能讓他得了好處，向來是睜一隻眼閉一隻眼的。

結果萬萬沒想到，周瑾只一腳就將她兒子給踢了個半死！

「祖父！孫兒也是想給您和祖母要雞湯才被打的，你得給我們作主啊！」錢氏懷裡的周環見周老爺子來了，以為有了倚仗，忍不住叫了起來。

「環哥兒莫胡說，瑾哥兒向來是個孝順的，有了雞湯又怎麼會忘了給祖父、祖母喝呢？」周老爺子卻看也沒看周環，只朝著周瑾說話。「是吧？瑾哥兒？」

周瑾將自己的手從他娘攥得死緊的手裡掙脫出來，反手拍了拍他娘的手臂以示安慰，才同樣笑咪咪的接了周老爺子的話。

「多謝祖父誇獎！看來祖父是過來教訓幾位堂兄的？呵呵，祖父千萬別罰他們罰得太狠了，雖然他們合夥欺負孫兒一個，是該教訓教訓，但您老常教導我們要兄友弟恭，他們做不到當哥哥的樣子，孫兒卻生來大度，就不跟他們一般見識了。」

周老爺子沒想到周瑾竟敢如此曲解他話裡的意思，不但沒接雞湯的話，又將過錯給推回到周環幾個身上，心道：這小子不但長了血性，連口才都長了不少！

他氣得板起臉想要再說，沒想到又給周瑾打斷了。

「祖父千萬別生氣，孫兒早就看出四哥幾個過來搶雞湯不是祖父、祖母的意思，肯定是三哥、四哥嘴饞又沒本事，才攛掇著大哥幾個來搶孫兒特意給弟妹煮的雞湯。祖父、祖母向來疼愛我們這些晚輩，又怎麼可能忍心看著我們這些孫子孫女挨餓呢？所以祖父放心吧，孫兒斷不會誤會祖父的。」

周老爺子一下子沒能回話，周瑾則是笑瞇了眼。

呵呵，你跟我講尊老我就跟你說愛幼，誰又怕誰呢？

周老爺子真沒想到周瑾能說出這麼一番話來，要不是他敢肯定面前站著的就是他的五孫子，他都要懷疑這小子被人換了包！

這番話的老練程度，怕是他年輕時都說不出來，甚至比他那兩個成家立業的兒子都強，忍不住對面前這個他都沒怎麼關注過的孫子是又愛又恨起來。若是沒流放前他能發現這孩子的資質就好了，那他肯定對他好好培養、聯絡好感情，或許流放遼東後，他們家還能靠著這孩子再起來。

可惜，他先前什麼也沒看出來，由著老婆子搓磨他們娘兒幾個，最後更是在鄭氏被山匪劫走的時候棄了他們母子，早早讓這小子跟他們離了心。現在，即使他後悔了想挽回，怕是也晚了！

不過，要是沒有鄭氏被劫那一遭，沒經過歷練，或許這小子也還是他那個有些懦弱的孫子，至少不會迅速成長為這樣……唉！真是時也命也啊！

「瑾哥兒，你要知道在這世上一個人再強，離了宗族他也是混不下去的。我們家現在受了難，你可以不管不顧，覺得沒人能拿你怎麼樣，但有一天當你有機會擺脫這困境想往上爬，只要家族不認可，這世上是沒有人會認可你的！」

周老爺子五味雜陳的看著眼前的周瑾，頗有些推心置腹的說道。

周瑾知道周老爺子說的是事實，在這個時代，沒有宗族的人不管是讀書還是從武都不會被世人接納。有些人寧願死也不願被逐出宗族，就是因為一旦被逐出宗族，這個人就注定了顛沛流離、困難重重的一生。

但要讓他因此就忍氣吞聲，被人拿捏在手裡，那也是不行的！尤其這人待他還沒真心！

「祖父，您老人家的教誨孫兒謹記在心，但您老也別嚇我，總不能您說什麼就是什麼吧？我們周家宗族，也不是您老說了就算的。」

周瑾依舊笑咪咪的回道。

周老爺子見周瑾一副油鹽不進的模樣，連自己服軟的話都聽不出來，也有些生氣。他在家一言堂慣了，何曾對哪個後輩這般和顏悅色過？結果這小子還不吃他這套！頓時怒道：「哼，先生就是這麼教導你跟你祖父說話的？我雖不是族長，但還是你祖父，你若忤逆不孝，我就是將你打死，怕是族長也不會說什麼的！」

「不知祖父怎麼就認定孫兒忤逆了？先生的確教過孫兒要重孝道，但還教過孫兒小杖則受大杖則走才是對長輩真的孝順。祖父要是不說清孫兒哪點不孝，孫兒只能跑去找族長問清楚，斷不能任由祖父打死的，畢竟打在孫兒身，痛在您老心不是？」

周瑾滿臉堆著笑，嘴裡說出的話卻一句比一句氣人。

在一旁默默聽著這邊動靜的周瑜無語。論陰陽怪氣，果然她哥敢任第二，沒人能任第一。

周老爺子此時也這麼想。是他對這個孫子太不瞭解，還是他心性變化太大，怎麼不光膽子大了、聰明了，還這麼不要臉了呢？

他一時還真拿這個滑不嘰溜的孫子沒什麼辦法，但就這樣放過，周老爺子又覺得自己太憋屈，正兩難著，就見李茂帶著幾個衙役過來了。

李茂奇怪的看了一眼地上還抱著哭的錢氏母子倆和圍著的周耀幾個，又看了一臉憤怒的鄭氏和旁邊一臉便秘樣的周老爺子一眼，才問周瑾。「這是怎麼了？有人欺負你們了？」看著也不像啊？要是被欺負了，抱著哭的不應該是他們嗎？

但基於對周瑾的好感，他還是向著周瑾問了話。

錢氏幾個見官差竟然對周瑾和顏悅色的說話，還一副想給他撐腰的樣子，嚇得不輕，深怕周瑾說出對他們不利的話來，連一旁的周老爺子心裡都緊張起來。

「呵呵，沒有，是小子的幾個堂兄不懂事，小子的祖父正教訓他們呢！」

周瑾笑著回答李茂，還故意朝一旁的周老爺子問道：「是吧？祖父。」

周老爺子心裡被這小子氣得直吐血，嘴上卻不敢不應，只能隨著他朝李茂躬身，道：「呵呵，孩子不懂事，讓官爺看笑話了。」

怕李茂不信，又忙呵斥一旁的錢氏。「還不趕緊帶著妳兒子回去，丟人現眼的東西！」

錢氏此時不敢再說話，忙扶起兒子就要走，一旁的周耀見了也忙想跟著溜走。

「等等！」李茂突然出聲道。

三人聽了忙停住腳步，整顆心都跟著提了起來，深怕李茂手裡的鞭子突然就抽過來。

李茂才懶得抽他們，這大熱天，抽他們一頓自己也得出一身的汗。他隨意指了指周環的腳踝，對周老爺子道：「既然你這兩孫子連你這當爺爺的管教都不服，多半是個刺頭，我看還是將腳鏈子給他們戴上吧！」

周耀是戴了腳鐐的，但周環只比周瑾大一個月，同周瑾一樣也沒有受廷杖、戴腳鐐。

周老爺子聽了很想說他的確有個刺頭孫子，卻不是周環，此時又怎麼敢開口，只能眼睜睜的看著李茂手下的衙役押著周環去戴腳鐐了。

整治完周環，李茂才朝周瑾說了來意。

「行了，我過來就是跟你說，明兒頭兒要派人去城裡買糧食輜重，我提了你，頭兒同意了。你準備準備，明兒寅時末就得出發。」

周瑾沒想到昨晚還盼望的事今兒個就實現了，驚喜來得竟這麼快，急忙朝著李茂拱手道：「您對小子的照拂小子記住了，感謝的話小子就不說了，但凡以後您有差遣，小子莫敢不從！」

「哈哈，好說好說，我就知道你小子是個懂事的，難怪頭兒都喜歡你。行了，你準備準備吧，明兒一早去找我就行。」

李茂笑著拍拍周瑾肩膀，又怕周瑾年紀小不知道出去一趟多不容易，到時候什麼也不帶，特意湊近他耳邊提點道：「你若是想給家裡帶點東西，就得多帶這個。」一邊說邊比了個銀子的手勢，也知道他們家如今什麼都沒有，又用眼神瞟了瞟一旁的周老爺子。「你若沒有，就跟你祖父要。」

「多謝官差小哥提點，小子記住了。」周瑾又衝著李茂抱了抱拳，感激道。

「得了，明兒來找我吧！」李茂又拍拍他的肩膀，才帶著手下走了。

一旁的周老爺子看到這一切，整個人都震驚了，他原以為就憑周瑾送的那點微末東西，不過些泥鰍、野兔，也就能讓官差給他個好臉色，畢竟這些日子他也沒少給這些官差送銀子，也就讓他們一家少挨了些鞭子罷了。

卻沒想到周瑾憑著那點東西，就和這群官差們混得這麼熟，在他們面前有這麼大面子，連宋衙役都喜歡他。

目送李茂離去的周瑾回頭瞥了他便宜祖父一眼，心道：正好這位在這裡，省得自己去找了。

「祖父，可否借一步說話？」

周老爺子沒想到周瑾的一句借一步說話，就直接從他手裡要走了三百兩銀子，那可是他如今手裡十分之一的家當。

但不給又不行，吃了好幾天的摻糠餅子了，再不採買些東西，別說別人，他們老兩口就得先頂不住了。而如今一家子裡又只有周瑾有本事能跟著官差出去採買，即使知道這小子會貪下不少，周老爺子也沒有別的辦法，只能帶著這小子回了他們的休息地，跟馮氏拿銀子。

周瑾看看周老爺子手裡幾乎是從便宜祖母那兒搶過來的三張一百兩銀票，又看看恨不得要吃了他的馮氏，忍不住譏諷道：「祖父，祖母若是覺得捨不得這銀子，那就算了，孫兒這就找宋衙役說說，讓他將跟著去採買的機會給旁人吧。」

你小子還拿個屁的喬！

周老爺子在心裡直翻白眼，但面上卻得做出一副硬將銀子塞給他的親熱樣子。「祖父說給你就給你！趕緊拿著！」

周瑾也就笑笑，正想順勢接了，就聽一旁的馮氏說道：「瑾哥兒，你放心跟著官差出去就是。一會兒祖母就讓你大伯母去將你娘和弟妹們接過來替你照看著，省得你在外面不放心。」

周瑾聽了立即將接銀票的手撤回來了。

這話還用妳說！妳當我沒用這個威脅過這孫子啊？

周老爺子斜了自己的老婆子一眼，心中冷哼。

「祖父，祖母既然這麼說了，您是不是將我們剛商量好的事告訴祖母，也省得祖母總替我們娘兒幾個操心。」周瑾笑咪咪朝周老爺子看了過來。

周老爺子如今見他這笑咪咪的樣子就感覺肝疼，但也知道他若不當著大家的面說清楚，周瑾絕不會接銀子，只好沈著臉對一家子道：「我已經跟瑾哥兒商量好了，以後這一路上瑾哥兒一家就自己走自己的，這次採買的三百兩其中有一百兩歸瑾哥兒，隨他們自家願意採買些什麼都行。以後若是還託瑾哥兒出去採買，依舊如此。」

周老爺子這話說完，周家人都驚了。老爺子這話的意思是以後周瑾一家不但單過了，每次採買還能獨占一百兩東西，而他們這麼多人，才分二百兩？

「這怎麼行？瑾哥兒娘兒幾個才幾口人，憑什麼他們分一百兩！」周旺祖先不幹了，他是長子，要分大頭也應該他分。

「就是，父親！要我說就該按娘說的讓瑾哥兒他們都回來，也能一家有個照應！」周旺業也跟著道。

他倒不是光為了錢，而是早就眼饞三弟妹鄭氏好久了，一直想找機會在鄭氏面前獻獻殷勤。在家時鄭氏連院子都不出，他一直找不到機會，但流放這一路，鄭氏一個人帶著四個孩子，正是最需要人關心的時候，他若關心備至，等到了遼東，還怕和鄭氏成不了好事？

鄭氏此時若是知道他這番齷齪心思，怕是會啐他一臉。肯定會想，老娘前幾天碰上山匪被劫走的時候，你個癩蝦蟆躲哪個水窪藏了？

「是啊，祖父，孫子不服！憑什麼便宜都讓他們一家占了？」

「對啊，有東西當然一起分才公平！」

其餘的周珠幾個也跟著不忿起來。

周瑾聽了連眼皮都沒抬，只盯著周老爺子看，周老爺子在心裡又罵了一句小兔崽子，才指著鬧騰的兒孫罵道：「好！你們不服也行！老夫不偏不向，若是你們之中有人也能跟瑾哥兒一樣有本事跟著官差去採買，那這三百兩老夫單給他二百兩怎麼樣？要是沒這個本事，就閉上你們的臭嘴！誰再敢說一句，明兒買回來的東西，就沒他的分兒！」

周旺祖幾個聽了立刻偃旗息鼓，他們躲那群官差還來不及，誰敢上趕著去找抽啊？也就周瑾這個諂媚小人，才會不要臉的巴結。

周老爺子見兒孫都不言語了，才又將銀票塞到周瑾的手裡，拍拍他的肩，望著他柔聲道：「好孩子，這銀子你只管拿去，你祖母的話……千萬別往心裡去，她也是心疼你父親才變得如此，你小時候，這些孫兒裡她最喜歡的就是你了。」

一番話說得斷斷續續，跟剛才嚴厲呵斥眾人的語氣相比，面對周瑾時眼神裡甚至有些卑躬屈膝的小意。

周瑾若不是不久前才領教過這便宜祖父或敲打或拉攏的一套，或者自己身體裡的還是那個倔強卻渴望別人認可的周瑾，周老爺子這一齣父慈子孝的戲，或許真能讓他有所動容。但現在，他煩了！也累了！

默默避開了周老爺子想拉自己的手臂，只盯著他掖在自己手裡的銀票說話。「呵呵，祖父何必如此，孫兒既然答應了將物資買回來就一定會做到，您老放心就是，至於祖母心疼不心疼我的話，祖父還是莫說了。孫兒若是沒記錯，祖母如今手裡藏下的銀票，怕是大半都我外祖家送的吧？我外祖家為何如此？想必祖父、祖母都心知肚明，不外乎想讓祖父、祖母看在銀子的面上多照拂照拂我們娘兒幾個而已。」

說完才抬起頭，一臉譏諷的問聽了自己的話臉都黑起來的周老爺子和馮氏。「可結果呢？」

兜裡裝著鄭氏娘家給的錢，卻對鄭氏娘兒幾個百般刁難，在他們最絕望無助時連伸一把手都不曾有過，就這樣！還在這兒演什麼戲啊？

第二日一大早，流放隊伍還沒出發，周瑾就同其餘兩個人犯一起，與李茂等五個官兵會合，趕著三輛騾車去採買物資。

周瑾觀察了一下跟自己一輛車的兩個人犯，一個三十多歲，身材微微有些發福，另一個則是個五十多歲的乾瘦老者。

一上車坐好，發福男子就朝乾瘦老者打起了招呼，拱手笑道：「鄙人瑞豐周家周澤盛，行二，敢問您是？」

河南瑞豐乃是周家宗族所在地，周閣老的幾個兄弟裡就有好幾個都留在了瑞豐，包括周家如今的族長周閣老的大哥周瑞全一支，周澤盛正是周瑞全的小兒子。

乾瘦老者聽周澤盛來自瑞豐，本就冷漠的臉上更加冷漠了，冷笑道：「原來是瑞豐本家的少爺，呵，失敬失敬，老夫涿州郡周奉松。」

比起瑞豐周家曾經的顯赫，涿州郡周家就低調得多，大部分都是旁支不說，也鮮有入仕的子弟，跟嫡支的交集也就有限，因此對於連累自家跟著流放的嫡支，怨恨就更深了些。畢竟光沒沾著什麼，罪卻一起擔了，誰能不恨呢？

所以，周奉松聽周澤盛說來自嫡支，沒抽他巴掌已經是因為周閣老沒死而在強忍著了，又怎麼還會有好臉色？

周澤盛聽周奉松明顯帶著譏諷的一聲少爺，臉色也是白了白，顯然也體會到了周奉松對於他出自嫡支的恨意。

但他自己又何嘗不恨呢？想他剛剛中舉，就遭了這流放之刑，以後莫說他自己與功名再也無緣，就連他的子孫若沒特赦，三代內都不能再參加科考，可是事已至此，除了想法子活下去，還能怎麼辦呢？

周澤盛苦笑著搖了搖頭，也不再理會周奉松，兩人都齊齊看向周瑾。

周瑾被盯著，微笑地朝兩人欠了欠身，既不偏向誰，也沒看不起誰，只禮貌道：「回兩位族叔，小子名叫周瑾，家父是槐樹胡同周家的周旺舉。」

第九章

「噢，我知道你！你不就是捨命救母的那小子嗎？聽說你很得宋衙役看重？」周澤盛一上車就看著周瑾眼熟，這會兒終於想了起來。

「宋衙役謬讚了，小子能救回母親實屬僥倖，倒是宋衙役高義，讓小子能跟著出來採買，小子一家都十分感激。」

千穿萬穿，馬屁不穿。當著坐前面跟車的李茂的面，周瑾可不介意將對宋衙役的感激時時掛在嘴邊。

幾人互相打了招呼，當著押車衙役的面也不好深聊，就只沈默的坐起車來，大概一個時辰後騾車才在一個城鎮外面停下來。

等守城的官兵看過路引後，才得以進城，又走了一段後，就在一處驛站外面下了車。

顯然這個驛站就是官家指定的供給點，下了車，李茂就將需要的供給單交給驛站迎出來的負責人，等那人接了單子就下去準備，留了幾個車夫在驛站等著，就帶著周瑾幾個去了對面的酒樓。

周瑾幾個自然沒有去酒樓吃飯的資格，等官差們點了一桌好酒好菜，李茂就朝幾人吩咐道：「採買的東西得下午才能準備好，我們弟兄就在這兒歇著等了。給你們兩個時辰的時間去採買，下午申時初去對面驛站等著就行。不過你們可記住了，千萬別誤了時辰或者出什麼紕漏，要不然不光你們，你們闔家老小可都得跟著你們吃掛落兒！」

周瑾幾個就等著這一刻呢，忙不迭的應了。周瑾見周澤盛兩個只知道感謝也沒個別的表示，心裡直犯嘀咕。

這兩位看著也不像不懂人情世故的啊！人家都將他們帶酒樓來了，不明擺著讓他們出錢請客的意思嗎？難道這兩人覺得他們是人犯不能露出錢財來？怕被追究？但也不像啊……昨兒李茂還囑咐他跟他祖父要銀子呢，明顯知道大家或多或少都藏了銀子的啊。

見都要走了兩人還沒動靜，周瑾只好自己上前笑道：「幾位官差大哥只管吃好喝好，跟了一路的車想必您幾位也累了，一會兒我們仨結完帳再跟掌櫃的要兩間上房，等吃完飯您幾位再去睡個午覺，也好鬆快鬆快。」

雖然話是他說的，但周瑾也帶上了另兩位，一是不能顯得只有自己巴結官差，二也是不想只有自己出銀子。

話一說完，就見李茂投過來一個你小子果然挺懂事的眼神，周瑾一顆心才放下了。

周澤盛兩個才反應過來。合著這地方也得他們出錢啊？倒不是他們沒有眼色，實在是為了這次跟出來採買，兩人已經私下送了宋衙役金葉子和小金魚，都以為已經夠了。

但周瑾已經開了口，兩人也不願在官差面前落個吝嗇名聲，畢竟以後他們還想跟著出來採買呢，於是只好跟在周瑾後面說了些大家一塊兒出銀子，一定讓官差吃好喝好的好聽話。

這頓飯外加兩間上房一共花了六兩銀子，三人每人出了二兩，因為周瑾身上沒有零碎銀子，周澤盛就先給他墊付了。

周瑾的原身對此時的物價並沒有什麼概念，周瑾就更不懂了，以為一頓飯花六兩銀子很正常。結果獨自去銀鋪裡換銀票時，跟夥計打聽米鋪在哪兒，順便問了問此時的米價，才發現如今一兩銀子的購買力簡直驚人！

銀鋪的夥計說，這時代的一兩銀子大概能買兩石普通大米，這時候的一石相當於後世的一百八十多斤，也就是說這裡的一兩銀子能買到後世的三百六十多斤大米。周瑾記得後世還沒有末世前，超市裡一斤普通大米大概是兩元左右，那如今的一兩銀子，就相當於後世的七百二十元左右。

照這麼算，那李茂幾個衙役的一頓飯錢連同房費就相當於花了四千三百多元，這在後世來說也是價值不菲的一頓，住五星級酒店吃米其林餐也不過如此了。

不過讓周瑾更為震驚的是周老爺子給他的三百兩，按這個算法豈不相當於給了他二十多萬的鉅款？難怪當時他便宜祖母掏錢時恨得咬牙切齒，也難怪他跟銀鋪的夥計說他要換三百兩銀票的散碎銀子時，那夥計也驚得不行，他換完錢出門時一個勁兒的小聲提醒他多加小心呢。

好在對於安全這點周瑾倒不用擔心，一出銀鋪他就找了個沒人的地方，將換來的三百兩銀子中的二百兩都放進露營車空間裡，只拿一百兩碎銀子放在身上。

在知道這時候的銀子這麼值錢後，周瑾就打算將其中的二百兩昧下留作以後用，剩下的一百兩足夠他買物資了。至於回去怎麼跟周老爺子交代，那還不好說？他就說自己的三百兩只能買回這些物資，他要不信，下次自己跟著來就是了。

就周瑾所知，以宋衙役討厭窩囊廢的程度，他那便宜祖父就是去找他走門路，也少花不了銀子！他祖父未必不知道這一點，要不也不會這麼容易就讓他作為代表出來。

據周瑾估計，他便宜祖父手裡如今怎麼也得還有個一、二千兩，他賄下二百兩對他便宜祖父那手握百萬鉅款的人來說根本不算什麼。再說，他拿的本來就是他外祖父給他們母子的錢，拿也拿得心安理得。

購買物資的第一站周瑾先去了糧鋪，先買了三百斤的精麵、三百斤精米、二十斤芝麻、三十斤豆油、二十斤白糖，讓糧鋪夥計幫著送到了一個小飯館的後門處，這地方是周瑾事先找好的，很是僻靜。糧鋪夥計還以為他買這麼多東西是給飯鋪進貨，也沒多問就走了。

周瑾趁著四下沒人，急忙將其中的一百斤精麵、二百斤精米、二十斤豆油、十斤白糖都放進露營車空間裡。然後就敲開了小飯鋪的後門，給老闆一兩銀子的好處費，讓他幫著自己把剩下的二百斤麵粉和芝麻、油、白糖這些用大鍋炒成油茶麵。

一兩銀子的加工費相當於小飯鋪一天的盈利，又不用費什麼力氣，只需搭些柴火，飯鋪老闆忙不迭的應了，還殷勤的招呼周瑾去屋裡坐著等。

周瑾特意挑的這個小飯鋪門店就一間，主要是賣包子、油條之類的早點，店裡也沒什麼人。

飯鋪老闆見周瑾要做的油茶麵很多，乾脆將灶房的兩口大鍋都點起來，他和老婆子一人炒一口，一塊兒給周瑾做起油茶麵來。

周瑾邊喝著老闆給他倒的茶，邊跟老闆打聽鎮上哪裡有賣獨輪車的，這也是周瑾去糧鋪買麵時見有人推，才突然想起來要買的。

這時候的獨輪車是民間很普遍的運輸和載人工具，想起家裡的兩個弟妹和將來要帶的糧食物品，周瑾覺得買一輛獨輪車很有必要。路途遙遠，他也只能揹一個妹妹，有獨輪車推起來就輕鬆了。

飯鋪老闆是個很精明的漢子，聽周瑾說想買獨輪車，立刻表示他弟弟就是這一帶有名的木匠，做的獨輪車又結實又好推，他若想買可以馬上帶他去。

周瑾因為急著用，也懶怠貨比三家了，等老闆兩口子做好炒麵，就跟著老闆去了他弟的鋪子。去了一看，老闆他弟賣的獨輪車的確很不錯，就是價錢不便宜，一輛就要三兩銀子。

周瑾為免被當成冤大頭，意思意思的還了還價，不但還下了半兩銀子，還附贈了兩條粗麻繩。

看來以後買東西一定得還價啊！周瑾默默的想。

等周瑾推著獨輪車出來，正好碰到了剛從米鋪出來，艱難的扛著一袋米的周澤盛。

周澤盛見了周瑾推的獨輪車頓時眼前一亮，忙問他在哪兒買的。周瑾念著他剛為自己墊付了衙役們的飯費，想著幫人幫到底，不但帶著他去買了獨輪車，還將炒油茶麵的事也告訴了他。

「這麵炒了後不但不容易壞，吃起來也很方便，只需燒鍋開水沖泡好就行，省力又省時，很適合流放路上吃。」

周澤盛身上錢財不少，但明顯生活經驗不足，見周瑾比他這個族叔還有經驗，立刻就周瑾讓幹麼也跟著幹麼了。

不但也買了獨輪車，也轉頭回糧鋪買了精麵糖油這些，讓飯鋪老闆兩口子幫著他做成了油茶麵。然後又同周瑾一起去買了些糙米、糙麵、鹽、水囊、油布、澡豆、針線這些，還一人買了兩床粗布被子，又去藥鋪買了些常用的治療感冒發燒的草藥，直到將自家剛買的手推車裝得滿滿當當的，才一塊兒朝剛才的驛站走去。

路上兩人又一人買了二十個包子，自己吃了三個，剩下的都包好了，打算給家人帶回去。

「哈哈，這次多虧了賢姪啊，族叔我癡長賢姪這麼多歲，卻不通庶務，出來後簡直兩眼一抹黑，要不是賢姪提醒，哪能置辦得這麼齊整啊？不瞞賢姪，族叔家中還有一個幼子，如今虛弱得很，本來以為這次流放肯定得傷了，但如今有了這油茶麵，肯定還有希望保住小命……」

周澤盛邊走邊跟周瑾說話，也不知是心疼幼子，還是想起流放後的艱難來，說著說著竟然抹起眼淚來。

周瑾見了忙勸道：「族叔也別太傷心了，這世上沒有什麼坎是過不去的，只要人還活著，就還有希望。」

「呵呵，讓賢姪見笑了。」周澤盛也覺得當著周瑾這麼個小孩掉眼淚有些丟人，忙將眼角的淚擦了，繼續道謝。「賢姪說得很對，所謂山窮水盡疑無路，柳暗花明又一村。昨兒族叔我還在為我那小兒子發愁呢，要不也不會用條金魚兒跟宋衙役換了這出門的機會，結果今兒就碰到賢姪了，這不就得救了嗎？哈哈！」

我靠，合著周澤盛這趟出來竟花了一條金魚兒？

周瑾整個震驚到了。既然周澤盛花了這麼多，想必那周奉松也沒少花。

怪不得兩人在酒樓時沒想到出錢呢，合著人家早就出了大頭啊！

想著自己拿幾斤泥鰍和兩隻野物換來的出門機會，周瑾頓時覺得自己賺大發了。連同他買的這些物資、出的飯錢，這一趟林林總總加一塊兒，他花了還不到二十兩！

但轉念一想，總這麼靠宋衙役對自己的些許好感占便宜也不是長久之計，回頭怎麼也得再給宋衙役送點禮，畢竟以後他還想要跟著出來呢！

不過具體送什麼，周瑾一時也拿不定主意，但肯定不會送金銀。一是金銀這些送的人肯定多，送了也不能讓宋衙役印象深刻；二是歸根結柢他捨不得手裡的銀子，要送也得送他捨得，但在宋衙役看來還很不錯的東西。周瑾默默地想。

兩人邊說話邊推著獨輪車往驛站走，到了地方一看，周奉松已經回來了，竟然跟他們一樣也買了一輛手推車，裝了滿車的糙米糙麵這些。見他們還買了被褥、油布這些，才發現自己忘了買，看時間還夠，忙讓周瑾幫他看著東西，自己又跑去買了回來。

等他回來，李茂和幾個衙役也過來了，驛站也按上午的單子將他們這次採購的東西搬了出來。李茂幾個衙役拿著單子核對物資，周瑾幾個則幫著搬東西上車。

先將十幾麻袋精米精麵扛上騾車，又抬著幾筐瓜果蔬菜和曬的乾菜之類的東西，放到騾車上，都一一捆好。

然後將半扇豬肉、兩隻殺好的整羊、一筐鹹魚、一筐鹹肉，並若干罈子各色鹹菜等都裝上馬車，這些都是官差的伙食。剩下的就是幾十筐的摻糠餅子和十幾袋糙米了，這些才是犯人的伙食。

等裝好車，李茂結完帳，才吩咐啟程往回走。路上路過一家熟食鋪子的時候，又特意停下買了五筐熟食和十幾罈好酒，這次周澤盛學聰明了，主動去結帳。

周瑾一行緊趕慢趕，直到天都黑透了才趕上流放隊伍。鄭氏幾個早就等得心焦了，連周璃、周瓔兩個小的都沒有睡，眼巴巴的望著營地後面的官道。

等終於看見了採買的隊伍回來，一家忙不迭的迎了過去。結果沒想到的是，馮氏幾個比他們還快，率先一步將周瑾給圍了起來，周環幾個更是招呼都不打，就直接搬起周瑾推的獨輪車上的東西來。

周瑾嘴角一抽。

好吧，他都忍不住要佩服起這一窩子的劣根性了，也對自己昧下銀子的事更心安理得了。

「都給我住手！」周瑾朝著撲過來的幾人喝道：「再搶我就喊官差們了，到時候東西被沒收了你們可別怪我。」

以勢壓人這事周瑾向來做得十分順溜，也十分有效，一直冷眼旁觀的周老爺子聽了立刻開口。「都住手，看看瑾哥兒怎麼分！」

言下之意，若是分得他不滿意再搶不遲。

周瑾才懶怠在這些小事上與這一窩子多計較，反正該藏的他已經藏好了，其餘的他都是按三份買的。於是直接將東西分成了三份，然後將其中的兩份卸了車，車上只留下屬於自己家的一份。

周老爺子看了笑笑，指著那些物資問道：「瑾哥兒，只有這些東西就把那三百兩都花完了？」

「自然不是。」周瑾知道他會有此一問，早就想好了說辭。「祖父，您是不知道啊，孫兒去了才知道，原來為了跟著官差出去採買，其餘兩家都是出了大價錢的，給宋衙役送了好些金魚兒、金葉子才讓宋衙役同意他們跟著。孫兒想著以後我們還得跟著出門不是?也就從善如流地跟著送禮，加上給幾位官差買酒買肉的，剩下的也就夠買這些物資了。」

這時候一般的金魚兒、金葉子大都是五兩重，根據市價一兩金換十兩銀，也就是說一條金魚兒大概能換五十兩銀子。

周老爺子聽周瑾說周澤盛他們送了好些金魚兒，還以為他們至少送了四、五條。果然這流放隊伍裡藏下錢的人不少……比他有錢的也大有人在啊！

又想著人家既然送了好幾條金魚兒，周瑾什麼也不送也說不過去，這才沒有再說什麼。

他不說了，一旁的馮氏卻又開了口，指著周瑾買的獨輪車道：「這車得給我們吧？」有了這車，她走累了也能讓人推著走走。

眼前的物資裡，周瑾最在乎的就是這輛獨輪車了，哪能給她啊?聽了忙指著分配完物資後多出來的兩小袋紅糖和兩袋糙米糙麵道：「祖母，因為出去一趟只能帶一輛獨輪車回來，孫兒怕回來我們幾家不好分，就特意多買了些紅糖和糙米、糙麵。

祖母若想要這獨輪車也行，那這糙米糙麵和紅糖就歸我們。反之，這些歸給你們，獨輪車歸我，等下次孫兒出去，再買一輛獨輪車回來給祖母也行。」

馮氏在走路和糧食紅糖之間猶豫了很久，最後還是覺得糧食紅糖更重要些，尤其那兩小袋紅糖。加上周瑾也說了下次出去還能再買一輛，最終還是選了糧食和紅糖。

馮氏酷愛甜食，以前每天早上必吃一碗糖水雞蛋的，周瑾正是通過原身記憶知道這點，才特意買了兩袋紅糖回來，目的就是防著馮氏搶他的獨輪車。

於是，周瑾如願以償的得了獨輪車，歡喜地將周璃、周瓔都抱上獨輪車坐好，帶上自家的物資，推著車朝他們家的營地走去了。

回去一盤點，他們家共分得一袋七十來斤炒麵、一袋糙米、一塊油布、一床厚棉被，還有火石、澡豆、食鹽等必需品若干……加上周瑾藏在露營車裡的精米、精麵、白糖、油，周瑾覺得即使以後不出去採買，這些糧食也夠他們家一路上的嚼用了。

一家子圍在一起，一人兩個包子、一碗油茶麵吃得美滋滋，也惹得周圍的人都豔羨不已。

周瑾兄妹也察覺到了身旁或豔羨或嫉妒或憎恨或貪婪的目光，在末世求生了好幾年的他們，對人性的惡從來不敢掉以輕心，等吃完飯，兩人就找了個藉口，去了一旁的僻靜處商量起對策來。

「哥，去採買物資的這幾家，就我們家是孤兒寡母的，看著就好欺負，那群人要搶肯定也是先搶我們，我們得早做準備才行。」

這人餓急了可什麼都幹得出來，雖然流放隊伍裡的人家或多或少都藏了銀子，但能一次拿出個幾十兩賄賂官差跟著去採買的也就那麼幾家，大部分人家是拿不出來的。

周瑾也是回來後才發現，周奉松能去採買其實是十幾家旁支一起湊銀子送的禮，讓他代表去買東西，買回的東西也是大家一塊兒分的。

「嗯，等一會兒我就將空間裡的匕首拿出來兩把，我們一人帶一把。晚上也別都睡了，要是有人想搶東西也得晚上動手，我倆輪流值夜，以防萬一。」

「行，不過我們光預防也不行，只有千日做賊，哪有千日防賊的？我們以後宿營儘量選在官差能看見的地方之類的……」周瑜邊想邊說道。

說到官差，周瑾突然想起自己琢磨的給宋衙役送禮的事來，忙將周澤盛兩個為了出去採買給宋衙役送金魚兒的事說了，想讓周瑜給自己出個主意，想想看送點什麼才既能有面兒還不用多花錢。

「本來，我想乾脆送他兩個礦泉水瓶得了，那東西空間裡有好幾箱呢，但又怕露餡，畢竟這時代還沒有出現過塑膠製品。」周瑾苦笑道。

第十章

哥你可真夠大方的啊！連裡面的礦泉水都不給人家留，就光送個瓶？

周瑜聽了周瑾這麼大方的發言，忍不住瞪大眼，接著又皺眉思索。

可不送礦泉水瓶又送什麼好呢？既要宋衙役覺得是好東西，他們又不心疼的，還有什麼呢……對了！鏡子啊！

「哥，我想到了！就送鏡子吧！我記憶裡，這時代雖然有玻璃，但都是舶來品，本地根本沒有。我們家沒流放前也算富裕人家了，印象裡用的都是銅鏡，可想而知那玻璃鏡賣得多貴了，而且多半有價無市，要不然我們祖母、二伯母那麼愛慕虛榮的人，怎麼也得買一小件炫耀吧？可這東西我們不缺啊，露營車上我那些粉餅盒、眼影盒一大堆，都帶著小鏡子，還有單獨的化妝鏡也有，能裝兜裡的摺疊小鏡子也有不少，還有眼鏡、墨鏡、玻璃杯這些，你隨便挑兩樣給宋衙役送去不就行了？」周瑜興奮道。

雖然喪屍橫行的末世很可怕，但也有一個好處，就是東西隨便撿。

那些商場裡的名貴化妝品、衣服、包包，以前連看都不敢看怕被價錢閃瞎眼的奢侈品，只要不嫌麻煩，能幹掉裡面的喪屍，也是想拿哪樣就拿哪樣。

本著女人愛美的天性，周瑜和她哥去商場搜尋物資的時候，見了這些東西總忍不住順手往回帶。那些東西小，不怎麼占空間，漸漸就蒐羅了很多，有好幾箱就堆在露營車空間裡。

「對啊！我怎麼沒想到？我這就去找！」周瑾是個急脾氣，向來想到哪兒做到哪兒，當即喊了聲露營車座椅就進了空間。

一會兒就拿著一個玻璃製的空香水瓶出來了。

「那些鏡子在這個時代太難得了，我覺得就別送那些鏡子之類的了，留著以後萬一能賣大價錢呢？我看妳那箱子裡這種瓶瓶罐罐有不少，就這個是空瓶，還不帶噴頭，乾脆送這個得了！」周瑾拿著那個空香水瓶跟周瑜說道。

又是個空瓶？周瑜有些好笑。她哥這是打定主意要送人空瓶子了，也太小氣了！鑒於裡面的香水已經被自己用完，也就沒有告訴她哥，他手裡的這瓶香奈兒香水曾經的售價高達一萬多，比那些十幾個小鏡子貴了足足一千多倍。

隨後，周瑾就帶著那個香水瓶去了宋衙役處，將那瓶子偷偷給了宋衙役。

宋衙役見了果然喜歡得不行，一個勁兒的追問他從哪裡得的這麼精緻的琉璃瓶子。

周瑾兄妹早就編好了說辭，說是今兒去採買時碰巧碰見一個落魄的波斯人正在集市角落裡賣這個瓶子，因為他張嘴就要三百兩銀子，少了還不賣。

周瑾當時正為了選什麼禮物送給宋衙役，好報答宋衙役對自己一家的關照而發愁，正好看見了這個瓶子，知道京都這種琉璃瓶子金貴，就咬牙買了下來。

本來周瑾想說花了二百兩的，但鑒於宋衙役看著香水瓶兩眼放光的樣子，就又加了一百兩，說成是三百兩買的。

沒想到宋衙役還大呼便宜，又追問他在哪個集市哪個角落碰見那波斯人，那波斯人手裡還有沒有這類東西，大有一副要派人掉頭追回去的意思。

那波斯人本來就是周瑾編的，聽了自然一個勁兒的保證那波斯人手裡真的只有這一件東西，因此才非得三百兩才肯賣，好像是想湊齊費用好回波斯去。旁邊百姓因為沒有見過這琉璃製品，都嫌賣得貴，才讓他給買了。

「嘿！不愧是你小子！要是別人就錯過這寶貝了，哈哈！」宋衙役一隻手拿著香水瓶，一隻手將周瑾的肩頭拍得啪啪響，顯然是高興極了。

也難怪宋衙役興奮，就憑手裡這琉璃瓶子的通透精美程度，要是放在京都賣，沒個千兩銀子都拿不下來。雖然遺憾那波斯人手裡只有這一個，但宋衙役也知道能得一個已經是他占了大便宜，而他能占這個便宜可多虧了眼前的小子。

所以越發的看周瑾順眼起來，也不管他現在才幾歲，就一口一個老弟的稱呼起來，笑著道：「不瞞老弟，哥哥我正想著送送禮好往上升一升，也省得將老娘一個人扔家裡，一天天幹這要命的營生呢。我一直發愁送什麼好，你就送了這寶貝來，哈哈，你可真是為兄的及時雨啊！」

「嘿嘿，官差大哥滿意就好！那小子在這裡先祝官差大哥得償所願了，哈哈！」

周瑾別的話一句都沒有，只隨著宋衙役樂著，好像一點也不在乎自己花了那三百兩銀子一樣。當然，他也確實沒花。

宋衙役見了，心裡對周瑾更加滿意了，又乾脆道：「以後你小子也別叫咱什麼官差大哥了，顯得外道，直接叫宋大哥就行。」

「欸！那小子可就恭敬不如從命了，宋大哥！」周瑾忙從善如流的叫了。

「哈哈，這就對了！」宋衙役又高興的拍拍周瑾的肩膀，覺得不能白拿周瑾東西，又拍著胸脯道：「某也不能白當你一回大哥，你放心，這一路上別人先不說，某定將你們一家護得妥妥當當的，以後凡是有什麼事，你只管來找大哥就是！」

「那小子就多謝大哥了，剛才小子還因為這回出去買回來不少物資引人覬覦，正發愁怎麼護著這些東西呢，有了大哥這句話，小子就放心了。」周瑾就是等他這句，聽了忙順竿子爬道。

「哈哈，就知道你小子是個不走空的，得了，為兄這就去跟底下人說一聲，晚上巡視的時候多去你們家那兒遛兩圈。或者乾脆以後你們一家都住到我們這邊來得了，那樣我們也更好看顧些。」宋衙役提議道。

「那敢情好。」

周瑾正想這麼幹，哪有不應的？不過他卻不想馬上就搬來，流放的路途還長著，官差們也總有看顧不到的時候。與其坐以待斃，時時提防著，還不如這會兒就震懾住那幫人，不說別的，至少也得讓他們在欺負人的時候，連想也不敢想起他們一家。

於是他又道：「搬肯定是要搬過來的，不過也不能馬上搬，要不，不就顯得小子我太弱了？總得讓人知道我們雖然是一家子孤兒寡母，但也不是那麼好欺負的。」

「噢？你小子莫不是還想故意等著那幫人送上門來，好立威不成？」宋衙役皺著眉頭問道：「你小子可別意氣用事，別忘了你後邊還有你娘和幼弟、幼妹等你護著呢！」

周瑾正有此意，聞言朝宋衙役深深一鞠躬道：「大哥要是不放心，還請借小子兩件稱手的兵器使使，趕明兒若是見了血，也請您向著小子這邊些。」

果然這小子手上是見過血的！

宋衙役瞇眼打量，看著說起見血絲毫不慌亂，甚至噙著笑的周瑾，宋衙役敢肯定那個擄走這小子娘的山匪，已經被這小子給殺了。

接下來幾天，周瑾都故意把自家的宿營地選在流放隊伍的最邊緣，一是為了引那些對他們的物資不懷好意的人盡快上鉤，二是不想那群人被逮住後，找什麼天黑走錯路的爛藉口。

然而兄妹倆一連等了三天都沒有動靜，還以為那些人有賊心沒賊膽，可能不會來了呢。

結果第四天夜裡周瑜正瞇著眼假寐，就聽見東邊草叢有窸窸窣窣的聲音傳了過來。

周瑜急忙將一旁的她哥踹醒，又將袖子裡藏著的周瑾借來的匕首掏出來，握在手裡。周瑾也攥緊了宋衙役借給他的砍柴刀。

兄妹倆藉著月光對視一眼，都躺著沒有動，只小心翼翼聽著不遠處的動靜。可能由於對方也是第一次做賊，呼吸聲很重，腳上的腳鐐也常因為不小心碰到一起，讓兩人輕而易舉的就推斷出對方有五個人。

周瑾給周瑜打了個手勢，意思是一會兒幹架的事靠他，周瑜只管護著鄭氏幾個就行。周瑜翻了個白眼，點了點頭。

結果兩人這邊都準備好了，那五個賊卻遲遲沒有動靜，過了一會兒竟然還嘀嘀咕咕的商量起對策來。

兄妹倆一時都無語了。在這夜深人靜中，兩人耳力很好，側耳傾聽之下不但將幾人待會兒的計劃聽了個七七八八，還驚喜的發現這五個賊不是外賊，竟然是家賊。

來的竟是他們的便宜大伯、二伯和他們的兒子周耀、周環外加錢氏五個。

怎麼會是他們呢？

周瑾看了一眼同樣納悶的妹妹，兩人都沒有料到等來的竟然是錢氏他們，按理說他們這會兒也不缺糧食啊，何必這時候要鬧這一齣呢？

兄妹倆都一頭霧水，只能將這歸結為極品的腦迴路清奇，又對視了一眼，一致決定不管他們為什麼來，反正不會讓他們好走就是了。

此時周瑾並不知道，這次錢氏幾個過來搶東西主要還是因為他昧下那二百兩銀子的事。

這事還要從錢氏身上說起，錢氏從周老爺子那兒聽說周澤盛兩家送了四、五條小金魚兒才得以跟著出去買物資，因此周瑾也不得不送了重禮，將手裡的三百兩都花完，怎麼琢磨怎麼覺得周瑾這話不可信。

她出身商戶，向來對物價敏感，三百兩銀子擱豪門身上也就一頓酒席錢，但擱普通百姓手裡那可是個天文數字，足夠一個富裕人家過好幾年的。宋衙役就那麼大膽，一次採買機會就敢收三家上千兩銀子？

就算他敢收，他們家和周澤盛家也拿得出這賄賂銀子，可周奉松家不過一個破落戶，全部家當也就才幾百畝地，竟也捨得拿出幾百兩來換一次採買機會？

錢氏覺得不可能。

要說這錢氏也是有點本事，也不知她用了什麼辦法，在周澤盛和周奉松兩家的女眷後面混了兩天，就從她們嘴裡套出兩家出去採買時，只一家送了一條金魚兒，一家送了片金葉子而已，也就值個五十來兩！

知道了這個消息，錢氏立刻跑回去將這一切告訴周老爺子夫婦，並且提議乾脆將三房的物資和剩的銀子都搶回來。

周老爺子夫婦聽了錢氏的話果然震驚不已，如果錢氏說的都是真的，那周瑾前幾天的採買最少也得昧下了二百兩！

不得不說，錢氏確實說出了真相。

周老爺子夫婦即使家裡富裕的時候也是極其吝嗇的，在全家被判流放後更是把手裡的那點銀子當成他們最後的本錢，覺得以後兩人養老可能都得靠這些銀子了，自然看得極重。若周瑾真是為了買物資不得不花了三百兩，他們無可奈何，但平白被他坑走二百兩就太讓他們心疼了。

錢氏向來很會算帳，見公婆臉色不好，隨即給公婆分析起若搶回三房家的財物能帶來的好處，若是將三房的物資都搶過來，兩家的糧食加一起就有幾百斤，足夠他們一家子吃上兩個月了。

當然她所說的他們一家子既不包括周瑾家，也不包括大房、二房那些姬妾和庶子、庶女們。

如今流放之路已經走了三分之一，剩下的路程還有一個半月左右，也就是說這幾百斤糧食足夠他們維持到遼東了。其次，搶回周瑾貪的那二百兩，也能讓三房母子幾個知道厲害，省得他們繼續囂張下去，整天頂撞這個、嫌棄那個的。

不得不說錢氏很瞭解她這對公婆，這番話確實打動了周老爺子夫婦，尤其是周老爺子。

周老爺子在周家早就一言堂慣了，向來說一不二，對於周瑾兄妹幾次三番挑戰他的權威之事很是在意。雖然覺得捨棄這個孫子很可惜，但比起有出息卻總和自己作對的孫子，他還是更喜歡老實聽話的孩子。

開始時他寧願讓周瑾坑也不願意自己走門路去採買，是因為當時他還摸不清宋衙役他們對於流放人犯私帶財物這點會不會通融，怕萬一去送禮再被他們抓住小辮子，藉此將他們藏的那些銀錢都搜刮乾淨。

正好周瑾有機會跟著出去，周老爺子就乾脆讓他去打了前哨探路，結果沒想到官差對這事根本就是睜一隻眼閉一隻眼，只要能撈到好處就行。

而且聽錢氏說完，周老爺子又發現那些衙役受賄起來也沒有他想像的那麼獅子大開口，跟著出去採買只需要五十兩左右的好處就行，也就越發覺得周瑾昧下的那二百兩是一筆鉅款了。

不怪周老爺子拿這二百兩當回事，要知道這會兒的流放隊伍裡，雖然大家都藏了一些銀子，但也就幾兩、幾十兩而已，能藏下百兩以上的就嫡支那幾家而已。

而周老爺子之所以能藏下近三千兩，純粹是因為他有個冤大頭的親家，因為心疼閨女外孫，才捨盡家財，白送了幾千兩銀子過來。

當然，以周老爺子的自私，即使知道他們家的財力如今在流放隊伍裡幾乎比肩周閣老一家，也不會對鄭氏娘兒幾個有多仁慈。

在他看來三房一家如今已經起了反骨，早就打算好到了遼東就將周瑾這個孫子扔到軍營裡去送死了，反正以後離他們那親家也是山高皇帝遠，估計一輩子也見不到了，不用擔心什麼好不好交代的。

所以聽了錢氏的話，對於同樣會算帳的周老爺子，立刻覺得他這個兒媳婦的確沒白姓錢，這算盤打得很對。

「務必去了先將三房幾個敲暈，然後再幹別的！」周老爺子囑咐道。

於是就有了眼前這一幕。

周旺祖幾個的搶劫計劃很簡單，就是趁周瑾一家正熟睡中，先上前去將幾人打暈，然後再將錢糧給搶走。

不過錢氏暗中卻囑咐丈夫周旺業和兒子周環，讓兩人一會兒敲暈周瑾的時候乾脆直接將他打死，好防止他第二天去找宋衙役撐腰。

生怕周旺業不同意，錢氏甚至暗示周旺業，到時候周瑾死了，只剩下鄭氏幾個，豈不任他們一家予取予求，想怎麼欺負就怎麼欺負了？

周旺業立刻將這句予取予求給聽進去了，當即就同意了錢氏的提議。

錢氏早就知道周旺業心裡一直在打鄭氏的主意，也因此才一直看鄭氏不順眼，加上周瑾兄妹幾次對她的羞辱，才一心想著置他們於死地。此時見周旺業不過聽到鄭氏的名字就跟吃了蜜蜂屎似的，心裡更是恨得不行，卻只能握緊拳頭忍耐。

再忍忍，等周瑾死了，以後就都好辦了！到時候看她怎麼搓磨鄭氏娘兒幾個？能讓他們活著走到遼東她就不姓錢！

錢氏與幾人分頭商量計劃討論得熱血沸騰，恨不得立刻弄死周瑾才好，周瑾兄妹聽了幾人商量的計劃後也直咂舌，不明白如此簡單到只剩下惡毒的計劃，為什麼還需要商量這麼久？

而且，來之前你們幹麼來著？不能商量好再來嗎？他們都等了好久了！兩人此時恨不得直接朝他們喊：喂！可快點吧？再不動手天都要亮了啊！

周瑾兄妹等了半天，終於等到錢氏幾個提著棍棒摸了過來。

周環自告奮勇去對付周瑾，錢氏幾個則打算先去將鄭氏母子幾個敲暈。計劃得挺好，但他們又怎麼會想到周瑾兄妹倆已經等他們好久了呢？

周環小心翼翼的摸到周瑾邊上，見周瑾睡得正熟，心裡暗道：讓你小子打我，還害得我被戴上腳鐐，今天就是你小子的死期了！

然後舉起手中的棍棒就死命朝周瑾的腦袋打去，這一下他是下了狠力氣的，就是要周瑾的命。結果棍子帶著呼呼的風聲打下去後，周環卻覺得手感不對，定睛一看，才發現整根棍子都打在面前的草蓆上，而剛還躺在草蓆上睡得打呼的周瑾卻不見了。

周環還以為自己眼花了，使勁眨了眨眼睛。不對啊？怎麼會沒人呢？正納悶，他就感覺腳底下黑影一閃，左手一涼，本能的抬起手來看。

就見自己左手手掌齊齊被削去了三分之一，只留下拇指食指和中指在那兒豎著，顯示自己的與眾不同，隨後一股劇痛就從手上傳了過來。

「啊呀！娘啊！好疼！」

周環疼得不行，忙丟了手裡的棍子，抱著自己的左手就慘叫起來。

周瑾在周環慘叫聲還未響起時就一腳將他踹一邊去，回身朝一旁正打算向周瑜下手的周耀撲了過去。

剛抽出匕首想要刺向周耀的周瑜，眼睜睜看著周耀被周瑾一個飛撲倒向一邊，幾拳下去，就被砸得背過氣去。

周瑜只好又回身去刺周耀旁邊的周旺祖，結果周旺祖又被剛砸暈周耀竄回來的周瑾給踹飛了。

周瑜深呼吸一口氣，才忍下破口大罵的衝動。

好吧！她才不氣，她是文明人，才不跟一打架就上頭的大傻子置氣呢！

正好瞟見左手邊正一臉獰笑朝鄭氏抓過去的周旺業，於是滿心的怨念都匯聚到了手中的匕首裡，竄過去就將那隻離鄭氏胸口最近的鹹豬手刺了個對穿。然後在周旺業不可置信的目光中，又將刺穿他手掌的匕首給拔了出來，笑咪咪的朝他說了聲。「二伯，亂伸手可是容易被剁的噢！」

「啊——」

如願的聽到了周旺業的慘叫，周瑜又冷笑地朝著看到這一切正驚呼出聲的錢氏脖子上劃了過去。剛才這群人在草叢裡商量計劃的時候，就數錢氏最惡毒，別人尚且還想留他們幾個一命，只搶了財物打暈他們了事，就這錢氏一心想要了她哥性命，如此惡毒之人，還留著幹麼？等著她到時候反咬一口嗎？

錢氏怎麼也沒想到，平時柔柔弱弱的周瑜突然就跟夜叉附體一樣，剛猙獰著臉將她那口子手上捅了個窟窿，緊接著就朝著她又殺了過來。在那電光石火之間，錢氏真的感受到死亡的氣息，連跑都沒機會跑，嚇得腳底下一軟，就往地上癱去，同時下面一熱，屎尿就噴了出來。

不過她這一癱倒因禍得福救了自己一命，周瑜的匕首本來是朝著她脖子去的，她這一身體下滑，匕首就錯過脖子劃在了她的臉上，雖將她半邊臉劃了個大口子，但到底沒要了她的命。

「啊！我的臉！」錢氏感到臉上一涼，下意識伸手去摸，就摸到一手的血跡黏膩，連嚇帶疼，兩眼一翻就暈了過去。

第十一章

周瑾、周瑜兄妹倆這一番動作說起來耗時長，但其實就在片刻之間。從錢氏幾個摸過來到幾個人暈的暈、倒的倒、嚎的嚎，慘叫聲四起時，也不過用了幾分鐘時間而已。

等鄭氏幾個同不遠處的流放人犯都被幾人的慘叫聲給驚醒的時候，周瑜已經將手裡的匕首扔給一旁還對著周旺祖踹個不停的她哥，裝出一副受驚剛醒的樣子，一迭連聲的喊起了救命來。

「救命啊！嗚嗚嗚……有賊人要殺我們啊！」

「抓賊啊！」

「娘啊！我好怕啊！誰來救救我們啊！」

「啊！啊！怎麼了！怎麼了！」

鄭氏這些日子累得夠嗆，睡得正熟，就被周環幾人的慘叫聲驚醒過來，迷濛中就看見自己家的草蓆周圍影影綽綽有好幾個黑影，又聽見旁邊自己大女兒的救命聲，慌得一下就跳了起來。也顧不得別的，摸到自己睡覺前放在跟前的包袱，掄起來就朝著離周瑜最近的黑影打去。

鄭氏邊打還邊給自己壯膽，喊道：「阿瑜別怕，娘在呢！打死你！打死你！」

可巧那包袱裡放了好幾個昨天夜裡衙役們發的硬餅子，現在他們家裡不缺糧食，便沒人愛吃那硬餅子了。鄭氏倒是想吃，但孩子們都不讓，就想著放起來，明天中午好送給那些吃不飽的人家。

那餅子硬得堪比磚頭，四、五塊加一起被鄭氏狠命一掄，那勁頭可厲害了。

於是，見事情敗露，咬牙抱著被刺的對穿手掌站起來想逃走的周旺業，又被鄭氏給打得趴了回去。

「嗚嗚嗚……娘！妳別、別打人啊！」

「哇！大、大姊！阿娘好可怕啊！」

兩個孩子也被吵醒，迷濛中都還不明白發生了什麼呢，又因為黑夜裡剛睜開眼睛，只能看見眼前的東西，所以就只看見他們娘披頭散髮跟瘋了一樣，正用手裡的包袱狠命的打向地上趴著的一個人，而月光此時正好照在鄭氏狠戾的臉上。

「呃……」別說孩子們了，連一旁的周瑜都被她娘此時的樣子嚇著了。

鑒於此時周圍的人也都被他們這邊的動靜吵醒，正點燃火把朝他們這邊過來，周瑜忙上前搶下還在打人的鄭氏手裡的包袱，將她娘抱住了。

「娘、娘，別打了，別打了……我沒事……家人也都沒事！」

再打就真的將周旺業給打死了，那滿臉血的樣子可比被她刺穿手掌看著嚴重多了。

鄭氏聽見周瑜的聲音，才終於回過神來，哆嗦著將她上上下下都摸索了一遍，又將旁邊的兩個孩子捉過來檢查一番。見他們都沒出事，才吁出一口氣來，忙又將幾人攬在懷裡，後怕道：「沒事就好、沒事就好……」

說完突然想起大兒子，忙又慌亂的四下尋找起來。

「你們大哥呢？阿瑾！阿瑾……」

「娘！兒子沒事！」一旁的周瑾聽見他娘的呼喊，忙應聲道，又特意提高聲音喊道：「這幾個賊半夜摸過來想搶我們家東西，還想傷人，被兒子給制伏了！」

邊喊邊又踹了腳底下的周旺祖一腳，大聲罵道：「大膽賊人！光搶劫財物還不行，竟然還想殺人害命？幸虧小爺我早有準備，要不非著了你們的道不行！」

旁邊的人犯們點著火把趕過來的時候，就看到周瑾一家睡的草蓆邊上，橫七豎八倒著四、五個賊人，有的慘叫不已、有的一動不動的，也不知是暈了還是死了。

而周瑾這邊，鄭氏正摟著三個兒女哭成一團，周瑾則手拿一把砍柴刀，腰間插著把匕首，腳踩著一個賊人叫罵著。

眾人頓時倒抽一口氣。這小子夠猛啊！

「咦？你們快過來看，這賊人不是周旺業嗎？」

一個老者拿著火把，邊照著地上正抱著手掌蜷成蝦米樣慘叫個不停的賊人，一邊驚訝的喊道。

「咦？還真是！」又一個人喊了起來，隨即又納悶道：「周旺業不是鄭氏的二伯哥嗎？怎麼會是賊人呢？」

「哎呀！這不是旺業媳婦嗎？這是暈了還是死了？」一個婦女也指著一旁暈過去的錢氏喊了起來，隨即又搧了搧鼻子閃開了。「哎呀，怎麼這麼臭？」

「啊！這是周旺祖啊！」那婦女話音剛落，又有人指著周瑾腳下的男人喊起來。「哎呀，瑾哥兒，你踩的是你大伯啊！」

「呃？怎麼可能！」周瑾這才適時的發出驚呼，指著說話的男人喊道：「你別胡說八道啊！我踩的明明是賊人，怎麼會是我大伯呢？」

那男人好心提醒卻平白落了周瑾一頓排揎，也很不服，當即就回道：「你這孩子怎麼說話呢？你黑燈瞎火的沒看清楚還怪別人？你仔細看看，那不是你大伯周旺祖又是誰？」

周瑾這才假裝不敢置信的朝腳底下的人細細看去。「唉唷！大伯？怎麼會是你！」然後一副大驚失色的樣子。

「娘！真是二伯、二伯母他們！」

周瑜也適時的加入，狠擰了自己的大腿一把，將眼淚給逼出來，指著離自己最近的周旺業和暈過去的錢氏哭道：「妳看啊，娘！這到底是怎麼回事啊？嗚嗚……娘，二伯、二伯母他們為什麼會是賊人，為何要害我們啊！嗚嗚……」

周瑾看著又驚懼，又委屈，又不可置信，各種表情變換豐富，眼睛裡還滿含熱淚的周瑜，不得不承認，他妹的演技比他更勝一籌。

要說周瑾兄妹倆是假震驚，鄭氏就是真震驚了。

雖然她也知道他們三房如今跟長房、二房算是已經撕破了臉，但在鄭氏的認知裡他們到底是自己丈夫和孩子們的骨肉至親，就算在各種小事上經常為難他們，但斷沒有真要他們性命的道理！可沒想到他們竟向他們下了毒手，想到剛才，要不是瑾哥兒機警，這會兒他們家的下場還說不定是什麼呢！

所以鄭氏這會兒是又震驚、又憤怒，氣得渾身顫抖著都說不全話了，只咬牙指著地上周旺業幾人扔地上的胳膊粗細的棍棒，後怕的道：「你們！你、們！怎、怎麼敢！」

旁邊人看到鄭氏如此，還有什麼不明白的，當即就有人把推測喊了出來。

「合著還真是大房、二房合夥起來要搶三房啊？嘖！這、這真是一家子窩裡鬥了哇！」

「可不是？看起來三房根本不知道來的賊竟是自己家人啊！看把鄭氏氣的！」

要說這八卦簡直堪比毒品，古往今來都十分讓人提神醒腦，即使在這流放途中，人們都自身難保了，聽見周家這一齣大戲，眼裡也不免冒出精光，八卦之魂大漲起來。

「擱誰誰不生氣？要是外人也就罷了，這自家人偷自家人？嘖！」就有人唏噓道。

「哪光是偷啊？沒聽瑾哥兒說這群賊人還想傷人呢！你看他們帶的那棍子，足足有胳膊粗，要是只想偷東西，何必拿這麼粗的棍子？」

「要說這鄭氏娘兒幾個也是可憐，就這麼幾個孤兒寡母的，一家人不說拉一把，還帶頭欺負。上次鄭氏被山匪擄走，不也是瑾哥兒自個兒救回來的？聽說大房、二房當時就乾看著，連手都沒伸過。」

一個中年男子想起鄭氏幾個前段時間的遭遇，忍不住同情道，豈料立刻引起了旁邊他媳婦的不滿。

「切，還人家孤兒寡母的？先看看你自己吧？人家鄭氏好歹養了個有本事的兒子，能給家裡弄來糧食，可你呢？自家的老婆、孩子都快餓死了，還有空顧念人家呢！」

那男人識相的閉了嘴。但他閉了嘴，別人卻因他的話又想起周瑾從山匪手中救回母親的事蹟來。

「說起山匪，我感覺那山匪肯定被周瑾這小子給殺了，沒見自從那次救回他娘後，這小子整個人都變了。你看看周旺祖幾個被他給揍的，要不是殺過人，怎麼可能變這麼狠？」

一旁的另一個中年男人，忍不住又提起流放隊伍裡關於周瑾殺過山匪的猜測來。

「可不是，我看以後我們還是少惹這小子為妙，你看那周旺業，那手都被這小子扎得透了亮……可真狠哪！」

眾人議論紛紛，有好事的見人群裡沒有周老爺子夫婦，忙張羅著跑去叫人了。

不一會兒，不光周老爺子，宋衙役也帶著幾個官差，並周閣老父子倆，連同族裡的幾個族老也都趕了過來。

「都散開！回自己住的地方去！」

「趕緊都回去！膽敢聚眾鬧事，小心我們的鞭子！」

衙役們趕來後就先將聚在一起的人群給驅散了。雖然這群人犯大都是養尊處優的窩囊廢，又戴著腳鐐，不足為懼，但畢竟人數眾多，衙役們也不敢掉以輕心。

人犯們見官差來了，又揚了鞭子，立刻慫了，紛紛散開來，跑回自家的草蓆被褥上老實待著了，只一雙耳朵仍豎著，一雙眼也朝這邊瞄著。

周老爺子看著地上或暈倒、或慘叫連連的幾個兒子、孫子，簡直悔得腸子都青了。要知道這幾個傢伙這麼不頂用，說什麼他也不會鬆口讓他們過來了。

但這時候說什麼都為時已晚，周老爺子只能木著一張臉暗暗地想起對策來。

周瑾則跟周閣老幾個說起事情的經過。

「因為上次採買，我們家得了些糧食，這幾天就總有人在我們家旁邊轉悠。家裡都是婦幼，小子不敢掉以輕心，就暗地裡求了宋大哥，跟他借了柴刀、匕首這些，想著萬一真有什麼事，也能護著母親、弟妹一二……」

周瑾首先說道，先說明了自己手裡的武器如何來的。周瑾被宋衙役另眼相看這事周閣老幾個都知道，聽了他的話也就點點頭，示意周瑾繼續說。

「小子因為夜裡睡不沈，這幾個賊人，不……大伯他們又戴著腳鐐，難免發出聲音，所以小子在他們過來的時候就醒了。但看他們有好幾個人，怕自己一個人對付不了就沒敢動，心想若他們只是偷些糧食，那就由著他們算了。誰知他們幾個直奔小子睡的草蓆就過來了，舉起棍子朝小子的腦袋就砸，一副要置小子於死地的模樣，要、要不是小子根本沒睡，這會兒怕是、怕是已經腦漿迸裂而死了！」

周瑾一副後怕的樣子，也學著周瑜暗自擰了一下自己的大腿，疼得眼睛立時紅了起來。

靠！他妹這招真太他媽疼了！

但看在周圍人眼裡就是一副硬撐著膽子制伏賊人，這會兒才想起後怕，面露委屈的倔強少年樣子。

「沒奈何，為了我娘和幾個弟妹，小子也只能和他們拚命了。幸虧小子沒流放前跟著大舅學了些微末武藝，又有武器，加上賊……大伯他們並不知道小子醒著，有些掉以輕心，才讓小子僥倖給制住了。」

「這麼說，自始至終你都沒認出來這些人是你大伯他們？」周閣老的大哥也就是如今周家的族長周瑞全聞言問道。

「小子、小子當時太緊張了，又是大晚上的，他們又不曾出聲，小子怎麼可能知道他們是誰啊！又怎麼、怎麼會料到竟是……」周瑾垂下頭。「要不是旁人提醒，又一再確認過，小子到現在都不敢相信，小子的大伯、二伯……會這麼對我們。」

周瑾說著說著又哽咽起來，一臉激動的朝周老爺子質問起來，要說這事他祖父不知情，打死他都不相信。

「祖父！您老告訴告訴孫兒，大伯他們怎麼會過來搶我們，還一心想殺了孫兒啊！這是為什麼啊？」

周老爺子聽了周瑾的質問，還沒想到如何開口，一旁趴地上緩了半天的周旺業，頂著被鄭氏打了一腦袋血，抱著被周瑜刺的血窟窿手掌，強忍著疼先喊了起來。

「爹！他胡說，這臭小子早就認出是我們了，所以才下死手的。不但他，連周瑜那死丫頭也知道，兒子的手就是被那死丫頭捅的，她不光捅穿了我的手，還當面叫我二伯來著。」周旺業邊喊邊用沒有受傷的那隻手，指著一旁偎在鄭氏懷裡的周瑜說道。

眾人聽了這話，都覺得周旺業在胡扯。

「你說誰捅你？那細得跟個麻稈似的小丫頭？」宋衙役背著手看了看一旁的周瑜，問周旺業。「還邊捅你的手，邊叫你二伯？」

這說的都是什麼亂七八糟的，怎麼聽著那麼不可信呢？

沒想到周旺業卻歇斯底里的點了點頭。「對對，就是她，她不光捅了我，還差點兒殺了錢氏，錢氏也是被她嚇、嚇得暈過去的！」

宋衙役看著周旺業的一腦袋血，覺得這貨怕不是被揍壞了腦袋，傻了吧？

他要說周瑾早就認出了他們，故意將他們揍成這熊樣他信，可說他那妹子，就那十來歲的小丫頭，不光將他手給捅穿，還差點殺了他媳婦？怎麼可能呢？

不光他不信，周閣老幾個也不信，周瑞全更是越過他這話直接問道：「你先不用說誰傷的你，先說說你們幾個大半夜的拿著棍子，跑鄭氏娘兒幾個住的地方幹麼來吧！這地兒可偏了，可別跟我說是半夜瞎晃悠走迷糊了啊！」

周旺業還能說什麼呢，都被抓現行了。

周老爺子見了心中又暗罵廢物，忙假意責備實則提醒道：「你這逆子，莫不是你媳婦嫉妒三房的那些糧食，攛掇著你們過來偷東西的？」

這幾個廢物都被周瑾抓了現行，又驚動了宋衙役，周老爺子覺得到了如今局面，此事必不能善了，為今之計只能將所有事都推錢氏身上了。

於是周老爺子提醒完兒子，又假裝義憤填膺對周閣老幾個道：「幾位族兒有所不知，那毒婦在家時就與鄭氏不睦，前幾天又因被瑾哥兒兄妹當眾奚落自覺丟了臉面，對瑾哥兒娘兒幾個早就懷恨在心了。先前就曾幾次為難過他們，為此老夫曾警告過她好幾次，卻不想這惡婦不但沒聽，還挑唆著旺業幾個行出這半夜偷竊的勾當來……實在是、實在是……把我們周家的臉都丟盡了！」

周瑾兄妹這下真是不得不佩服他們這便宜祖父了，這麼片刻就能想出這主意來，幾句話就將錯都推到錢氏身上。

只是如此，那錢氏的罪過可就大了！尤其宋衙役還在場的情況下，這又是偷竊又是傷人的。雖然錢氏如今怎麼樣都是罪有應得，但對於周老爺子的心狠手辣，兄妹倆又有了更深刻的認識。

「爹！可是……」周旺業此時也反應過來他爹要幹麼了，但他畢竟與錢氏是快二十年的夫妻了，不免覺得有些落忍。

「可是什麼？你現在還想護著那毒婦不成？」周老爺子的目光狠狠的瞪了過來。

周旺業立刻慫了。「沒、沒，兒子知錯了！不該聽錢氏，不，那毒婦攛掇，就、就過來偷東西！」

一旁的周旺祖見周旺業都將過錯推給自己媳婦了，又見扶著他娘過來的他媳婦，一個勁兒給自己使眼色，也忙跟著道：「父親，兒子也知錯了，不該一時豬油蒙了心，聽了錢氏的攛掇。但、但我們過來，只是想偷瑾哥兒家一些糧食，斷沒有想傷人的道理……還請父親，不，還請官爺和各位族老明鑒！」

說完，周旺祖竟砰砰的給宋衙役和周閣老幾個磕起頭來。

宋衙役看了很不屑。這一家子都什麼人哪？出事就往女人身上推，也不嫌窩囊！但礙於周閣老都沒說什麼，他也就沒開口。

「大伯，這話可不能你們想怎麼說就怎麼算，你們說只是過來偷東西，可我記得周環當時以為我睡熟，那棍子可是直接向著我腦袋來的！」

一旁的周瑾可不會讓他們三言兩語就將黑的說成白的，順手撿起周環當時扔在地上的棍子，指著上面斷開的裂痕道：「諸位要不信，盡可以看看這裂痕，要不是使了大力，怎麼可能打得出來呢？要不是小子警醒，真挨了這一棍子，此時恐怕已經死得不能再死了！」

周閣老幾個藉著周瑾的手紛紛看過棍子，就指著棍子上的裂痕問周旺祖。

「這你又怎麼說！」

「我、我……」周旺祖頓時結巴起來，突然看見一旁的周環，立刻道：「都是環哥兒！是環哥兒幹的！那小子跟瑾哥兒有私仇，向來看瑾哥兒不順眼，肯定是他想置瑾哥兒於死地，我、我並不知情啊！」

周環見眾人的目光都朝自己看過來，尤其是那宋衙役，目光陰森森的看著自己，嚇得渾身抖如篩糠，一句話都說不出來了。

「環哥兒也是聽了他娘挑撥，要不他一個孩子哪能有什麼主意？」

周旺業見搭上了一個媳婦還不夠，還可能搭上一個兒子，急忙開口辯解，又催促周環。

「環哥兒，你快說啊，是不是你娘教你的？」

周環雖然不想承認自己想殺周瑾，但他也不想說是他娘幹的啊！又怕又懼之下，忍不住放聲大哭起來。

「住嘴！」宋衙役被他哭得頭疼，覺得明明都是周家的娃，怎麼這小子跟周瑾的差距就那麼大呢？

周環聽了，立刻不敢哭了，只是停得太急，忍不住就打起嗝來。

第十二章

「去將錢氏弄醒，看看她怎麼說？」

宋衙役懶怠再搭理這一家子孬種，吩咐手下道。

他身後的李茂聽了就四下尋摸了一下，看見一旁周瑾家昨晚晾的一陶罐白開水，端起來就潑到了錢氏的臉上。錢氏被冷水一激，一個哆嗦，就醒了過來。

還沒明白眼前是怎麼回事呢，就聽宋衙役問她，昨晚他們來周瑾營地偷竊行凶，指使周環打殺周瑾，是不是都是她的主意。錢氏剛想反駁，周老爺子冷冰冰的話就先傳了過來。

「錢氏！妳好大的膽子啊！不光挑唆我的兒子還教壞我的孫子，環哥兒還那麼小，妳就叫他殺人，妳於心何忍啊！是想害死妳親兒子嗎？」

聽到周老爺子這麼說，錢氏頓時不敢反駁了，知道周老爺子這是拿她兒子的命要脅她呢。她看看一旁蹲在地上抱著手抽泣的兒子，又看了看一直躲避自己目光的周旺業，錢氏立刻知道這事已經被安到了她頭上。

周老爺子話裡的意思她也聽出來了，要麼是過錯大家一起擔，但事後他絕對饒不了他們母子倆；要麼是她把事給扛下，他還可能幫她保住兒子。

選第一條，他們娘兒倆誰也活不了，她那公爹的手段她知道，說要他們死就肯定會弄死他們。但選第二條，錢氏又好不甘心。

「嗚嗚……娘！兒子好疼啊，妳快救救兒子啊！」

錢氏正猶豫不決，一旁周環的哭聲就傳了過來，看著哭得上氣不接下氣的兒子，又看看連個眼神都不敢給自己的周旺業，錢氏突然就笑了起來。又看了一眼兒子，才深吸一口氣，朝一旁氣得雙眼發紅的鄭氏承認道。

「呵呵，的確是我做的，是我想將你們的東西都搶了，也是我想將妳兒子除之而後快的，都是我指使的！」

「我自問從未得罪妳，妳為何如此歹毒，要害我的兒子！」鄭氏氣得雙眼通紅，憤怒地質問道。

「哈哈哈！」好像鄭氏的問題十分好笑一樣，錢氏頂著流滿血的臉，越發笑得花枝亂顫起來。「妳的確沒得罪過我，可我就是看不得妳這副雲淡風輕的樣子！哈哈哈，鄭氏，妳是一個寡婦，不應該整日愁眉苦臉嗎？憑什麼還能過得悠然自得？憑什麼還有娘家供吃供喝？憑什麼即使被山匪抓了還有兒子去救妳？憑什麼？」

錢氏笑到最後，又忍不住嘶吼起來。

憑什麼這些她都沒有？憑什麼她的夫君面上守著她，心裡卻總還惦記鄭氏，對她則非打即罵，憑什麼她的娘家自從她流放後就再沒人來看過她一眼？

「憑什麼？妳說憑什麼?!」

離周瑾家營地不遠的周閣老姪兒媳婦白氏，突然就衝了過來，指著錢氏冷笑道：「就憑妳貪心不足蛇吞象！就憑妳整天只知道恨人有笑人無！鄭氏，妳莫要理這瘋子，跟這種人根本沒有什麼道理好講！只要她覺得妳比她好，她就會恨妳、想害妳，根本就不需要什麼理由！」

不得不說，白氏這個跟錢氏鬥了一輩子的人，比任何人都瞭解她，一針見血的指出了錢氏的扭曲心理。

「哈哈，白鳳菊，妳得意個屁啊！妳還不是跟鄭氏那賤女人一樣，不過是個死了男人的寡婦，夜裡連個暖被窩的都沒有，又比我強多少？用妳跑這兒來跟老娘耀武揚威啊！」錢氏看見白氏，立刻將滿腔的怒火都朝她發了過來。

「行了！既然錢氏都承認她是主謀了，那就讓宋衙役看著裁奪吧！」

一旁的周閣老覺得周瑞福一家簡直丟盡了周家宗族的人，又見錢氏罵得粗鄙，怕自己的姪兒媳婦吃虧，忍不住就偏心眼的打斷了錢氏。

宋衙役也早就不耐煩了，又見周瑾屁事沒有，就想趕緊了結此事，見周閣老開了口，忙假意推了推。「既是您老族裡的事，要不還是您老幾個看著裁奪吧？」

不管是周老爺子還是錢氏幾個，自然都覺得這件事不通過宋衙役交給族裡裁決更好，聞言都滿懷希冀的朝周閣老看了過去。

但周閣老卻不想越俎代庖，覺得錢氏幾個既然幹得出傷人害命的勾當，就該受到應有的懲罰，要不對鄭氏一家也不公平，所以直言讓宋衙役不用顧及他，按規矩行事就行。

「本來某不該管您老家族的事，但錢氏幾個確實壞了流放犯的規矩，若某不管，以後這隊伍裡的人犯都有樣學樣，隨意偷盜傷人、聚眾鬧事，那某這些押送官差恐怕也該跟周家小子似的夜夜睡不安穩了！」

宋衙役聽了也就不推辭，笑著向幾人說了聲那就得罪了，瞅著錢氏幾個冷笑了聲，就朗聲吩咐起手下來。

「來人！將錢氏這個主謀給我直接杖斃！其餘從犯，一人杖五十！就在這兒打，把火把都點起來，讓這群人犯都看清楚了，也好知道身為人犯卻不守規矩的下場！」

周閣老幾個和族中眾人聽了宋衙役的判罰齊齊一驚，沒想到宋衙役會罰得這麼重。但轉念一想，到底是錢氏幾個想殺人在先，要不是周瑾機警，這會兒死的就是他們了，自古殺人償命，錢氏幾個也是罪有應得。

宋衙役發完話，手下的衙役們就行動起來，先點燃幾十枝火把，將周瑾家營地周圍照得如同白晝一般。又將所有流放人犯都喊起來，圍成圈子站在一旁觀刑，然後才將錢氏同周旺祖幾個摁倒在圈子中央，噼哩啪啦的打起板子來。

錢氏聽到宋衙役要將她杖斃時才知道怕了，也不狂笑了，整個人都嚇得腿軟腳軟，被行刑的衙役們一拉，才想起要反悔來。剛喊一聲冤枉，就被衙役們用臭抹布堵了嘴，摁在地上打了起來。

片刻後，已出氣多進氣少了，幾十板子下去，錢氏就嚥了氣。

周旺祖幾個也被打得不輕，每人五十大板過後，除了周旺祖體質還行，還清醒著，剩下幾個都暈了過去。

這一番血腥的行刑過程嚇得觀刑的眾人都噤若寒蟬，有幾個膽小的婦人嚇得都暈了過去。有一些暗地裡打過周瑾家主意的，此時見了錢氏幾人的下場，都暗自慶幸自己下手慢，要不現在死的就是自己了。

自此以後眾人見了周瑾都繞著走，不敢再打他們家的主意了。

宋衙役打著哈欠看著行完刑，見這一番殺雞儆猴的板子過後，觀刑的人犯們也都老實了，對效果很滿意，吩咐周老爺子趕緊將自家人給弄走，就打算回去接著睡自己的回籠覺了。

「宋大哥，且留步，您借小子的匕首和柴刀還沒還給您呢！」

周瑾屁顛顛地追了過去，當著幾百人犯和周老爺子一家的面，將宋衙役借給他的柴刀和匕首捧著遞到宋衙役的面前。

今兒錢氏幾個或死或傷，他們三房跟周老爺子一家算是徹底撕破了臉，那一家子從今以後怕是恨死他們了。

既如此，那他也就不用再客氣，既然他們要恨，那他就讓他們不敢恨。不光他們，他還要讓這營地裡流放的人犯從此以後誰都不敢再打他們家的主意。

所以，他不光要讓人看見他的狠戾，還得再扯扯宋衙役這杆大旗！

宋衙役聽見周瑾喊他，就停住腳步，十分不介意周瑾拿他震懾眾人，還非常配合的拍了拍他的肩，又用眼睛巡視了一圈周圍的人群，才笑道：「你留著吧！下次萬一再碰到哪個不長眼的，你就直接宰了，省得我們兄弟打板子，出了事大哥給你兜著！」

眾人被看得心裡一抖。

錢氏幾個不長眼的還在這兒躺著呢，以後誰還敢惹這小子？

周瑾對此則是心一痛。

他送的那香水瓶子是有多值錢啊？早知道不如送礦泉水瓶了！

「幾位族老請留步，小子還有話要說。」

周瑾送走宋衙役，見周閣老幾個也要走，忙上前一步攔了攔。

周閣老幾個都停下腳步，等著周瑾接下來的話。

周瑾想著既然如今已經和他便宜祖父一家撕破了臉，趁此機會他就打算和那邊徹底分割清楚，他想分家。

確切的說，是他打算將他們三房從周家分出來。

周閣老聽完周瑾的要求，覺得雖然周旺祖、周旺業兄弟倆不幹人事，但周老爺子這個當祖父的面上畢竟沒犯什麼錯，周瑾作為孫子如此得理不饒人，非要鬧著分出來不可，以後難免讓人詬病，就想勸勸，讓周瑾適可而止算了。已經要了錢氏一條人命，又打了周旺祖幾個一頓板子，雖然他們是罪有應得，但周瑾一家畢竟也沒受什麼損失，又何必揪著不放呢？小小年紀這麼較真，外人看了，難免覺得他涼薄了。

一旁的周澤林見他爹一副又想說教的樣子，忙阻止他。「父親，您還是聽聽大伯怎麼說吧！」

周閣老一想也是，按理說他大哥周瑞全才是周家族長，自己確實越俎代庖了，於是點了點頭，不吭聲了。

周瑞全可比周閣老這個一心鑽研學問的弟弟處事圓滑多了，但就是讀書不行，所以只能窩在祖籍打理家族生意、照看家族祭田，在大後方輔佐弟弟，順便擔任周家族長。

跟周瑾一同出去採買的周澤盛就是周瑞全的小兒子，因此周瑞全也從周澤盛嘴裡聽說過周瑾，知道這小子是個極會來事的，同時也很厚道，採買時對他那不通俗物的兒子也多有提點。

所以周瑞全一見周瑾就帶了一絲好感，覺得能不顧自己性命敢從山匪手裡搶回自己母親的孩子又怎麼可能是個不孝子呢？

而對於周瑞福剛才所說的大房、二房搶劫三房，意圖殺害至親這件事都是錢氏主謀，他這個一家之主毫不知情的說法，周瑞全是一個字都不信的。他當時可看得清清楚楚，那錢氏幾次三番想開口分辯，可都被周瑞福給堵回去了。

而周瑾那小子也顯然知道這一點，所以此時才會鬧著分家。

周瑞全對周瑞福這個連自己骨肉至親都滿不在乎，由著他們鬥來鬥去的陌生族弟很看不起，聽姪子說要聽聽自己想法，就直接對著周老爺子開口。

「依我看這家還是分了的好！要不以後再鬧出骨肉相殘的事情來，你臉上也不好看不是？」到時候難道再推個兒媳婦出去頂缸嗎？這句話在周瑞全嘴邊轉了好幾轉，到底沒有說出來。

沒辦法，在他親兄弟連累得全族跟著流放的情況下，他這個族長的地位也大不如前，有些話也不能想說就說了。

周老爺子本來已經回去了，剛安排周珠幾個去挖坑好將錢氏埋了，又因周瑾要求分家，被周閣老派人給叫了回來。

儘管對周閣老兄弟倆都流放了還跟自己擺族長嫡支的架子很不滿，在心裡將他們一家子都給問候了個遍，但鑒於宋衙役都對他們客客氣氣的，周老爺子自然更不敢明面上惹惱了這兩位。

看周瑾那臭小子明擺著想抓著此事不放非要分家不可的模樣，周老爺子也知道即使他不同意分家也不行了，要不然周瑾那臭小子還不知要鬧出什麼事來呢！

他倒不是怕那臭小子，他是怕那宋衙役。

剛才錢氏被宋衙役命人在眾人面前給活活打死，的確是嚇壞他了，他毫不懷疑，若宋衙役看他不順眼，想要弄死他也不過是分分鐘的事！真不知那臭小子給了宋衙役什麼好處，竟讓宋衙役對他那麼維護？

惹又惹不起，周老爺子只能忍著氣，心裡安慰自己。

罷了！也是怪他自己，要聽錢氏那沒見識的攛掇，同意這時候對三房動手，才落得如今這麼個不好收場的地步。分家就分家吧，先讓那小子多蹦躂幾天，等到了遼東，沒了宋衙役護著，再對付他也不遲。

於是周老爺子就對著周閣老幾個哀嘆道：「唉！幾位族兄，老夫慚愧啊，要不是老夫治家不嚴也不會鬧出如此禍事。事到如今，瑾哥兒恐怕對他兩個伯父也生了怨懟，就算老夫壓著不分這個家，他恐怕也不會善罷甘休。罷了、罷了！孩子們都大了，我們這些老的也管不了了，分就分吧！」

一副痛心疾首的樣子，捶得胸口啪啪作響，看在外人眼裡就是一副當祖父的被自己孫子逼迫，不得不忍痛分家的樣子。

大燕朝最重孝道，向來有著長者在不分家的傳統，若是長者沒有大的過錯，子孫卻提出分家，不但會遭受外人唾罵，甚至會驚動官府，被安上忤逆不孝的罪名。

雖說周瑾剛差點被錢氏幾個害死，但周老爺子畢竟沒犯什麼錯，如今，人也殺了，罪也罰了，周瑾還執意鬧著分家，害得自己親祖父傷心至此，眾人就難免覺得周瑾有些得理不饒人起來。

這也正是周閣老剛才所擔心的，怕族人們覺得周瑾心性太過涼薄了。

周老爺子這一番做作的演技成功的博得了外人的同情，但也惹惱了一旁一直扶著鄭氏的周瑜。

都這時候了，您老還在這兒演什麼苦情戲啊，想洗白？作夢吧你！

於是周瑜上前幾步朝周老爺子朗聲問道：「聽祖父這意思，難道是覺得今天這事我們家不該心生怨懟嗎？還是您老覺得因為二伯母幾個沒有得手，還受了罰，二伯母更是因此喪了命，我們一家就該得饒人處且饒人？」

周瑜邊問周老爺子邊用眼神巡視了一圈周圍圍觀的人群，意思是你們其中應該有不少人也是這麼想的吧？就像前世的那群鍵盤俠，不就向來是看表面誰弱誰慘就偏向誰，也不問到底誰對誰錯的嗎？

眾人被看得心虛。

好吧，妳成功說出了我們不合理的心聲……

「呵呵。」周瑜見目光所到之處眾人都眼神躲閃，忍不住冷笑出聲，接著朝她便宜祖父質問道：「祖父，您口口聲聲說我們三房折騰，那孫女倒要問問了，大伯父、二伯父幾個難道是我們請來的嗎？我們一家是招誰惹誰了要受這無妄之災？」

周瑜向前一步，對著眾人說：「我大哥一個人想盡辦法養活我們幾個，又沒有讓大伯、二伯家幫忙，又怎麼惹了他們的眼了？這禍事怎麼就臨頭了？祖父，二伯母可都當著眾人的面親口承認了，他們是想置我們於死地的！我們一家沒死沒傷可不是他們夠仁慈，是全靠我哥警醒！難道就因為我們沒死了傷了，就不該對那些想殺我們的人心聲怨懟，就不該想離得他們遠遠的，免得再遭遇這殺身之禍嗎？何況，二伯母幾個受罰，是因為他們身為犯人膽敢私自作亂，是他們心生惡意在先，自作自受！」

周瑜回過身，看向周老爺子，頓了一下才又開口。

「難道……就因為他們是想殺我們才受罰，他們或死或傷這鍋就讓我們揹嗎？祖父倒是告訴告訴孫女，這是什麼道理？」

周瑜連珠炮似的質問讓周老爺子啞口無言，她這話不光是對著周老爺子，也是說給旁邊的眾人聽的，別看錢氏死了就覺得她可憐，他們才是受害者好嗎？

周老爺子人都傻了。

他以前是有多瞎？這麼多年，沒看出周瑾那小子是個狠人就算了，怎麼也沒看出他這個孫女也是個伶牙俐齒的呢？

周閣老則在一旁遺憾地想：這丫頭要是個小子，倒是個去御史臺的好料子！

「行了，既然雙方都同意三房一家分出來，那趕緊說說到底怎麼分吧？」

周瑞全見周老爺子還想說什麼，忙偏心眼的打斷道：「你們家那邊還有好幾個傷得不輕呢，說完這事你也好趕緊回去處理。」

說罷沒好氣地瞪周老爺子，心想：你還說什麼說？別以為你裝模作樣，老夫就看不出你兩個兒子幹的這一切都是你背後指使的！

沒想到話音剛落，周老爺子身旁的馮氏就又蹦了出來，馮氏剛聽見喊周老爺子的人說周瑾鬧著要分出去，怕周老爺子吃虧，就跟著來了。

周老爺子在家時，行事一貫都是躲在馮氏後面當指揮，將馮氏推前面當刀使的，所以見馮氏跟來，不但沒有攔著，還很安心。

馮氏一向目光短淺，只看眼前利益，知道這會兒分家已經勢在必行，就將目光全都放在如何分家上。

她可不想分給三房一點東西，不但不想分，還想在三房手裡摳出些東西來。

於是聽周瑞全問這家怎麼分，就跳出來叫囂道：「還能怎麼分？如今我們一家被人連累得正流放呢！沒房子沒地沒銀子的，還有什麼東西可分？不過就是幾張草蓆、一些糧食罷了！前幾日老三家才分了不少採買回的糧食，我們作為長輩，也就不跟他們要了。但我們老兩口都已經年紀大了，以後到了遼東恐怕得全靠兒孫們養活，雖然老三已經去了，可他還有媳婦和兩個兒子呢，總得替他們爹盡孝吧？既然這會兒瑾哥兒鬧著要分出去，那分家前就先說說我們兩老以後跟著誰過活，怎麼個照應法子吧！」

第十三章

不得不說馮氏這人還是有些急智的，瞬間就想到把分家上升到盡孝道上了。馮氏仰仗的也是這一點，不管這家怎麼分，鄭氏也是她兒媳婦，周瑾也是他們孫子，供養他們都天經地義，讓人無可指摘。

而且，她還明裡暗裡將周閣老連累全族流放的事給喊了出來，好讓周圍暗恨周閣老的眾人也站在他們一邊。

馮氏心想，老頭子不敢得罪周閣老兄弟倆，她一個老婦人可不害怕。

她就不信周閣老兄弟倆會因為她說了句實話就讓宋衙役打她，若他們真敢打她，那她也不怕，這流放隊伍裡被周閣老連累的旁支多了去，哪個不恨周閣老一家子？若打了她，不服的人可多了，到時候就是宋衙役也未必壓得住。

但她卻忘了，周閣老這個人平生最愛幹啥了，聽完她的話，周閣老壓根兒沒想到要打她，而是辯論之魂熊熊燃燒了起來，吹鬍子瞪眼睛的就跟她辯論起來。

「馮氏！妳這話什麼意思？什麼叫受了我的連累被流放？要是別的旁支說這話，老夫確實無顏以對，但你們家說這話，老夫就得跟妳說道說道了！當初你們一家進京投奔老夫的時候，不過拎著幾隻雞就上門，吃住可都是在我家，老夫可曾跟你們算過一分銀子？看輕過你們一分？當時你們兩口子是怎麼說的？說是來世做牛做馬也要報老夫的大恩！後來你們在京都置產、做買賣，哪一樣不是老夫派管家幫你們的？靠著我們家過了這麼多年好日子，到了這時候，我們家裡落了難，就成了是我們連累你們了？」

「哼，老婆子要是知道有一天會被你們家給連累得流放，當初說什麼也得跟你們周家嫡支脫離關係！」馮氏被周閣老一搶白，忍不住就將心裡話給說了出來，周老爺子想阻止都沒來得及。

「看來這話也是你的意思嘍？」

周瑞全雖然明裡暗裡也沒少埋怨周閣老這個弟弟，但在外人面前，向來是和他弟站在一邊的，聽了馮氏的話，立刻就朝周老爺子質問起來。

這話由馮氏說，可以說成是女人們暗地裡的埋怨，若是周老爺子敢說，就等於得罪整個嫡支了。周老爺子不敢應周瑞全這句，聞言只能呵斥馮氏。

「妳胡說八道什麼！現在跟三房說分家呢，妳有話就好好說，要是不說就趕緊回去！」

「說就說！」

馮氏跟周老爺子配合了大半輩子，周老爺子一個眼神她就能看懂意思，立刻就明白周老爺子這是讓她不要再得罪嫡支，只拿三房的供養說事。

於是馮氏就道：「既然瑾哥兒鬧著分家，那我們跟三房要供應總沒錯吧？」

替父母盡孝應當應分，就是周瑞全也說不出什麼理由替周瑾一家開脫，於是就問馮氏。

「那你們打算要多少供應？」

馮氏跟周老爺子對視一眼，想著周瑾如今身上就二百兩，開口道：「我也不多要，三房就一年供應我們兩老二百兩吧！」

「你這還不多要？」

一旁的周閣老又聽不下去了，二百兩若擱在以前，周瑾幾個有外祖家幫忙，未必拿不出。但現在？他們可是流放犯啊，就算到了遼東，鄭氏娘兒幾個弱的弱、小的小，周瑾又只是個半大小子，能有口飯吃就不錯了，上哪兒掙這二百兩去？

「呵呵，祖母，要不您和祖父還是跟著我們過吧，到時候讓大伯、二伯每年供應你們四百兩，孫兒保證把您二老伺候得舒舒服服的。」周瑾聽了也冷笑道。

要跟著你們過我倆用不了幾天就得被你小子給氣死，就是不被氣死也得被你們娘兒幾個給弄死！

「哼，你想得可真美！要分出去的也是你，不給供應的也是你，難道你想什麼都不出，就讓周家白養你們這麼多年嗎？」馮氏立刻跳腳道。

「呵呵，既然祖母不願意，那跟我們過的事就算了。」周瑾無所謂的聳聳肩，又道：「可既然要分家，總得先分家再說供應之事吧？不如您老就將我們家私下藏的那些銀子都拿出來，幾家平均分了。只要妳分得公平，哪怕就分一張草蓆給我們三房，孫兒也該怎麼供應您，就怎麼供應您，到時候別說每年二百兩，三百兩都行！」

周瑾笑咪咪地說道，毫不留情的將馮氏藏了銀子那事點了出來。

這下不光馮氏和周老爺子，旁邊的周瑞全幾個和圍觀的眾人都慌了，眾人私下都藏了東西這事大家都心知肚明，可這話不能擺到明面上來說啊！這不明擺著給宋衙役送把柄，讓他把他們一鍋端了嗎？

「你別胡說，我哪有什麼私房！」馮氏急忙否認道。

「有沒有的，翻翻不就知道嘍？」

周瑾雙手十指交扣，又聳了聳肩，一副要現場翻找的模樣。

旁觀眾人聽了嚇得不行。

「你這小子瞎說什麼呢！那事是能翻的嗎？」

周瑞全見周瑾一副要將事情鬧大的樣子，氣得喝斥了周瑾，又向周老爺子兩口子低聲怒道：「我說你們也差不多得了，是不是還嫌今兒的事鬧得不夠大，想讓這小子鬧到宋衙役跟前去，再給宋衙役找點事？」

「那總不能讓他們什麼也不出吧？」馮氏不服的低聲嘟囔道：「二百兩出不起，十兩、二十兩總得出吧！」

周瑞全雖然對馮氏如此小家子氣有些反感，但同樣對周瑾不顧全族利益，用跟宋衙役告密威脅自己祖父、祖母的這一行為，周瑞全也覺得有些不高興。

周瑾在前世沒有末世前，為了掙錢，做過的工作沒有一百也有八十，磨練得早就極有眼色了，見周瑞全看他的眼色突然就變了，自然也猜出周瑞全的心思，於是也低聲道：「族長爺爺，您老放心，小子雖不才，也知道一榮俱榮一損俱損的道理，若不是被祖母逼得走投無路，是絕不會幹有損全族利益之事的。」

然後周瑾揚聲道：「您老看這樣行不行，小子願意出一百兩，就當作補償祖父、祖母了。雖然自我娘嫁進周家後，我們三房吃的用的都是我娘的嫁妝，但誰讓我們身上留的是周家的血呢？這一百兩，就算是我們三房替父親報答祖父、祖母的養育之恩了。不過前提是祖父、祖母也得答應，收了這一百兩，以後他們的奉養問題，跟三房再無關係。必須在分家文書的基礎上，再給我們家出一份切結書才行！」

周瑾可不願意周老爺子夫婦以後拿著孝道三天兩頭的過來壓他們，也不願意跟他祖母為了十兩、八兩糾結個沒完，倒惹得周族長幾個對他有意見，得不償失，乾脆花錢買省事，主動退一步算了。

用一百兩換周老爺子夫婦對他們家永不糾纏，他覺得挺值的！

馮氏還有些不滿意，但周老爺子知道這已經是周瑾退讓的極限了，這小子明顯一文都不想出來著。馮氏若再逼迫，這小子說不定真會鬧個魚死網破，到時候不光他們的銀子保不住，其他族人恐怕也饒不了他們。

於是在馮氏開口前，先點頭同意了。

馮氏再不滿意，也不敢當眾駁了周老爺子的面子。

既然雙方都同意了，接下來的事就好辦。周瑾去找李茂借了紙筆，周瑞全出面寫了兩份分家文書，並特意在分家文書上言明周家三房自今日起分出周家自立門戶，三房一次給足一百兩紋銀，作為周老爺子夫婦以後的供養及喪葬費用。日後周老爺子夫婦都由長房、二房奉養，三房不用再出任何費用。

周閣老、周瑞全作為見證人在上面簽了名，然後周瑾和周老爺子分別在上面按了手印，每家一張收好。周瑾又當著周閣老兄弟倆的面給了馮氏一百兩銀子，這家就算分完了。

因為分了家，又有宋衙役這個流放隊伍裡的頭領罩著，周瑾一家接下來的日子過得都很不錯。但比起他們家，流放隊伍中的大部分人家就沒那麼輕鬆了，本來就吃不飽，又因為一場突如其來的大雨被澆透，大雨下完的當晚，就有不少人發起燒來。

周瑾家雖然有油布，但也將將可蓋住獨輪車上的物資和兩個孩子，周瑾兄妹和鄭氏只能一人披著一張草蓆遮雨。但因為雨勢太大，有草蓆跟沒有草蓆差不多，三人都被澆了個透心涼，再經風一吹，也都打起噴嚏來。

幸虧周瑾上次採買帶回了不少治感冒發燒的草藥，鄭氏不敢大意，當天晚上就煮了幾服，一家人一人喝了一碗，又捂著被子睡了一覺，第二天醒來才感覺好了些。

其他人就沒有他們幸運了，這一場風寒很快席捲了整個流放隊伍，只七天時間就要了隊伍裡三十多個老弱的性命，其中就包括周家長房的楊姨娘母女。

周老爺子家是有草藥的，而且比周瑾家還多，上次周瑾採買回來的草藥，分了他們家大部分，若是給楊氏母女用上幾服，母女倆未必會死。

但馮氏怎麼可能將草藥用在妾室、庶女身上？儘管後期鄭氏聽說後忙送了兩服草藥過去，但楊氏母女已然病重，到底還是沒有挺過來。所以，一場風寒過後，被宋衙役打得皮開肉綻的周旺祖幾個頑強的挺了過來，楊氏母女反倒可憐的死了。

不過，也沒人想著去指責馮氏，在這個時代就是如此，就是別的家族，遇到這種抄家流放的禍事，也會選擇放棄家裡不被重視的妾室、庶女，乃至嫡女，全力去保障嫡子、嫡孫，甚至庶子、庶孫的存活率。

如果說楊氏母女的死讓周瑜更清楚的認識到這個所謂的大燕王朝，雖然比起前世她所熟知的明清開明了許多，但對女子而言仍是極其不公的，那接下來發生的事，就更讓兄妹倆懂得了這個古代封建王朝的殘酷。

一場大雨後的傷寒放倒了流放隊伍中三分之一的人，就連押送的衙役們也有七、八個病得起不來。因為病號太多了，宋衙役不得不停止行程，和周閣老幾個商量著派人去附近城鎮再多買些草藥回來。

然而禍不單行，幾匹疾馳來的快馬打斷了宋衙役幾人的談話。

他們都詫異的看向快馬上下來的捧著聖旨的欽差，只有宋衙役一眼就看見了跟在欽差後面的官兵和他們手上捧的那個木盒。

心裡咯噔了一聲。在沒有押送任務的時候，他也曾跟著欽差們去傳過旨，若是他沒看錯，那木盒裡放著的應該就是賜死所用的東西——白綾、毒酒、匕首。

這一切還得從七天前說起。

七天前，在京都出了一件大事。一直被承乾帝當作儲君培養的當朝太子突然薨了，死因也是因為一場大雨。

原來這些日子不光他們這裡遭遇了一場大雨，京都的雨下得更大，而且一下就是十來天，因此京都附近的好幾個州縣都遭了災，百姓們流離失所，苦不堪言。

太子殿下不顧勸阻，執意親自去視察下面的受災情況，結果身染疫病，回來後就高燒不退，儘管整個太醫院都用盡全力救治，但還是無力回天，不幸薨逝了。

承乾帝與太子父子情深，大悲之下大怒，不但將太子府裡服侍太子的奴僕、姬妾都殺了洩憤，就連救治太子的幾個太醫、太子手下曾經的幕僚和官員也都沒放過，輕則賜死，重則殺頭，大有讓一干人等都給太子陪葬的意思。

也不知這其間怎的，承乾帝就突然想到了已經在發配途中曾經的太子少師周閣老，同時想到太子為了這老學究跟自己置了三天的氣，甚至以死相逼才保住這老學究的命。

承乾帝當時沒殺周閣老全看在太子面子上，這會兒太子死了，承乾帝就想：既然你們師生感情那麼好，那你這當老師的就替朕去陪朕的兒子吧！

當然，這不是聖旨上的原話，跟著賜死三件套一塊兒來的聖旨說了一大堆文謅謅的，這些都是周瑾自己用白話總結出來的意思。

周閣老怎麼也沒想到，當初自己因為承乾帝弒殺大罵承乾帝，又因為太子的力保得以保住性命，兜兜轉轉一圈，今天又因為太子的突然薨逝，迎來了一道賜死聖旨。

他死不足懼，可為何老天如此不公？偏讓仁德睿智的太子殿下英年早逝啊！

太子薨逝了，五皇孫可怎麼辦啊！

「哈哈哈，老天啊！為何？為何啊！太子殿下如此至情至孝、寬厚仁德之人，為何天不假年啊！」

從接到聖旨開始，周閣老就跟瘋了一樣，又哭又笑的指著老天咒罵個不停。最後理也不理捧著白綾、苦著一張臉催促自己趕緊上路的欽差，只抱了抱自己最疼愛的幼孫周珞，又朝自己的長子歉意的望了一眼，就朝著路旁的石塊撞了過去。

一時血液腦漿飛濺，一代大儒命喪黃泉。

「父親！」

一旁的周澤林攔又不能攔，只能緊緊抱住哭著要奔過去的小兒子，眼睜睜的看著自己的阿爹撞石而死，心痛得一口血噴得老高，當即就暈了過去。

惹得本就紛亂的閣老府一眾人等更加紛亂，看得其餘周家族人越發的惶恐不安，也讓周瑾兄妹對這個時代的皇權有了更清醒的認識。

所謂閻王讓你三更死，誰敢留人到五更？這皇帝的金口比起讓人何時死就得何時死的閻王，也不遑多讓了。

因為突如其來的聖旨，流放隊伍又一次停了下來。等前來賜死的欽差驗明周閣老正身回去覆命後，人群才又一次亂哄哄起來。

有唏噓著上前去勸慰閣老府哭作一團的眾人的，有幫著救治暈了的周澤林的，但更多的人卻是擔憂自身，深恐再一次受到閣老府連累，怕萬一聖上聽了周閣老的死訊還餘怒未消，將他們這些族人也都賜死怎麼辦？

驚恐之下，對一再連累家族的周閣老就越發憎恨起來，尤其是光沒怎麼沾到，卻被連累得跟著流放的旁支們。可周閣老已經死了，總不能再弄死他一次，眾人的怒火無處發洩，就都燒到了周澤林父子兄弟幾個和周家幾個嫡支的身上，要不是一旁有宋衙役鎮著，有人都要忍不住上前撕扯了。

旁支的怒火太盛，引得周家的嫡支們也都顧忌連連，怕引火焚身，除了周閣老的親兄弟周瑞全一家，別人都不敢上前，更別說替周閣老處理後事了。

但周閣老畢竟是一代大儒，總不能讓他跟別人一樣，一張蓆子捲了就下葬了吧？要真那樣，宋衙役也怕將來士林中人將他給吃了。但給周閣老大辦他也不敢，生怕掉腦袋，因此愁得頭髮都快白了，也沒想出個辦法來。

後來還是周澤林醒了過來，掙扎著病軀在大伯周瑞全的幫助下好歹置了副薄棺，在荒郊野外找了個齊整些的地方，才草草將周閣老下葬。

離開前周瑞全在墳上做好了記號，想著萬一有一天，周家若還能起來，也能找到此處，將周閣老的墳給遷到祖籍去。

辦完周閣老的喪事，隊伍又休整了一夜，第二天一早，就又匆匆上了路。

宋衙役現在也摸不清上面對周家族人的態度了，只知道今上怕是已經徹底惡了周家，於是再也不敢放周家族人出去採買，深怕上面追究起來連累到自己身上。也顧不得流放隊伍中的人病不病了，不敢再耽擱行程，只想盡快趕到遼東，將這一群燙手山芋給交出去。

流放隊伍裡的眾人更是驚懼，深怕一轉眼又來幾匹快馬，帶來讓他們也自盡的消息。其中有一對老夫妻，實在受不了這巨大的心理壓力，在某一個晚上，雙雙吊死在林子裡。

至此，加上最近一段時間病死的、一開始病死的，被山匪搶走的、殺了的，出發時三百九十二人的流放隊伍，只餘下二百九十六人。

就這樣，流放隊伍在眾衙役的催促下，又走了半個多月，這其間差不多每天都有人餓死、病死。周瑾兄妹早在末世時就已經看慣了生死，而鄭氏到底心軟些，因為自家有糧食，有相熟的人家過來苦求，看人實在可憐，總免不了偷偷給些糧食出去。

周瑾兄妹勸過，但鄭氏總是忍不住，說都是相熟的本家孩子，也曾叫過她嬸子、伯娘，總不能眼睜睜看著人餓死吧？

第十四章

「唉，算了！別說娘了，我有時候也看不了這個。」周瑜見實在勸不了她娘，就反過來勸她哥道。

「嗯，由她去吧，這些日子她都心驚膽戰的，做些好事也能分散注意力。只是我們得看好了，若是碰上那人心不足的，也必得讓他們知道我們不是好惹的。」周瑾亦點點頭道。

這些日子她娘和別的族人一樣，一直怕上面再降下賜死聖旨來。

關於這點周瑾兄妹倒是不害怕，兩人已經商量好了，若真有那麼一天，聖旨讓他們全家赴死，他們就拉著鄭氏幾個去露營車空間。雖然這樣做會暴露他們的秘密，逃過死亡以後他們也不知道接下來一家子該怎麼過活，但總比當下就丟了性命強啊！

為此，周瑾還在鄭氏幾個熟睡後特意抱著小周瓔去了一趟露營車空間，好確認露營車空間不只他們兄妹，也能帶外人進去。不過，不到萬不得已，他們是不會這麼做的，因為那樣做，他們一家就徹底成了這個世界的黑戶，不能再光明正大的現於人前。

好在，行程過半後，什麼都沒有發生，更沒有什麼旨意過來，鄭氏和眾人這才漸漸安下心來。

這天傍晚，隊伍停在一處山坳，周瑾一家照例在離衙役們不遠的地方找了個露宿地，母子幾個正忙著生火煮粥，就見白氏帶著一個消瘦的男孩走了過來。他們都以為白氏過來是來借糧的，這些日子對於周家嫡支的淒慘遭遇他們也有所耳聞。

自從周閣老被賜死，宋衙役也摸不清上面的意思了，不敢再對周家的嫡支加以關照。旁支眾人見宋衙役都不管，就再也沒有了顧及。

旁支眾人早就對連累他們被流放的嫡支心懷不滿很久了，此時對嫡支的恨意就再也擋不住，漸漸的見了嫡支子弟們就非打即罵，沒幾天在幾個帶頭的鼓動下，就起鬨著把嫡支的糧食物品全都搶沒了。

流放隊伍裡，旁支子弟的人數比嫡支子弟大概多了一倍，因此嫡支子弟被搶了、打了也無可奈何，只能縮起頭來過日子，靠著官差分的那點餅子稀粥過活。

偏偏嫡支子弟又是養尊處優慣了的，身嬌肉貴，哪吃得了大苦？一個來月下來，就餓死、病死了大半。周閣老的二兒子一家，連同周澤林的夫人前幾天都病死在半路上，不過短短七、八天，堂堂的周閣老府裡如今就只剩下周澤林父子三人。

白氏婆媳有感於這些年周閣老對他們一家的照顧，這些日子一直在照顧著周澤林父子幾個，白氏這次過來的確是來借糧的，但不是為了她自己，而是為了周澤林一家。她帶來的男孩也不是別人，正是周澤林的幼子周珞。

「珞哥哥，你怎麼瘦成這樣了，阿櫻都不認得你了。」

白氏剛說明來意，鄭氏幾個還沒說話，一旁的小周瓔就先拉著白氏旁邊的周珞哭了起來。

前段時間周瑾一家都是跟在周閤老一家後面走的，因為在家時就認得，周珞就總過來找周璃和周瓔玩。

周珞這段時間接連遭遇祖父被賜死，父親兄長病重、母親病逝，二叔一家接連病死，不僅身材瘦了，身心也遭遇重創。這段時間又看慣了周圍人的冷漠白眼，早已不是那個被祖父護著的無憂無慮的小胖子了。

本來對於這次嬸子帶他來周瑾家求助，他是不抱什麼希望的，但看著面前周瓔、周璃一臉關心的模樣，又莫名覺得溫暖，心裡也升起些希冀來。

「唉！弟妹，要不是實在沒有辦法了，嫂子也不會求到妳這裡來，只是如今伯父一家就剩下大伯和珀哥兒、珞哥兒父子三個，大伯和珀哥兒又都病得不輕，光靠那幾個糠餅子撐著，眼看就要不行……」

白氏婆媳都是寡婦，這些年要不是周閤老對他們一家時時照顧，把白氏的兒子周理當作自己家的親孫子一樣看待，他們的日子早就過不下去了，所以白氏對自小看大的周珀兄弟倆也是真的心疼。

但她們婆媳的能力有限，加上糧食也被旁支搶了，除了找些野菜之類來填補周澤林父子幾個的食物，也沒有什麼別的辦法。

如今，流放隊伍裡能拿出糧食且她們能借到的，似乎就只有周瑾一家了，於是白氏就硬著頭皮帶著周路找了過來。

「嫂子快別說了，別說看妳的面子，就是看路哥兒前些日子時不時偷著接濟我的兩個孩子，這糧食我也得借。只是我們家的糧食也不多了，除了自家吃，又被我借出去不少，如今只能給妳二斤油茶麵、三斤糙米了……」

鄭氏想著自己這段時間借出去不少米麵，也有些心疼，但見了周路瘦了一圈的臉，還是忍不住大方說道。

「這就不少了！可太謝謝弟妹了！」白氏以為此次過來能借到一斤、半斤米麵就不錯了，沒想到鄭氏一下竟給了這麼多，忙拉著周路跟鄭氏道謝起來。

沒想到周路謝完鄭氏後，又撲通跪倒在周瑾面前，連磕了三個響頭後，一口氣說道：「書上說授之以魚不如授之以漁，還請瑾哥教我狩獵打魚的手藝，我聽父親說這裡到遼東還有一個月的路程呢，我、我想讓父親和哥哥活下去！」

說完這些周路再也忍不住，趴在地上嗚嗚哭了起來，要是父親和大哥也都死了，可就真剩下他自己了。

「大哥，你就幫幫路哥哥吧！路哥哥人很好的！」周璃率先幫著周路求情道。

「是啊，大哥，路哥哥太可憐了！」周瓔也搖著周瑾手臂，含著眼淚道。

周瑾本是不想的，純粹是被周瓔那眼淚逼的，才不得不應承下來。

「成吧，不過跟著我學可以，但學不學得會，能不能養活你父親和兄長全靠你自己，我可不敢打包票啊。」

「好！好！弟弟多謝兄長了！」周珞激動得無以復加，急忙又是一拜到底。

於是，第二天，周瑾再去找食物的時候，身後就跟了一個跟屁蟲。到了第三天，又一個跟屁蟲也跟了上來。比起周珞，這個跟屁蟲跟得更是心安理得，因為他跟周瑾學東西是繳了學費的。

這人正是周澤盛的長子周玳，周澤盛見周珞跟著周瑾學捕魚狩獵後，當晚就找了過來，硬是塞給周瑾一條金魚兒，讓他教周珞的時候也帶上自己兒子。

周瑾知道周澤盛家如今也不容易，本不想收，還是周澤盛看出了他的心思，悄聲跟他說道：「賢姪放心，那幫孫子雖然搶了我家，但也就搶了糧食物品和一些散碎銀子。銀子的大頭早就被我爹給提前藏了，所以叔這兒不缺銀錢，就是缺吃食……」

你不缺錢我缺啊！

看在這條金魚兒分上，周瑾就又多了個徒弟。

於是，接下來幾天，到了宿營地，就能看見三個少年在營地周圍忙活。或在周圍草叢下套子，或在水塘摸魚，或爬到樹上掏鳥蛋，或蒙著腦袋掏蜂巢，反正一切能吃的東西他們都捉，漸漸地，三個少年變成了四個、五個、六個……一群。

這群少年共有十八人，年歲都差不多，最大的不到十四歲，最小的就是周珞十二歲，腳上都沒有戴腳鐐。

除了周珞、周玳，其餘都是不受家裡重視的少年，嫡支、旁支都有，因為常常吃不飽，不得不自己出來找東西吃。開始時看周瑾幾個捉什麼他們就學著捉什麼，後來見周瑾也不攆他們，就乾脆不要臉的跟在三人後面，也跟著周珞兩個叫起周瑾頭兒來。

周珞、周玳對此很不忿，尤其周玳，因為這裡面只有他是交了學費的。

後來還是周瑾規定，凡是後面來的，若想跟著他，就必須把每次打到的獵物都交給他，由他統一分配。而每次分配獵物時周瑾都會多給周珞、周玳一些，兩人這才沒了意見。

少年們都年紀小，也不懂什麼嫡支、旁支的恩怨情仇，一群人很快就混熟了，互相稱兄道弟起來。

這群少年自從跟著周瑾學打獵後，就再也沒有挨餓過，雖然吃的東西千奇百怪，但現在只要能吃，不用餓死，誰還嫌棄吃的東西是什麼啊？到了如今，連曾經最嬌氣的周珞扒起蛇皮來都能臉不紅心不跳，更不用提別人了。

也因此這群少年都對周瑾很感激，漸漸地就都唯周瑾馬首是瞻起來，儼然把周瑾當成了帶頭大哥。

與此同時，周瑜這邊也不曾閒著，因為她發現流放隊伍裡竟然有個老頭懂醫術！

前段時間流放隊伍裡傷寒感冒傳染嚴重，病死了很多人，但也有很多人好了起來。周瑜後來聽她娘說，那些人都是服用了族裡一個孤寡老頭教的用野蔥蔥白煮的水，發了汗出來，才好起來。後來隊伍裡有些拉肚子、磕傷碰傷的人也都去找那老頭看，都被他用簡單的草藥給治好了。

周瑾正愁前世學過的醫術不能在這個世界發揮呢，聽到有這麼個人物，自然不能放過，忙找了過去，跟在老頭後面獻起殷勤來。

奈何老頭有些重男輕女，儘管周瑜將好話說盡，也不願將醫術傳給一個女娃娃。沒辦法，周瑜只好回來揣了五斤糙米過去，老頭才立刻答應了。

因為宋衙役的特殊關照，雖然周瑾再沒機會跟著官差出門，但每次官差出去採買時，總能給周瑾家捎回一些糙米、糙麵來，所以周瑾家一直不缺食物。

當然這些糙米、糙麵的價錢比起市價來是貴了不少，周瑾也不可能讓宋衙役的手下白辛苦，每次都給他們家捎東西的衙役不少好處，也因此周瑾僅剩的一百多兩銀子又少了不少。

前世周瑜大學考的就是醫科大學，也是中醫專業。雖然只學了一年就碰上末世，但因為從小就跟在當了一輩子中醫的爺爺跟前學習，中藥藥理這些她幾乎都懂，西醫理論她也知道不少，只是缺少實踐而已。

跟老頭學習醫術只是想讓自己的醫術有個來路，總不能憑空冒出一身醫術吧？但其實並沒有覺得老頭有什麼能教她的。

結果學了幾天下來後，周瑜才發現老頭很有料，醫術一點也不遜於自己的爺爺。

而老頭這邊，也驚嘆於周瑜的醫術天賦，直嘆如此天才怎麼偏偏是個女娃娃？簡直是暴殄天物啊！

周瑜一看他那嫌棄女孩的樣子就來氣，反正也不可能告訴他自己是作過弊的，因此每每都忍不住反唇相譏。

於是兩人互相欣賞又互相嫌棄，一個教一個學，成了一對冤家師徒。

日子就這麼一天天過去了，這其間流放隊伍又倒楣的遭遇一場土石流，遇到一次土匪襲擊，又減員了不少。

尤其那場土匪襲擊，那群土匪一上來就明擺著想將他們隊伍裡的所有人給連鍋端了。

幾十個土匪早就埋伏在路旁的林子裡，在他們走到土匪埋伏位置的時候，突然就殺了出來，也不管你是官差還是人犯，上來見人就砍，一輪衝刺下來就傷了幾十條人命，其中還包括三個官差。

最後還是以宋衙役為首的八十多個官差不得不跟這幫土匪玩命，又有周瑾帶著手下十八個少年在一旁幫忙，才最終把那幫土匪給擊退了。

周瑾當時見宋衙役這邊慌亂之下準備不足，對上早就嚴陣以待的土匪，先被土匪壓了一頭，加上流放隊伍過於慌亂，讓官差們心態也跟著受了影響，雖有宋衙役身先士卒，但依然氣勢低迷，周瑾覺得照這麼下去，官差這邊必輸無疑。

官差若是敗了，他們這些人犯自然也不會有好下場，所以周瑾不得不將鄭氏幾個交給周瑜照看，帶著手下十八個少年殺了上去，支援宋衙役他們。

當然，周瑾也不會蠻幹，不是什麼也不準備就帶十幾個少年去送死，而是趁著土匪和官兵正戰作一團，將跟著自己的少年們按三人一組，分成了六組。每人手裡都拿著一根捕魚時用的魚叉（其實就是根帶著尖頭的長棍子），又開了個極其簡短的戰場會議，才帶著少年們朝土匪攻了過去。

少年們按著周瑾說的，三個人為一個團體，互為後背，互相關照，也不靠戰場太近，見哪個土匪落單，或者不防備時才一擁而上。三人一起用魚叉招呼，也不拘打到哪兒，打完就跑，按周瑾的話說，他們這次行動的主要宗旨就是達到干擾敵人的目的。

十幾個少年經過這段時間的磨合，早就分外默契，雖然力氣不足，但勝在年紀小，動作靈活，跑得快。不一會兒就有十幾個土匪著了他們暗算，讓宋衙役這邊頓覺輕鬆不少。

眾官差見眾少年都這麼英勇了，也士氣大振，才最終以傷亡十人的代價，戰勝了土匪。

這一場大戰讓宋衙役等官差事後很久還心有餘悸，就差一點，他們這些人就可能再也回不了家，也因此對於幫助他們的周瑾等人更是心存感激。

尤其是周瑾一幫少年，要是沒有他們干擾敵人，官差們很可能就輸了！

為了表示對周瑾和眾少年的感謝，自此以後，宋衙役乾脆將十八個少年的伙食都負責，讓他們以後都跟著官兵一起吃住。也因此，一群流放少年竟然跟押送官兵都混熟起來。

一個月後，流放隊伍終於到達遼東地界，隊伍也從最初出發時的三百九十二人銳減到二百零八人，真是可以算上死傷過半了。

「瑾哥兒，明天就該將你們移送給遼東負責你們的官兵了，昨兒大哥跟你說的事你想好了嗎？」宋衙役邊坐在騾車尾部晃晃悠悠，邊問跟在一旁的周瑾。

昨天，宋衙役特意告訴了周瑾，說憑著他十來年押送人犯的經驗看，他們這隊人犯因為人數眾多，又是同族，為防止他們到了遼東後聚成一團不服管教，應該會被分開安置。

就問周瑾一家可有什麼想法，他與那些接收他們的官差也算打過幾次交道，趁交接的時候他可以為他們家走走門路。

「想好了。」周瑾邊亦步亦趨的跟著騾車，邊回答宋衙役的話。「宋大哥，您是知道我們家那點事的，這首先能不能別讓我們家跟我祖父他們分一塊兒？」

「嗯，這點我早想到了，反正你們已經跟你那祖父分了家，到時候你把分家文書給我，我找人單把你們家從老周家的戶籍中給摘出來就行了。這點倒好說，不是什麼難事。」宋衙役點頭應了，又問：「還有別的沒？比如你們家有沒有交好的人家，想分到一起的？像你們這種流放過來的，分的地方大概都好不到哪兒去，那些都得靠你們以後自己經營了，大哥也幫不了你，但跟哪幾家分到一處，大哥倒可以給你安排。」

能跟交好的人家分到一起當然好了，畢竟相互熟悉些，以後都在一處住著，將來即使他去了軍營，留下的人也能跟他娘和弟妹彼此關照。

周瑾也是最近才從宋衙役口中知道，原來他們到了遼東後還不算流放結束，還有一個重要關卡要過。因為他們到了遼東後都會被劃分為軍戶，大燕律規定，凡是軍戶之家，每滿三個男丁或滿四口的家庭就得出一個男丁去軍營服役，滿六個男丁或十人以上的家庭且有三個男丁以上的，就得出兩個男丁服役，除非家裡一個男丁也沒有，以此類推，人多去服役的人也就多。

周瑾家雖未滿三個男丁，卻滿了四口人，也就是周瑾到了遼東，就得去軍營服役，還是沒有年限一直幹到死的那種。

周瑾當時聽了氣得直罵了一晚上的粗話。難怪不管他怎麼鬧騰，他便宜祖父都用一副似笑非笑的模樣看著他……合著在這兒等著他呢！

原來不管分不分家，他這服役名額都逃不掉的，周瑾甚至都能猜到那壞老頭當時心裡想的是什麼。

一準想的是，我就看著你折騰，你小子折騰半天也是個炮灰的命！

唯一能安慰周瑾的就是這兵也不算白當，宋衙役說他只要能活著升到總旗，他們一家罪臣家眷的名頭就能摘了。以後雖然還是軍戶，但他弟或他兒子長大以後就能參加科考了，要是考中舉人，就能改換門庭，將他們家從軍戶之家變成農耕之家。

另外，宋衙役說這軍戶之家還有一個好處，就是他們這些發配充軍的軍戶到了地方後，都能被分配幾十畝乃至上百畝的荒蕪土地耕種，兩年以後，待土地肥沃，只需每年給軍隊上交一定量的糧食就行。

但這好處在周瑾看來有還不如沒有，若是說他們這些被強制入伍的兵士等於賣身給了軍隊的話，那這所謂的免費給予土地讓他們耕種的政策，就等於將他們一家都給賣了，變相成為軍隊的佃戶，還是給軍隊開荒的那種佃戶。

至於後來宋徜役因為看他一副如喪考妣的悲催樣子，為了安慰他加的那句，他當兵後還可以從軍隊裡每月領一石糧餉補貼家用的話，周瑾就更不以為然了。

既然他們全家都被賣給了軍隊，那就等於一切權益都歸軍隊所有了，哪裡還會有什麼人權？以後軍隊讓他們耕田他們就得耕田，讓他們去打仗他們就得去打仗，那自然軍隊的長官若說沒錢發餉，或者少發餉，他們也就只能乾等，絲毫沒有別的辦法。

所以與其指著那一石糧餉，在周瑾看來，還不如指著他弟周璃或他將來的兒子中舉好改換門庭來得可靠呢！

第十五章

周瑾聽了宋衙役的問話，就回道：「大哥，小弟和周珞、周玳兩家已經商量過了，若是可以，我們三家想分到一處。還有我妹新拜的師傅，是族裡一個叫周瑞豐的老爺子，無兒無女的，我妹子想著以後給他老人家養老，也想將他跟我們家安排到一處。」

周珞、周玳是周瑾的跟屁蟲，宋衙役這些日子跟他們也很熟了，自然知道他們出自哪家。至於周瑞豐，就一個人，更是一句話的事，聽了就都點頭應了。

周瑾自然又是一陣感激不盡。

宋衙役從騾車上伸出手搖了搖。「噯！我們弟兄，說什麼謝不謝的。要真說謝，也是大哥該謝你才是，這點忙不過舉手之勞，比起你幫哥哥的可差得遠了。」

周瑾知道宋衙役指的是自己送他香水瓶和幫忙對付土匪的事，聽了也就不再客氣，笑著朝他拱了拱手。「既然大哥這麼說，那弟弟就不跟您客氣了，只盼著來日方長，等下次再見面時，弟弟若熬過這段狼狽，定與宋大哥把酒言歡，痛飲一場！」

「哈哈哈，我早就看你小子是個有志氣的！好好好！若將來我們還有機會見面，定喝個不醉不歸！」宋衙役亦朗聲笑道，又提點了周瑾幾句，兩人才依依不捨的散了。

第二日，果然就到了一處類似衙門的地方。人犯們都被帶到一個大院子裡看管起來，宋衙役就帶著兩個手下，拿著所押人犯的路引文書去同這裡的長官交接。

又等了半日，宋衙役才同幾個小兵一塊兒出來，幾個小兵開始安排人犯們按著家庭為單位一一站好。宋衙役趁著這會兒走到了周瑾身邊，告訴他已經將事情給他安排好了。

周瑾剛想開口說些什麼，宋衙役就搖搖頭，鄭重地拍了拍他的肩膀，俯到他耳邊道：「好兄弟！大哥能幫你的也就這些了，以後千萬好自為之，萬一要上戰場，可別什麼事都往前衝，保命要緊。」說完，又拍了拍周瑾肩膀，就帶著手下走了。

周瑾目送宋衙役走了，才長嘆了一口氣，心中很是動容。

雖說宋衙役是收了他的香水瓶才對他多有關照的，但能為他做到這一步，也算難能可貴了，若是以後兩人有緣還能見面，那這個大哥他認了也無妨。

目送著宋衙役離去後，周瑾就回過頭帶著一家人跟在眾人後面排隊。又等了差不多一個時辰，就見驛站裡走出十來個拿著戶籍文書的兵丁，依次站在隊伍前點起名來。凡是被點到姓名的，就自動站到那個兵丁身後，一會兒跟著他走就行了。

最終，二百零八人的流放隊伍被分成了八小隊，每隊二十人到三十人不等。

有了宋衙役的提前安排，周瑾一家果然沒有跟周老爺子一家分到一處，而是同周澤林一家、白氏一家、周瑞全一大家子，還有周瑜的孤寡師傅周瑞豐分到了一起。幾家人加一塊兒正好二十二人，湊了一隊，跟在一個三十來歲的兵丁後面。

周玳、周珞兩個如願的跟周瑾分在一起，都高興得不行。跟著周瑾混的其他小夥伴就沒那麼痛快了，但也沒有辦法，他們在家裡都人微言輕，也作不了主。

好在大家都約定好了，若是以後誰有機會去這裡的縣城、府城，就在離城門不遠的顯眼處，刻了標記住址，到時候大家再想法子相聚就是。

隨後周瑾一隊就跟在帶領他們的那兵丁後面，七拐八拐的走了兩個時辰，才到了一處山腳下的村子。

這個村子很小，只有十來戶人家，房子也很破，大都是泥坯茅草房子。路上所見之人皆是形容枯槁、骨瘦如柴，見了帶他們過來的官兵，連頭都不敢抬，紛紛避讓到了路邊。

帶他們來的兵丁也不管，又帶著他們走了百來米，到了這村子的最西邊，才隨手指著面前的一片荒地道：「從這兒到山腳那兒都是分給你們的地方，你們幾家看著分吧，只要你們有力氣，愛占多少隨便你們。」

說完，兵丁轉身就要走，徒留下眾人面面相覷。

什麼情況？這是打算將他們扔這兒不管了？

周瑾兄妹迷惑想著有這好事，但心底也知道這是不可能的。

周瑞全見了急忙上前幾步，攔住那兵丁，還沒開口就先塞了一顆金豆子過去，扯著一張老臉彎著老腰，朝那兵丁笑道：「這位官爺，我們初來乍到，人生地不熟的，還請您給指點指點。」

那兵丁摸摸手裡的金豆子，覺得差不多有半兩，這才滿意的站住腳，趾高氣揚的說道：

「嘿嘿，行吧，看你們怪可憐的，本軍爺就提點你們幾句！」

周瑞全心裡直罵娘，面上卻還得點頭哈腰的恭維著，哄得那兵丁更加滿意了，才又道：「給你們分的這地兒叫桃花村，隸屬於遼東都司的百里屯，百里屯是複州衛旗下的軍屯，以後你們幾家就都屬於我們複州衛的軍戶了。眼前的荒地就是分給你們幾家的地方，讓你們自己蓋房用，至於你們的戶籍，等安頓好，三日內去你們所屬的百戶所落戶就行。」

接著，那兵士從懷裡掏出一沓紙遞給了周瑞全。「還有，上面只給了你們一個月的安置時間，安頓好後你們幾家的男丁需按時到所屬衛所聽候分派，軍令如山，若是遲了、誤了，輕則杖責，重則殺頭！哪，這是你們幾戶的戶籍和每戶所需出的兵丁名額。」

周瑞全接過來一看，除了他們幾家的戶籍，還有幾張紙上一一寫了他們幾戶的人口、年紀、需服役的男丁名額、報到的時間地點等等。

周瑞全咬牙心忖：你個賊娘皮的！合著不給你塞銀子，這東西你就打算揣走了是吧？但落難的鳳凰不如雞，他也就敢在心裡罵罵，嘴上還得是千恩萬謝的，又慶幸自己給這位塞了銀子。這東西要是被拿走，再想拿回來可就難了！

等周瑞全扯著笑臉千恩萬謝的將那兵丁送走了，眾人才回頭看著身後一大片荒地發起愁來。

這地方是夠大的，但也就只是地方大而已，上面除了荒草就是荊棘，連根能用的藤條都找不出來。要是想蓋房子，光這片草清理起來就得費了老勁。

幾家子本以為到了遼東就好了呢！還想著再難上面應該也會給個住的地方，到了這裡才發現，竟是連個供他們落腳的茅草屋都沒有。

「你們幾家可是新分來的軍戶？請問貴姓啊？」眾人正瞅著荒地發愁，就聽身後有人問道。

回頭一看，就見一個看著像七十多歲，瘦骨嶙峋的老者正瞅著他們。

「正是，正是，小弟姓周，周瑞全，敢問老哥貴姓啊？可也是這桃花村人？」周瑞全忙上前幾步，扯著笑臉跟來人打起了招呼。

「唉唷，老哥哥可別這麼稱呼，小老兒今年五十有七，就是看著顯老，歲數應該比您小吧。」那老者見周瑞全一個鬚髮皆白的老頭張口就叫自己老哥，忙解釋道。

周瑞全聞言，仔細一瞧對方。

還真是夠顯老的。眼前的老頭，臉上的褶子可比他多了，不像五十七，倒像七十五的。

唉，看來這遼東確實苦寒難熬啊，看把人給搓磨的！

「哎呀，那真是該叫老弟了，哈哈，老夫虛長老弟幾歲，今年六十有六了。」周瑞全接著笑道：「我們初來乍到的，以後還請老弟多多關照啊！」

「哈哈，關照談不上，以後都是一個村子的街坊了，理應互幫互助。小弟姓李名貴，字顯榮，以後周老哥有事需要幫忙，儘管開口就是。」老者忙跟著自報家門道。

「姓李？敢問老弟可是出自魯州李家？」周瑞全聞言一愣，見面前老者雖面容憔悴，說話卻進退有度，名字裡還有表字，心中一動，突然就想起了十幾年前流放遼東的李氏來。

魯州李家曾是前朝數一數二的大家族，十幾年前大燕初立的時候，因不尊號令被今上找了個藉口給全族流放了。這時候聽見李姓，又是在遼東，周瑞全不免就聯想到十幾年前被流放的李家身上。

「唉！這世上哪還有什麼魯州李家啊？家中子弟如今十不存一，不過苟延殘喘罷了。」李貴聽見周瑞全一聲久違的魯州李氏，眼圈一下就紅了，沒想到周瑞全一下子就猜到了自家來歷。

竟真的是李氏後人？

周瑞全也沒想到自己一猜就猜了個正著。他年輕時也曾接觸過幾個李氏族人，那時的李家人是何等的意氣風發。再看看如今佝僂消瘦，手腳都布滿老繭的李貴，不免就有些兔死狐悲，同命相連之感，一時忍不住悲從中來，老淚縱橫起來。

兩個初見面的老兄弟因為同命相連攜著手哭了一場，都覺得彼此熟悉了好些，直接稱兄道弟起來。

「唉，以前都是老黃曆了，老兄可莫提了，如今時也命也，我們還是都先顧著眼前吧！」李貴嘆道。

「唉！可不是，如今到了這地步，只能先顧命要緊了。」周瑞全也跟著一嘆，又問道：

「敢問老弟，你們初來此地時都是怎麼安頓的？你跟兄弟說說，我們也能跟著學學。上面就給指了這麼塊荒地，其餘一概皆無，我們幾家實在不知從哪兒下手啊！」

這事李貴的確有經驗，聽了就指點起他們來。

「你們首先得到離這裡六十多里的百里鎮去報到，將戶籍文書登記了，才算徹底在我們這兒落戶，然後才能認領荒地，開始蓋房子。其次得趕在大冷前，先把房子蓋起來才行，你們沒經過這裡的冬天，那可真是能凍死人的。我們剛來的時候不懂，為了省事，就先搭幾間茅草屋湊合著住，結果一個冬天就凍死了二十多口人！想起當時那情形，兄弟我就……」

李貴說起往事忍不住又哽咽起來，眾人也都聽得唏噓不已，不知道怎麼勸才好。倒是李貴自己先好了起來，擦了擦眼淚，朝周瑞全訕訕道：「瞧我，說了不提這些自己又提，倒讓老兄見笑了。」

「哪有、哪有，老弟這些年可是受了大罪了！」周瑞全忙勸慰，又感激道：「多謝老弟提醒了。」

如今已是八月下旬，馬上就要入十月，他可聽說這遼東十月就要飄雪，必須抓緊時間蓋房。但他們這群人哪會做什麼土坯啊？更別提動手蓋房了，於是又跟李貴打聽道：「不知老弟可認識蓋房的班頭？若有，還請給兄弟介紹介紹，我們想盡快雇人將房子蓋起來。」

沒想到李貴卻搖了搖頭。「我們這鄉下，也沒人捨得花錢雇蓋房班子，都是自家抽空曬土坯，大家幫襯著蓋的，哪有什麼蓋房班子啊！」

周瑞全傻了。這破地方竟然連蓋房班子都沒有嗎？那可怎麼辦？

「敢問李爺爺，我們村裡可有能幫著蓋房的青壯？若是有，能不能煩勞您多幫我們請一些來，幫著我們把房蓋了？」一旁的周瑾見周瑞全沒了主意，忙跟著問道。

既然沒有蓋房班子，那只能他們自己上了，他們這幫人裡，能幹活的也有十幾個，再雇上一些人，應該也夠蓋房的了。

「青壯倒是不多，村裡的青壯如今大都在軍營裡，只有農忙的時候才會被派下來。不過你們若是著急，我們村裡倒也能騰出十幾二十個像我這樣的勞力來，幫著你們把房子給蓋了。」

李貴一聽周瑞全的話音就知道他們這群人應該是藏下錢了，有錢不掙不成傻子了。反正現在秋收已過，他們這群半大老頭子也沒什麼事幹，能掙些銅板貼補家用也是好的，就跟周瑞全他們推薦起自己和村裡的老哥們來。

只是他怕周瑞全嫌他們老，又道：「老兄放心，我們這些老骨頭可都是做慣了活的，一定能將房子給您眾位蓋好，定不會偷奸耍滑！」

周瑞全這會兒能找到人幫著蓋房就很不錯了，哪還會嫌棄什麼？於是，隨即跟李貴商定好每人一天給三十文的工錢，讓他幫著去找人，人越多越好，等明天去鎮上登記完戶籍回來，後天他們就想開工。

又跟他打聽村子裡可有閒著的屋子租住，他們也好先安頓下來。

李貴本以為周家能出二十文一天的工錢雇人就頂了天了，沒想到周瑞全一張嘴就是三十文，喜得跟什麼似的，忙不迭的應了。又聽他問誰家有房子租，就道：「空閒屋子倒是有一處，就在我們家屋子後面，是我姪兒的屋子，一共三間，都盤了炕，收拾收拾也勉強能住人。不過我那姪兒一直在軍營裡，你們若是想租，我就替他作主，也不用你們給什麼租金。若是可以，買些粗布棉花，給他做身棉衣就行。」

一身粗布棉襖棉褲頂天花個幾百文，這租金的確不高，周瑞全當即就應了。但他們如今幾家子加一塊兒有二十多口人，三間屋子恐怕不夠住。就又問李貴，除了這處，還有沒有其他地方了？

李貴搖了搖頭，道：「你們來的時候也都看見了，我們村滿打滿算才十二戶人家，蓋的屋子都不多，就算有閒屋子，能騰出來的也是一間、半間的了。你們若是不嫌棄跟他們擠一塊兒，老夫倒可以去問問。」

眾人聞言覺得與其跟陌生人擠一個屋簷下，還不如他們幾家子往一處先擠擠。再說，等蓋好房他們就會搬走，也住不了多少日子。

於是周瑞全就謝了李貴的好意，只說先去他那姪兒家看看，要是能擠下幾家子人，他們也就不另尋地方了。

到了地方，眾人就見那院子雖不大，倒是也還齊整，土炕、門窗這些也都齊全，就是三間能住人的屋子，不過是過於低矮窄小了些。但他們都睡了好幾個月的露天席地，乍然看見屋子、土炕，眾人高興都來不及，哪還會挑什麼？

他們如今的幾家子加一起一共二十二人，屋少人多，也沒法子分誰家誰家了。於是九個女眷住了三個房間中最大的東屋。周瑞全、周瑞豐兩個老的帶著周澤茂、周澤盛、周澤林幾個住了最小的西面屋子，剩下的周瑾等幾個男孩住了中間的屋子。

一邊收拾著屋子，眾人邊閒聊蓋房的事，他們從李貴口中得知，距離桃花村東邊不遠有一條河，村子裡喝水洗衣都是去那裡打水。不過幾家蓋房的地方卻在村子最西邊，離那河有些遠，因此幾家子打算蓋房時要打口井出來。

將屋子打理好，天就已經黑了，眾人也都累得不行，就倒頭睡了。

第二天一大早，天剛矇矇亮，除了幾個小的，大夥兒都紛紛爬了起來。

鄭氏幾個忙著生火做飯，周瑞全則帶著眾男丁打算一會兒吃過早飯就趕緊先去鎮上，將他們幾家的戶籍給辦好。

周瑾家自然是周瑾代表，見周瑞全他們都吃過早飯準備好了，周瑾就將周瑜事先從露營車裡拿出來的一枚巴掌大的小鏡子裝進懷裡，才跟著眾人走了。

昨天兄妹倆已經商量好，打算趁周瑾今兒去鎮上，就將兩人事先從空間裡挑出來的這枚小鏡子給當了。

既然這大燕朝琉璃製品那麼稀有，一個香水瓶子就能讓宋衙役當成寶貝，那這枚小鏡子想來也能當不少銀子，到時候他們家蓋房也好、買物資也好，手頭也能寬綽些。

「哥，你去了別忘記找個僻靜地方，將露營車裡拿出來的牙籤給放好，之後我們來往鎮上就方便了。」周瑜悄聲囑咐她哥。

前些日子兄妹倆研究露營車空間時發現，只要是空間內的物品，即使是同樣的物品，但只要他們給它做了標記，露營車空間就能分別將它們識別出來。

比如，同一包牙籤，被周瑾從空間裡拿到外面，分別扔進草叢裡、樹林裡，甚至磚縫裡，只要他記住扔牙籤的地點，比如某地草叢裡的牙籤，或者某地樹林裡的牙籤，當啟動車子，加油門的同時喊起這個位置，露營車空間就會將他們帶到那裡。

因為有了這個發現，先前的流放日子，兄妹倆都會隨身帶著一盒從空間裡拿出來的牙籤，每到一個地方，就丟一個牙籤在那裡。

為了防止這麼多牙籤忘記哪個是哪個，他們還特意在露營車空間裡放了本子，每次扔完牙籤，就將扔牙籤的時間、地點都一一記錄下來，好方便以後查找。

有了這個便利後，以後兄妹倆根本不用費腳力時間走路去鎮上，只要周瑾去過一次，且在那裡找個僻靜地方丟根牙籤，以後他們隨時都能通過空間過去。

第十六章

百里鎮距離他們所住的桃花村有六十里，要是走路去，得花三個多時辰，到了那兒就得是下午了，還怎麼辦事買東西啊？所以，周瑞全一行人打算坐牛車去。

昨天周瑞全就已經跟李貴說好，讓他陪同他們走一趟，等他們吃過早飯準備好，李貴也換了身乾淨衣服到了。因為離鎮上很遠，眾人不敢再耽擱，見李貴到了就匆匆忙忙上路。

周瑾走了這趟行程才發現去一趟百里鎮，即使坐車去，光花在路上的時間，來回也需要近五個時辰。

唉！這古代落後的交通啊！

因為花在路上的時間實在太長了，在和眾人的攀談中，李貴幾乎把他知道的東西都跟他們說了一遍，倒是讓眾人對他們如今所屬的百里屯瞭解了不少。

原來之所以被叫做百里屯，是因為它的占地面積真的足足有百里，在整個遼東衛來說是數一數二的大軍屯了。

而現在他們所住的桃花村其實並不是真正的村莊，桃花村這個名字只是李貴他們為了和其餘百里屯眾分支區分開自己取的名字，官方並不承認的。

在官方檔案裡，他們那兒就是整個百里屯的一個小小的分支而已，這樣的分支在整個百里屯有幾十個，有大有小，最大的百里屯分支位於百里屯的南面，由一百多戶人家組成。而最小的百里屯分支，就是他們的桃花村，位於整個百里屯的西北角，交通不便，土地荒蕪，加上剛分來的周瑾他們，總共也才十六戶八十一人。

百里屯屯長是整個百里屯的最高長官，也稱千戶長，他手下還有十個百戶長，這些百戶長每個人分別管理百里屯旗下百來戶的軍戶。每個百戶長底下也有幾個下屬，分別幫他管理旗下所屬軍戶的徵兵、徵糧、落戶、糾紛和帳目。

分管他們的百戶長姓韓，在百里屯眾多百戶裡算是比較不入流的那位，因此分給他的軍戶，大都是像他們這些偏遠地方的窮軍戶，家家都不富裕，平時能撈的油水自然也不多。周瑾他們去的時候，韓百戶正百無聊賴地在屋子裡擦他那桿銀槍，聽手下過來稟報，說是京都裡發配來的二十多個人犯分到了他們這裡落戶，頓時眼睛一亮，覺得賺錢的機會來了。

周瑞全幾個來時就聽李貴說了這裡的規矩，知道要想順順當當的落戶，以後踏踏實實的在這裡生活，分管他們的百戶無論如何都要巴結好的。

所以，他們來之前就做好了準備，每家出了六兩銀子，周瑞豐因為就一個人，出了二兩，共湊了二十兩，由周瑞全作為代表，在韓百戶千呼萬喚始出來的時候，小心翼翼的塞了過去。

說實話，韓百戶好久沒有見過二十兩銀子的鉅款了，他管轄內的這些窮軍戶，平時找他辦事能掏出幾十文、上百文就算不錯了，與別的百戶整日吃香喝辣的相比，他的日子真的過得跟叫花子似的。

沒辦法，誰讓他上面沒人呢？雖然憑著軍功掙了個百戶，但他一沒錢巴結上峰，二還不會溜鬚拍馬，哪裡爭得過那些圓滑的同僚啊？

所以分給他的那些個軍戶，可以算是整個百里屯最窮的幾個分支了，被分的軍田也大都是荒地，需要自己開墾，每年交完軍糧能保證那些軍戶不被餓死就不錯了，還讓他上哪兒撈油水去啊？

所以，看見周瑞全塞他手裡的二十兩，韓百戶擺著的架子也鬆了，板著的臉也笑了，十分痛快的讓手下給他們辦理落戶手續。在手下問他怎麼給幾戶人圈地的時候，更大方的表示，他們住的那片荒地，十里範圍內，每人十畝，由著他們自己圈。

反正都是荒地，又有的是地，圈哪兒不是圈？

眾人沒想到韓百戶這麼好說話，聞言都很高興。而韓百戶得了一大筆銀子也很高興。又想著等過一個月，這幾戶的小子去軍營報到的時候，也得歸他管，到時候又能撈一筆，韓百戶的心情就更好了。

等手下將幾家子的戶籍辦好，韓百戶極其痛快的掏出他的百戶印在上面蓋了戳章，就揣著二十兩銀子迫不及待去鎮上的芬芳館找自己的老相好了。因為阮囊羞澀，他已經快一個月沒去過了。

因為落戶手續辦得極快，從進去到出來連兩刻鐘都沒用到，眾人從百戶所出來的時候，還不到中午。

周瑞全因為年紀大了，又不好讓李貴跟著幾家子跑來跑去的採買東西，就找了個小飯館，帶著李貴邊吃飯邊等他們，順便商量幾家蓋房的事。

周瑞豐也將要採買的東西託付給了周瑾，自己則去鎮上的藥房打聽草藥價錢去了。來之前他跟周瑜就商量過了，若是草藥的價錢還算合適，他們以後打算去山上採些草藥來賣。

剩下的周澤盛、周澤茂則帶著周玳、周珀、周理幾個去採買東西。

周瑾因為也想去當鋪賣懷裡的小鏡子，就找了個他娘讓他去當幾件衣服的藉口，跟周澤盛幾個約了一會兒在周瑞全待的小飯館見，也揹著一個包袱獨自去了當鋪。當然，來之前，鄭氏也的確是讓他將家裡的幾件絲綢衣服都當了，換些棉布、棉花回來做冬衣，他那藉口也不算說謊。

周瑾將百里鎮三個當鋪都轉了一圈，挑了個最大的鋪子進去了，等前面三個當東西的顧客都走了，才走到那當鋪的櫃檯前。周瑾已經從前面幾個人口中知道，這老者正是這間當鋪的掌櫃，姓陳。

陳掌櫃見了就問他。「可是要當東西？想活當還是死當？」

周瑾答道：「活當死當都行，看您給的價錢。」

你小子都混到當東西了，還敢在這兒挑三揀四的，就你這樣的還能有什麼寶貝不成？

陳掌櫃聽了就有些不以為然，又見周瑾身後揹著個包袱，覺得無非就是些好點的衣服斗篷什麼的，再金貴又能值幾個錢，就敷衍道：「先將東西拿出來看看吧。」

沒想到眼前的少年並沒有打開揹著的包袱，而是先從懷裡掏了一個巴掌大的琉璃鏡出來。

陳掌櫃接過鏡子一看，頓時眼前一亮，就見那琉璃鏡的外框也不知什麼材質做的，好像是銀子，但又比銀子亮得多，也堅硬得多。整個琉璃鏡的邊框雕成一隻巴掌大的圓臉小貓模樣，鏡子上面還特意雕了兩隻貓耳朵，底下的底座則被雕成了貓腳和尾巴，中間的貓臉鑲著塊晶瑩剔透的琉璃鏡片，真是要多精緻有多精緻！

這要是讓人捎到江南或京都去，怕是怎麼也得值個五、六百兩銀子！

陳掌櫃心裡喜歡得什麼似的，面上卻不顯，他做這當鋪掌櫃的已經許多年，見了好東西當然知道面上不能顯露出來。因此強壓住興奮，卻擺出一副嫌棄的模樣，對周瑾隨意說道：「看你這鏡子，外框非金非銀的，上面連個寶石都沒鑲，也就中間的琉璃鏡看著還行，但又太小了，恐怕值不了幾個錢。說說吧，你這琉璃鏡打算當多少銀子？多了我們可不收啊！」

你要是看不上，你那手攥那麼緊？手指都發白了好不好！

周瑾心中嘀咕，但是也沒說透，還裝成一副愣頭小子的模樣，說道：「我爹說了，這鏡子是我爺爺年輕的時候出海帶回來的，是我們家最值錢的寶貝了。如今我們家裡窮得什麼都沒了，就指著當了它給我娶媳婦呢，少了可不能當，最少得三百兩才行！」

邊說邊趁著那老者不注意，一把將他手裡的鏡子給搶回來重新握在手裡，一副他不給錢就不給他鏡子的模樣。

「咦？」陳掌櫃先是一驚，又是一怒。「什麼？多少？三百兩？你小子倒是敢要！」

雖然三百兩收這鏡子也值，但他們當鋪向來撿漏撿慣了，尤其這幾年占據遼東的韃子被藍庭將軍徹底趕走後，朝廷陸陸續續強遷了不少內陸的農戶過來遼東開荒，又有許多流放犯被流放到這裡充作軍戶。

因此，這幾年來當東西的人就越來越多，其中不乏有一些好東西。那些窮鬼有的連飯都吃不上了，不管什麼東西，給些銀錢就當，他們當鋪都占便宜占習慣了。如今，再讓他按著原價收東西，他哪裡還受得了？

再說，陳掌櫃心裡也有自己的盤算，覺得若是他能將這琉璃鏡低價收了，到時候往上報的時候，多加個百八十兩的，只要帳面上做好，手底下弟兄打點好了，他們東家應該也看不出來。

所以，陳掌櫃一聽周瑾要的價錢頓時就炸了，太超過他的預期，他可沒打算用這麼多銀子收。

「就你這鏡子，能值個二、三十兩就不錯了。這樣吧，看在你小小年紀，老夫就通融通融，給你五十兩，死當！怎麼樣？這價錢已經是這裡當鋪能出的最高價錢了！若不是老夫看你小小年紀也不容易，肯定不會給你這麼多的。」

陳掌櫃見周瑾不過是個十來歲的愣小子，就忽悠道。

周瑾其實內心並不知道這面小鏡子具體能值多少錢，開口要三百兩也是因為送給宋衙役的香水瓶子讓他太過驚喜，就覺得大概這個世界的玻璃製品應該都不便宜，所以先出了個高價試探陳掌櫃反應，他也好估算。

但看陳掌櫃雖然一副惱羞成怒的樣子，卻沒有趕他走，還跟他討價還價起來，周瑾反而覺得他要的價錢雖然高，但還沒有到不可思議的地步，也就是說這鏡子應該就是能值個三百兩左右。

於是聽了陳掌櫃開到五十兩，周瑾就搖搖頭，裝出一副不想賣的樣子，將鏡子往懷裡一塞，就要往外走。心裡卻想，要是陳掌櫃再給他加些，給個一百、二百兩的，那他就當了，反正這種鏡子他妹那個箱子裡還有好多呢，不差這一面半面的。

現在在周瑾心裡，他們整個露營車空間的物資都比不上他妹那兩箱化妝品了。

一想起當初他妹蒐羅這些東西的時候自己沒幫忙不說，還一臉嫌棄，甚至偷偷給她扔了不少，周瑾就後悔到恨不得給自己幾拳，順便戳瞎自己沒見識的眼睛。

他妹蒐羅的哪是沒用的東西啊？都是無價之寶好不好！有了這些東西，他們這輩子甚至什麼都不用幹，靠著他妹的這些化妝品、化妝鏡，就可以直接躺贏了有沒有？

完全可以沒錢了就當一件，沒錢了就當一件……那兩箱東西，足夠供他們一家子一輩子吃喝不愁了！

周瑾邊往外走邊作著靠當東西就家財萬貫的美夢，一邊等著陳掌櫃出聲攔他。

卻沒想到快走到門口時，確實有人攔他了，但不是陳掌櫃，而是突然從當鋪裡屋冒出來的七、八個拿著鐵棍的大漢，將他給攔了下來。

緊接著，陳掌櫃就從櫃檯後轉了出來，朝著他笑道：「小子！你剛說多少銀子才當來著？老夫耳朵不好使，沒聽清，有本事你再說一遍！」

媽的！大意了！周瑾心一緊，識相的沒有出聲。

「掌櫃的沒聽清，我們可都聽清了，剛才你小子說的是三十兩就當是不是？」其中一個大漢見周瑾沒說話，就一邊晃著手裡鐵棍，一邊獰笑著朝周瑾問道。

周瑾心裡一個後悔啊，只覺自己是不是傻，怎麼剛流放完就連起碼的警覺心都給丟了呢？一個十來歲的小孩，赤手空拳的就敢跑這地方來當價值幾百兩的東西，不明擺著讓人宰嗎？

唉！還是大意了，還當這世界是末世前他們那個太平世界呢！結果一點也沒防備的就一個人跑這黑店裡來了！

「天啊！你們這是當鋪還是土匪窩啊？我、我不賣了還不行嗎！」

周瑾一邊假裝膽怯的質問面前的大漢，一邊環顧四周，想找個武器什麼的，一會兒打起來也能多些勝算。

但發現周圍屁都沒有！

要是擱在前世，即使空手他也未必會怕這七、八個人，畢竟在末世磨練了好幾年，空手對付十幾個喪屍的事他也不是沒幹過。但現在他穿成的周瑾實在太小了，體力又不足，即使他招式再多，面對七、八個手持鐵棍的重量級大漢，他也只能認輸。

「呵呵呵，小子！也不看看這百里鎮是誰的地方？告訴你，這滿鎮子的賭場、當鋪可都是我們爺的買賣，識相的，就將你那琉璃鏡交出來，拿著掌櫃的給你的三十兩趕緊走！要不然，別怪爺爺們不客氣！」那大漢果然以為周瑾嚇到了，冷笑著抬起手裡鐵棍指著周瑾繼續叫囂道。

顯然他們這種明搶的事沒少幹，這番嚇唬人的話這大漢說得頗為囂張且順溜。

奈何周瑾向來是個吃軟不吃硬的，到了這地步別說給他三十兩，就是還給他三百兩他也……呃，他倒是還能考慮考慮！

但人家現在擺明不會給他三百兩，所以，周瑾乾脆就脫口而出道：「不客氣你們能拿我怎麼樣？」

說完周瑾就又後悔了。

自己跟這些人較什麼真啊？現在他初來乍到人生地不熟的，惹什麼事啊？不如拿了三十兩先走得了。奈何話已出口，也沒有嚥回去的道理，只能無奈的想，算了！話都說了，愛怎樣就怎樣吧！

眼前說話的大漢顯然沒料到他這麼囂張，聞言就愣住了。

陳掌櫃見了氣得踢了他一腳，罵道：「跟這臭小子廢話什麼！趕緊將鋪門關了，將這小子給我捉後院去！既然他敬酒不吃吃罰酒，老夫就再跟他好好談談價錢！」

大漢中的一個聽了就要去關鋪門，卻突然發現，門口不知何時站了個一身襤褸的十幾歲小子，此時正一臉震驚的看著他們。

眾人都不知道這小子是什麼時候進來的，包括周瑾，但看他滿臉震驚的樣子，顯然已經將眾人的對話聽了不少去。

見眾人都朝他看了過來，那少年就指著陳掌櫃和幾個大漢喊了起來。「你們這家黑店，竟敢訛人！小爺這就去報官！」

周瑾聽了忍不住扶額，覺得這小子比他還傻。

要報官你就去報啊！你喊什麼喊？這下人家不打你，都對不起你喊的這句黑店了！

果然，那去關門的大漢聽了，就一把扯住他脖領子將他給提了進來。

「哎！哎！你幹什麼捉小爺！誰給你的狗膽！放開我！小、小爺就是，來當東西的！算了，小爺不當了！你們趕緊放、放小爺走！要不，小爺真報官了！」

那少年被大漢揪著脖領子，邊掙扎邊嚷嚷道。

陳掌櫃聽了就呵呵笑道：「今兒這是怎麼了？竟碰上了一對倔小子，得了，都給我拖後院去吧！」

「是！」幾個大漢齊齊應了一聲，除了捉住邋遢小子的那個，剩下的，都向周瑾撲了過來。

當鋪的屋子再大，也就那樣，被幾個大漢一圍，周瑾想躲都沒地方躲，只好硬著頭皮扯起背後的包袱，朝一個正對著自己揮動鐵棒的大漢扔了過去。

他自己則一仰身躲過另一個大漢的鐵棍，然後半轉身手握成拳，朝那大漢的腰間打了過去。那大漢吃痛的哎呀一聲，動作一緩，周瑾就乘機從他面前滑了過去，剛想往外跑，面前就又堵了三個人，齊齊舉起鐵棒朝他打了過來。

第十七章

周瑾即使此刻能化身為成龍、李連杰，在一片沒有任何遮擋的狹窄空地上，一下面對從頭而降的三根鐵棒，也是無能為力的。

於是，只能往懷裡一掏，將小鏡子給掏了出來，高舉道：「停手！看你們誰敢動？再動小爺就將這鏡子摔了，到時候誰都別想要！」

「都住手！」

這招果然管用，陳掌櫃見了立刻喝止了幾個大漢，然後看著舉著小鏡子跟舉著炸藥似的周瑾，笑著勸道：「你這樣折騰又何苦來哉？只要你將琉璃鏡給老夫，老夫立刻就可以放你走！」

「我怎麼知道將鏡子給了你，會不會翻臉又打我？還有，我給了你鏡子，一開始說好的那五十兩銀子你還給不給了？」

周瑾做出一副防備的樣子嚷嚷道，一邊不動聲色的朝當鋪門口退了幾步。

陳掌櫃聽了就以為周瑾這是被嚇得答應五十兩銀子就當琉璃鏡了，心道：果然嚇嚇就成了。

「只要你將鏡子給老夫，老夫不但不會再打你，還立刻給你銀子！就按你說的，給你五十兩怎麼樣？」

對他來說，能花五十兩名正言順的收了那琉璃鏡，總比硬搶強，雖然眼前的小子一看就是個沒後臺的，要不也不會自己到當鋪來當東西，但，萬一呢？

為免周瑾慌亂，不小心將琉璃鏡給摔了磕了，陳掌櫃還立刻去櫃檯裡面開了張死當的當票，拿了印泥，並包了五十兩銀子出來，燦著張菊花臉笑道：「要不是你小子獅子大開口，老夫又怎麼會跟你動粗呢？哪，這是五十兩，趕緊在這當票上摁個手印，將琉璃鏡給老夫，拿著銀子走吧！」

那是篤定周瑾不敢再鬧騰的樣子。

周瑾心道：可去你娘的吧！

面上卻假意接過當票看了眼，然後趁著眾人沒反應過來，將手裡的琉璃鏡連同當票一起朝前面大理石做的櫃檯扔了過去。

「哎呀！我的琉璃鏡！」陳掌櫃和周圍幾個大漢沒想到周瑾竟然真的敢摔那琉璃鏡，見那琉璃鏡被扔出去，急得都朝那鏡子奔了過去，試圖將琉璃鏡接住。

周瑾就趁這個機會轉身朝當鋪門口奔去，快到門口的時候，一個肘擊攻向門口被突然的變故驚得愣住的大漢，順手將還被他攥著脖領子的倒楣少年給救下來，拉著他一起朝當鋪門外跑去。

周瑾邊跑邊喊：「還是留著那五十兩給你們買棺材吧！小爺看不上！」

陳掌櫃拚了老命的跑去救那琉璃鏡，但哪裡趕得上周瑾扔的速度，只能眼睜睜的看著那面琉璃寶鏡在自己面前摔得粉碎。別說鏡面了，連那不鏽鋼的貓耳朵、貓尾巴都摔得四散開來。

「唉唷！我的琉璃鏡喔！」陳掌櫃心疼得一口氣差點沒上來，接著心裡慌張起來。要是讓東家知道今兒他為了百八十兩銀子失了如此珍貴的琉璃鏡，還不知怎麼處罰他呢！又聽見周瑾叫囂著讓他拿銀子買棺材的話，一時真是又怕又恨，氣急敗壞地朝周圍的大漢罵道：「還不快去將那小子給我追回來！一群廢物！」

但耽擱了這麼久，等那幾個大漢追出去的時候，哪裡還有周瑾的影子啊？

周瑾拉著少年七拐八拐的跑了半天，確定後面沒有人追來，才停下腳步。兩人都累得不行，不約而同的扶著路邊的牆壁呼哧呼哧喘起粗氣來。

看來他這原身的身體素質還是不行啊，這才跑多遠就累成這樣了？就他如今這身體要是擱末世，第一波喪屍潮來了，他就得完蛋！

周瑾一邊喘氣一邊在心裡嫌棄自己，暗暗決定等回去後就開始加強鍛鍊，不但他自己得練，還得讓全家人都跟著他鍛鍊才行。

他們全家如今身體都太弱了，要知道在這古代可是一場風寒就能奪人性命的，不是位高權重、請得起好醫生就能倖免。

就比如前段時間薨逝的太子殿下，他有沒有錢？全國頂尖的御醫不都圍著他轉？不還是照樣因為一場風寒就死了！先前他妹說過，在這個輕易不能做手術的古代，要想長命，還得靠自身的身體好、免疫力強才行。

就這樣，兩人扶著牆喘了半天，等稍微緩過氣，才有空互相打量起對方來。

周瑾就見眼前少年年齡跟他差不多大，也就十二、三歲的樣子。臉上也不知道怎麼弄的，糊滿了泥污，只露出一雙黑白分明的眼睛眨啊眨的，眼睫毛比他小妹的都長，要不是少年的喉結明顯，光憑這雙眼睛，周瑾還以為他是個女孩呢！

身上也是，外面那件衣服就跟放在碎紙機裡碎過似的，碎得就跟將一條草裙舞穿的草裙直接套脖子上，周瑾甚至都不能找出合適的形容詞來形容它的破爛程度。

不過細看之下，他發現那碎布條卻是綢緞的。

而且，剛周瑾拉著少年跑的時候，發現少年的手極軟，皮膚也很細膩，顯然是個養尊處優，不曾幹過粗活的。

但想著不過是萍水相逢一場，周瑾也沒心思探究少年的身分，於是朝著他揮揮手，道：「想來現在我們應該是安全了，你自己多保重，我還有事，就先走了啊！」

那少年聞言張了張嘴，剛想說些什麼，猛然看見遠處的街角一隊兵士走了出來，嚇得急忙轉身往一旁的胡同裡藏去。

周瑾跟少年分手後就朝鎮上周邊的幾條街走去，打算在小鋪子先買些家裡急用的東西回去。

唉！今兒他也是倒楣，不但那小鏡子沒當成，還被鎮上的當鋪給盯上了。就連他娘讓他當的那一包袱衣裳也在剛才跟幾個大漢打鬥的過程中讓他給丟了，簡直是賠了夫人又折兵。

而且，今兒這一遭讓周瑾也真正認識到了什麼叫匹夫無罪，懷璧其罪了。以後在沒有一定的實力前，他是不敢再將空間裡他妹那些化妝品拿出來當掉。太危險了！

可要是不指著那些東西，他家如今滿打滿算就還剩下一百一十多兩了，這還包括周澤盛送他的那條金魚兒在內。

接下來一家子還要蓋房，還得置辦過冬的物品和他參軍用的行頭，也不知道夠不夠用？周瑾也是今兒才從李貴口中知道他們這些軍戶去服軍役，服役的行頭裝備這些還都得他們自己置辦！據李貴所說，那些行頭裝備可不便宜，賣得死貴，即使最便宜的也要十幾兩銀子。

可即便商家賣得再貴，軍戶們也不能不買，只因為這些行頭裝備事關家中服役兒郎們的性命，若在這上面圖省錢，就等於拿家中兒郎的性命在開玩笑了。

要是服役的兒郎能分到主要負責屯田的軍營還好些，最多是賣賣力氣，受些苦累。但要是萬一趕上戰事去了前線，這些裝備的好壞可就真的關乎自家兒郎的生死了。

面對同樣的戰場、同樣的敵人，人家的鎧甲能擋利刃，刀劍能殺敵，你的卻一捅就穿，一砍就斷，那你不死誰死？

所以除了那些實在拿家裡孩子不當人的人家，但凡有點辦法的軍戶，都會給自家去服役的兒郎置辦一身不差的行頭。

要不也實在說不過去不是？總不能讓孩子為了一家去玩命，卻連防身的鎧甲都不給孩子帶吧？

事關自己的安全問題，周瑾自然也沒想過在這方面省錢。他現在身體素質不行，又年紀太小，若是再不搞套好的武器裝備，那萬一去了戰場，肯定就真成了炮灰了。

雖說空間裡他的那些武器裝備不少，但現在他們所處的時代還是冷兵器時代，他的那些熱兵器就不太能招搖的用了。總不能上陣殺敵的時候，人家都使刀鎗劍戟，就他拿著把手槍往前衝吧？

就算能拿，他也捨不得用啊，穿越前他跟他妹為了對付那群喪屍，幾乎用光了手裡所有的彈藥，要不他們也不會走投無路自爆啊！

如今他們露營車空間裡就算還剩一些，也不過才十幾發手槍子彈而已，那些子彈如今可是用一顆少一顆，不到萬不得已，周瑾可捨不得輕易使用。

至於防彈衣這些，雖然能擋子彈，卻擋不住刀鎗劍戟，所以周瑾覺得武器裝備的錢不能省，房子也不能蓋太差，不然不保暖不說，還不安全。

還有他們家如今一窮二白，需要置辦的東西太多，加一起也得不少銀子。何況還得預備一家子從現在到明年夏收需要吃的糧食來，又得準備個二、三十兩。

周瑾越盤算越覺得手裡的銀子不夠花，卻一時也想不出來掙錢的法子，只能暗壓下心裡的焦躁，想著等回去跟他妹商量商量再說。

見天也不早了，周瑾忙開始採購，雖然家當越來越少，但周瑾從不是個在吃用上摳門兒的個性，除了米麵糧油、鍋碗瓢盆、棉布棉花這些生活必需品外，針頭線腦，簸箕笤帚這些日用品也都一一買了。想著弟妹們已經很久沒有正經吃過頓好飯菜了，周瑾又特意去菜市場買了些新鮮蔬菜、雞鴨魚肉，另外各種調料也都買了些。林林總總，等周瑾採購完，租來的驢車已經快放不下了。

這一通採購下來，加上租車的一百文，周瑾共花了九兩八錢銀子，周瑾想著乾脆湊個整數，剩下的二錢銀子，都被他買了肉包子和燒餅夾肉，包了兩大包，放到剛買的籃子裡。然後就坐在驢車的車轅上，指揮車夫去了周瑞全歇息的那個小鋪子。

到了一看，周澤盛幾個也都回來了，此時正站在鋪子外面等著他呢。見天色不早了，眾人寒暄幾句就坐上租來的驢車往家走去。

等一群人到了家，天都已經黑了，為免鄭氏擔心，周瑾並沒有跟她如實說白天當鋪發生的事。就只說鎮上的當鋪太坑人了，好幾件絲綢衣服才給了一兩銀子不說，那些夥計還凶神惡煞的，以後不能再去當了云云。

鄭氏也覺得給得太少了，她原以為那一包袱綢緞衣裳怎麼也能當五、六兩銀子呢，但她更擔心兒子安危，聽他說險些挨揍忙問怎麼回事。

周瑾就將那當鋪強買強賣，專坑他們這些外地人的事跟他娘隨意說了幾句。

「啊？竟然這麼黑？那以後我們家還是少去當東西吧。好在除了那幾件綢衫外，我們家也沒有什麼好當的了。」鄭氏十分有阿Q精神的做了個一拍兩散的手勢，倒引得周瑾兄妹都笑了起來。

「娘！妳真是越來越開朗堅強了，真好！」周瑜將頭靠她娘肩膀上，忍不住誇讚道。

「娘有你們兄妹幾個這麼好的兒女陪在身邊，就是日子再難娘也覺得沒什麼了。再說，流放路上那麼艱難，我們一家子都熬過來了，娘覺得以後的日子只會越過越好，是不是？」鄭氏摸著大女兒的臉蛋，溫柔的說道。

要是她大兒子不用去當兵就更好了，即使讓她同這屯子裡別的婦人一樣整日為了一日三餐忙活，變得粗手粗臉的，她也不在意。只要一家子能在一塊兒，她的兒女都好好的就行。

她心裡想著，卻也知道，他們家如今已經是軍戶了，大兒子去當兵的事也已經板上釘釘，改不了了。雖然心裡擔憂不已，但鄭氏覺得，這時候作為母親更應該鼓勵兒子，安排好家裡，而不是面露焦慮，讓兒子更擔心，所以表面看來倒顯得開朗了許多。

鄭氏擔憂兒子不敢說出口，周瑾一樣擔心娘放心不下他，於是將李貴路上說的買裝備的事故意提了起來。

「那阿瑾，這裝備我們家一定得買好的，就算先不蓋房子也行。娘可以帶著你弟妹們先在村裡租房住，雖然不方便一些，但人多還能互相照應呢！」

鄭氏聽了果然激動起來，恨不得將家裡所有銀子都給兒子買了裝備穿身上。

「娘，妳放心，兒子已經算過了，就算蓋了房子，剩下的錢也足夠我買裝備了。兒子跟妳說這事就是想讓妳知道，兒子不是個莽撞性子，即使當了兵也肯定將自己安危放在第一位的，絕對不會不顧家裡，盲目的衝鋒陷陣、以身犯險！」

「對對，娘就知道我兒是個極懂事的。娘和你弟弟妹妹不指著你建功立業，戰場揚名，只要你能安安全全的，娘就知足了。」

鄭氏真正擔心的是周瑾去了軍營以後的安全問題，害怕兒子到時候因為一時意氣以身犯險，害了自己性命。她雖然心善，到底不是聖人，要是讓她選，跟自己兒子的性命比起來，就是死一百、一千個旁人，她也寧願讓自己的兒子活著。

「娘，妳放心，兒子已經想好了，從明天起，兒子就開始鍛鍊身體。小時候兒子跟外祖還有大舅學的武藝都還記得，明天兒子就都練起來，等到時候去了軍營，也能更好的保護自己。」

鄭氏的娘家是開鏢局的，父親和幾位兄弟都頗有武藝。周瑾小時候身體弱，他外祖父見了就特意將他接到了家裡，教了他不少武藝拳法，但後來因為周旺舉不喜兒子練武，又給接了回來。幾年下來，周瑾的原身已經將幾套拳法忘得差不多了，但不妨礙周瑾如今拿它說事。

「到時候，娘和弟弟妹妹也都跟著我鍛鍊，要不以後開荒種田的活計都頗費體力，兒子怕妳承受不了。」周瑾知道他娘心裡的擔心，又說道。

「行！」為了兒子，鄭氏立刻同意了，也顧不得什麼羞臊不羞臊。今兒她也看了，村子裡李家的女人們如今個個膀大腰圓、滿身的力氣，幹起活來不比男人們差。要知道以前她們也都是書香門第的兒媳婦啊，人家既然能適應這裡，那她也能！

娘兒幾個又說了幾句明天早起鍛鍊的事，鄭氏就去準備晚飯了，周瑾這才有機會偷偷跟他妹說了今天賣鏡子差點被坑的事。

「看來，在我們的實力還不能保護家人之前，這當鏡子、化妝品的事怕是不能再幹了。可我一時也想不起什麼能來錢的買賣，我們如今的銀子已經很少了，再蓋完房子怕是支撐不了多久。」周瑾嘆道。

而周瑜除了進山採藥賣，一時也想不出別的法子來。兩人商量半天也沒個好主意，就想著先將蓋房子的事安排好了，等有機會就去山裡看看。

次日天還矇矇亮，周瑾就起床了，順便將自己的兩個跟班周玳和周珞也給踢了起來。

「什麼人，敢踹本少爺！」

周珞被他踢得一骨碌，眼都還沒睜開就先叫囂起來。

睜眼一看，見踢自己的是周瑾，又立刻慫了，摸著腦袋委屈道：「頭兒，我睡得好好的，你踢我幹麼？」

「叫你起來鍛鍊，趕緊穿衣服！跟我跑步去！」周瑾率先穿好衣服，朝外面走去。

周珞還是有些不情願，一邊胡亂往身上套衣服，一邊跟一旁的周玳嘟囔道：「你說頭兒是不是有病，好不容易不用每天走五十里了，他還要早起跑步？有這功夫多睡會兒不好嗎？」

周玳卻是能理解周瑾的，他們家如今是幾家人裡人口最多的，徵兵名額有兩個。大伯的兒子周玷還小，他們那房沒得選，只能大伯去。但他們二房，卻是有他爹和他兩個壯丁的。雖然他也才十三，屬於次丁，不是徵兵優先選擇的人，但怎麼輪也輪不到更弱的弟弟周珙。他已經問過祖父了，若是給上面送些禮，給他爹報個病弱，那他就能代替他爹去服役了。

周玳想替他爹去。

他爹這一輩子只會讀書，肩不能扛、手不能提的，跑兩步就喘個不停，還不如他呢，讓他爹去服役他不放心。而他這幾個月跟著周瑾學了不少東西，跑起來也是他們那群人裡最快的，比他爹快多了，到了戰場上，比他爹活下來的機會也大多了！

何況，他底下還有個弟弟，即使他真有了不測，那他們家……

呃！呸！呸！呸！他不能有不測，他們現在是軍戶了，要是他有了不測，就得他爹或者他弟頂上，所以他可不能死！沒事的。到時候他讓祖父給他使點銀子，儘量跟瑾哥兒分一塊兒，有瑾哥兒在，他一定死不了的。

知道周瑾鍛鍊也是為了以後當兵做準備，周玳十分配合，聽到周珞抱怨就丟下一句。

「有本事你就別來！」

然後，就穿好衣服跟在周瑾後面出去了。

周珞看著周玳瀟灑的背影，一時傻了。

「阿珞，瑾哥兒喊你鍛鍊也是為了你好，快起吧，大哥也跟你們一起！」

周珞旁邊的周珀被弟弟的喊叫給吵醒了，聽周瑾說去跑步，乾脆也爬起來。他們家同樣沒得選，他父親如今病剛好，連路都走不穩，周珞年齡才十二又太小，而他如今已經十七了，只能他去軍營。

周珀怎麼也想不到自己會有當兵的一天，早知如此，他這些年還夜以繼日的研究什麼詩詞歌賦、八股文章？爭什麼少年才子的名聲啊！多練練騎射武藝這些多好。

但千金難買早知道，周珀是個實際的人，知道現在後悔也沒用，就想著也跟周瑾去鍛鍊鍛鍊。雖然短時間內不能改變什麼，但起碼不要像現在一副病秧子樣啊！

第十八章

「大哥，你行不行啊？」周珞見了有些憂心，他爹和他大哥自從他爺爺死後就一直病歪歪的，他有些不放心。

「沒事，正因為身體不好，才應該活動活動。阿瑜說了，我和父親就是平時活動太少了，才容易生病的。」

「那好吧，既是阿瑜說的，那想來錯不了。」

周瑜那丫頭除了潑辣些，醫術還是挺好的，這幾天一直在給他爹扎針，扎完後，她爹的咳嗽好多了。周珞聽是周瑜說的，也就不反對了，老實的跟他大哥一起穿好衣服找周瑾去了。

於是，本來屬於一家子的晨練計劃又加入了三個人。

鄭氏、周珀因為過往活動不多，雖然先前每日得走五十里，但那算一算整天也才二十公里，因此周瑾仍不敢讓他們一來就跑步，就讓他們帶著周璃沿著山旁邊的土路先慢走。而周瑾則帶著周瑜、周珞、周玳幾個先熱身，打了一套簡單的軍體拳，才沿著山路慢跑起來。

除了周瑜，剩下的幾人腿上都被周瑾綁了沙袋。沙袋都是現成的，流放路上，周瑾讓鄭氏縫的幾個裝炒麵的袋子正好派上用場。

結果就是，一場十公里負重跑下來，除了喘氣，周珞和周玳累得連一絲力氣也沒了，只想癱地上躺它個天荒地老。

「都別躺下，趕緊起來跟著我拉伸，要不一會兒你們的腿得疼死！」周瑾見兩人跑回來後就不顧形象躺地上了，忙上前將人給拉起來。

「哎呀，不行了，頭兒，你就、讓弟弟躺、躺一會兒，一會兒就、就好……」

周珞喘著粗氣賴在地上，說什麼都不肯起來，可累死他了！周玳倒沒說什麼，但屁股也死沈，怎麼拉也離不開地面。

「廢什麼話！趕緊起來拉伸！兩個大男人還沒我妹一個女孩能堅持，還有臉在這兒抱怨？」周瑾拉半天也拉不起來二人，忍不住譏諷道。

「你妹？你妹那是女的嗎？」

周珞也忍不住叫道，昨天那丫頭去給他爹扎針，那狠勁連她師傅都忍不住讓她輕點，嚇得他爹出了好幾身冷汗，咳嗽的毛病都好了些。

除了對別人狠，那丫頭對自己也狠。妳說妳就跟妳娘、我大哥他們慢走多好？非得跟他們一塊兒，還非得堅持著跑完，害得他們想半途而廢都不好意思。

周玳也覺得周瑜沒有個女孩樣，哪有女孩跟在幾個男子後面跑步的，竟然還跑得比他快？還扭頭諷刺他們，簡直不能忍！太不淑女了！這要是在以前，怕是嫁都嫁不出去。

「比不過別人就在這兒嘲笑別人，這就是你身為男人的道理嗎？要是所有男人都跟你們這麼想，那姑奶奶還不屑嫁呢！」

兩人正嘟囔著，旁邊就傳來一道清脆的聲音，扭頭一看，周瑜正拿著條布巾一邊擦臉，一邊似笑非笑的瞅著他們。

周珞、周玳捂著嘴想，這丫頭耳力怎麼這麼好？連兩人這麼小聲的嘟囔都聽得到？

「我是沒聽清你們說什麼，但你們一撅屁股，姑奶奶就知道你們拉什麼屎，一看你們眼神，就知道你們想說什麼了！」

周瑜一臉鄙夷的瞅著他們，見兩人被自己懟得啞口無言，嘴巴張半天也說不出一句話來，忍不住就哈哈大笑起來。剛想再諷刺幾句，就聽身後鄭氏震驚的聲音傳了過來。

「阿瑜！妳剛說的都是什麼話啊？跟誰學的！」

那又是屁股又是屎的，怎麼可能是她那溫柔懂事的大女兒會說出來的話啊！

周瑜樂極生悲，一下子臉都苦了。

完了！一時不察，本性被她娘給看見了！可怎麼辦啊？

周瑜因為一個不小心暴露了本性，這天的早飯都是在她娘的嘮叨聲中度過的，直到她飯後再三保證不再說屁屎之類的文字，她娘才勉強放過她。

吃過早飯，周瑾一家去了分給他們的荒地，和周瑞全幾家一塊兒商量起蓋房子的事。

眾人商量了一會兒，一致決定將幾家的房子蓋成一排，一共蓋五個院子，院子都蓋成一明兩暗的格局。

周瑾、周理和周澤林三家都是三間正房，兩間配房。周瑞全家人口多，蓋了五間正房四間配房。周瑞豐就一個人，打算就蓋兩間正房，一間住、一間配藥就行。

眾人還聽了李貴的建議，每家的後院都單留半畝多地的菜園子出來，都圈在一起，以後好種菜。並打算按照之前的想法，先在正中央打一口水井出來，蓋房子時喝水方便，而後既能澆菜，幾家人取水也便利。

除此以外，就沒別的了。

幾家的房子除了打算蓋得比這裡的人家高一些、寬敞一些，院牆不用籬笆而是用石頭外，跟這裡大多數人住的土坯房子也沒什麼區別，倒不光是錢不夠的原因。周瑾覺得，別人先不說，周瑞全和周澤林兩家藏下的銀子怕是蓋個三進的四合院也夠了。而是大家一致覺得他們初來乍到的，可不能表現得太扎眼，在這個蓋幾間磚瓦房都會扎眼的村子裡，若他們真蓋個四合院出來，那不明擺著招山匪嗎？

他們可聽李貴說了，那太白山裡頭不光有野狼、野豬，也是有山匪的。不過因為他們這兒離大軍駐紮地不遠，又窮得很，才沒被山匪惦記過。

所以，幾家子商量過後，還是決定蓋土坯房。

李貴一共給他們找來了三十個短工，四十多人動作快，就這麼馬不停蹄的忙活了半個多月，後院的井打好了，幾家的房子蓋好了，火炕、鍋灶這些也都盤好了，再晾上兩天，就可以入住了。

現在距離他們幾個去軍營報到還剩下九天了。周瑾手裡的銀子除去蓋房用了四十多兩，還剩下六十二兩，再刨去買裝備和過冬糧食的銀子，真的沒有多少了。

兄妹倆覺得是時候去山上看看了，要是能找到些草藥賣，也能貼補家裡。

前些日子周瑞豐已經去鎮上藥房打聽過這裡藥材的行情，據他所說，這裡的草藥價錢雖然比京都便宜一些，但可能因為挨著邊境，藥材一直是緊缺的，所以價錢還可以，尤其是止血藥、療傷藥這些，一直是供不應求。

周瑞豐這些日子將蓋房的事全託付給了周瑾，一直在山的周邊轉悠著採藥，但因為年紀太大，不敢往山裡走，採到的都是些普通草藥，數量倒是不少，卻賣不了多少銀子。

周瑾和周瑜仗著有空間在，打算去深山裡看看，但這事當然不能跟鄭氏說，兩人找了個去附近山上下幾個套子的藉口，天還沒大亮就出了門。因為不提早走不行，周珞那小子簡直就是周瑾的跟屁蟲，要是知道周瑾出門，肯定吵著要跟的，兩人只能趁著他還沒醒，提前跑路了。

兄妹倆踏著輕微的晨光，一人揹著個背簍出了門，趁四下裡沒人，趕緊往山上走去。

深秋的山上已經很冷了，尤其是一早一晚的時候，好在兩人空間裡有好幾身衝鋒衣、運動鞋。兄妹倆進山走了一段後就將背簍放進空間裡，順便在空間裡換了衝鋒衣和鞋子，又拿了指南針、手錶和兩把小型弩出來。

這兩把弩還是周瑾在末世收集武器彈藥時特意給周瑜收集的，弩的重量極輕，女孩的力氣也能輕鬆拉動，它每秒能達到一百二十多米射程，而且裝有保護裝置，可以防止誤傷或者意外觸發。

周瑜當時見了這兩把弩就很喜歡，但經過實驗後，兄妹倆卻發現這種弩對付起喪屍來卻有些雞肋，所以後來這弩就被周瑜給塞露營車角落裡了。但因為周瑜實在喜歡這種射擊類的武器，就一直沒有扔，卻沒想到穿越到這異世的古代反而有用了起來。

周瑾將弩拿出來主要是為了防身，他們是要往深山走的，聽說這深山不但有狼群、野豬，還有老虎和棕熊。

兄妹倆雖然有空間這個超強防禦，碰到危險喊一聲就能進空間躲藏，但萬一那些野獸突然襲擊時他們來不及或者一緊張沒喊出聲呢？

雖然這個可能性很小，但兄妹倆末世時已經被喪屍嚇怕了，就連睡覺都得拿把武器放手邊才安心，現在這毛病也沒改，總覺得沒把武器握在手裡就沒有安全感。

就這樣，兩人帶著弩在山裡走了快兩個時辰，值錢的草藥沒發現多少，兔子、野雞倒是打了不少，打得空間裡的兩個簍子都快要裝不下了。

大部分都是周瑜打的，論遠程攻擊，周瑾確實不如周瑜。

半個時辰後，當周瑜又隔著很遠的距離射殺了一頭麂子後，周瑾酸得臉都變形了，忍不住陰陽怪氣道：「要我看我們還找什麼草藥啊？乾脆指著妳打獵賣錢得了！古有花木蘭代父從軍，今有周阿瑜替兄養家，都是女中豪傑啊！」

周瑜沒好氣地回道：「周瑾，你能不能別跟我說話了？你嫉妒的嘴臉實在太醜了，我都不忍看！」

周瑾癟了癟嘴。好吧，鬥嘴他也未必鬥得過他妹，為免自己妒忌死，他決定還是趕緊回去小阿瓔那裡尋求安慰，於是道：「行了，不跟妳鬧了。我看現在時間也不早了，要不我們今兒就先尋到這裡吧，等下次有時間再往裡面接著尋吧！」

找了這麼久也沒碰見名貴草藥，周瑾不由得打起了退堂鼓，怕回去太晚鄭氏擔心，就提議道。

「嗯，行吧。」周瑜也覺得今兒找藥材的計劃估計得落空了，耷拉著肩膀嗯一聲，同周瑾一起合力將地上的麃子用麻袋裝了，然後兩人就打算將麃子先放進空間裡。

「咦？哥！等等！」

周瑾剛想喊聲空間裡的物品進去空間，就被他妹一聲等等給攔住了，因為他妹喊得過於突然，一驚之下，周瑾還將舌頭給咬了。

「尼幹麼打驚小歪！」周瑾疼得捂著被咬的舌頭罵道，話都說不清楚了。

周瑜這時候卻沒空搭理她哥的憤怒，興奮的指著前方一處斷裂的樹根，喊道：「哥，你看那個方位，就是從我這裡往西四十五度，距離我們大概二、三十米的那棵斷樹根上，是不是長得像靈芝？」

沒想到他們找了好幾個時辰折騰半天也沒找到的名貴藥材，臨走時她不過隨意的看了一眼，竟然就看見了！哈哈，真是踏破鐵鞋無覓處，得來全不費功夫啊！

「啊？哪兒呢？我怎麼看不見?!」

周瑾的眼力一向沒他妹好，順著他妹指的方向看了半天也只看見半截樹根，心急之下靈機一動，放下手裡的麻袋就將揹著的弓弩舉了起來，用上面的瞄準鏡當起了望遠鏡，這下一下就看到了。

「哈！好像真是靈芝啊！快，我們趕緊去看看！」

於是，兄妹倆興奮的朝著那處樹根跑去，結果路過樹根旁一處草叢的時候，周瑜的腳下一絆，差點就摔了出去。幸虧一旁的周瑾眼疾手快的扶了她一把，才免了她被摔個狗吃屎的命運。

等周瑜站穩身形，就忍不住回頭朝著剛落腳的地方看去，想看看是哪個不要臉的樹根絆了自己，結果……

「靠！這裡怎麼會有個人啊？不會死了吧？」周瑜驚呼起來。

「我靠！」

周瑾一把將周瑜拉到自己的身後，看著在這深山老林裡突然出現的「屍體」也是震驚不已。而且，他怎麼看，怎麼覺得這「屍體」身上穿的這身破爛衣服那麼眼熟呢？好像在哪兒見過？

「哥，我看看他死沒死。」

周瑜覺得見死不救不是她身為一個醫者的作風，就想上前看看。

「等等，哥先看看！」周瑾攔住他妹，自己先走上前去，找了根樹枝將趴在地上的屍體給翻過來。「咦？怎麼會是他？」

難怪周瑾覺得這「屍體」的衣服眼熟了，翻過來一看才發現這屍體竟然是在鎮上當鋪跟他有過一面之緣的那個少年。少年這時候滿臉的髒污比周瑾見他時更甚，周瑾能認出他來也主要是憑著他那身讓人記憶深刻的衣裳，和他眼睛上讓他印象深刻的長睫毛推斷出的。

「哥，你認得？」

「嗯，就是我跟妳說過那個我在當鋪遇見的小子。」周瑾一邊回答他妹，一邊俯身去探少年的鼻息。「阿瑜，他還有氣呢！妳快來看看！」

若是陌生人死在眼前也就罷了，但周瑾與眼前少年畢竟見過一面，還拉著手跑了好幾條街，看他就這麼死在叢林裡，周瑾心裡也有些唏噓，想著若是少年死了，就挖個坑將他葬了，也免得曝屍荒野。沒想到一探鼻息，竟發現少年還有些微弱的氣息，忙讓他妹過來看看能不能搶救。

周瑜聽了就忙上前觀察起少年來。

「這小子應該是被蛇咬了！」周瑜見少年牙關緊閉，呼吸困難，骨骼肌呈弛緩性癱瘓狀，首先想到了蛇毒。忙扒開少年的褲腿往少年的腿部尋去，果然在少年的左小腿上尋到一個帶著牙印的傷口。

又見傷口不紅不腫，判定少年應該是被帶有神經毒性的毒蛇咬的，而且咬了應該有一會兒，此時少年已經呈現昏迷狀態了。

周瑜急忙在少年身上隨意扯了條破爛布條，在距離傷口十五釐米左右的地方用布條綁緊。

又朝著她哥道：「哥，你趕緊用小刀將這小子的傷口劃個十字，將毒血給他擠出來，千萬注意別把自己劃傷了，要不很可能也跟著中毒的！」

交代完她哥，周瑜又撿了根木棍在周圍草叢搜尋起來，不一會兒就在周圍找到了好幾種能解毒的草藥回來。

因為少年的中毒症狀已經很嚴重，周瑜忙找了塊乾淨的石頭將草藥給砸爛，將搗爛的草藥敷在她哥已經擠出毒血的傷口上。又拿出隨身帶的三棱針，依次刺向少年手腳的八風、八邪穴，再將針孔搖大，放出毒血。

等這一番動作做完，周瑜才對一旁的周瑾說道：「哥，我們還是趕緊用空間將這人帶回去吧，處理蛇毒我沒什麼經驗，這裡又沒有足夠的藥材，還是回去讓我師傅看看才能安心。」

「行，不過妳能肯定這小子沒意識吧？可別把我們空間的秘密給聽去了。」周瑾道。

「放心吧，他一時半會兒醒不了。」周瑜肯定道：「救人要緊。哥，你趕緊去把我們打的麃子先放空間裡，我去將那靈芝採了，然後我們就趕緊回去。」

他們打的那頭麃子還在原地扔著，那靈芝也還沒採，都是能換錢的東西，兄妹倆可不打算就這麼扔了。

於是，周瑾跑去放獵物，周瑜則拿著匕首和一根棍子朝樹根處的靈芝走去。

匕首是用來採靈芝的，棍子則是用來防蛇的。周瑜聽她師傅說過，像人參靈芝之類的仙草，一旦有了年分就會帶有靈性，旁邊亦多有毒蛇猛獸守護，採藥時一定要多加小心。

當時周瑜對她師傅這番話十分不屑一顧，覺得一點也不科學，她覺得毒蛇猛獸都是肉食動物，又不吃靈芝、人參的，沒事守著它幹麼？

何況，所謂的靈芝說白了不過是一種一年生或兩年生的真菌，最精華的部分乃是它的種子，也就是孢子，一旦靈芝成熟孢子噴發結束後，靈芝也就沒有什麼藥用價值了。

所以，在周瑜學過的知識裡，千年人參或許有用，但千年靈芝？很可能就是塊木頭！

但鑒於少年剛就在這靈芝附近被毒蛇咬傷，周瑜現在也不敢全然不拿她師傅的囑託當回事了，小心的用棍子將靈芝周圍的草叢探了個遍，確定附近沒有毒蛇後，才敢上前去採那靈芝。

樹根處的靈芝一共八朵，連菌柄都已經是紅褐色，正是採摘的好時候。周瑜小心翼翼的將幾朵靈芝都採摘下來，一一放進空間裡，又在發現靈芝的樹根處放了一個空間裡的牙籤，打算等來年新的靈芝長出來還可以再來採摘。

隨後，兄妹倆又合力將少年抬到空間裡放好，兩人忙又將身上的衝鋒衣換了。周瑜坐到露營車駕駛室裡，發動露營車的同時喊了一聲山腳草叢的牙籤，露營車空間就竄了出去，一眨眼便到了他們來時山腳旁的一處茂密草叢裡。

周瑜拍拍身上的草屑，看向一旁背上揹著少年剛從空間邁出來的她哥。

「我們這空間哪兒都好，就是移動時駕車喊的人總是被直接甩出來這點太嚇人了！」也因為這點，他們才總是將從空間出現的位置選到隱密處，就為了防止他們突然現身被人看見。

「可不是嗎……」周瑾也覺得空間這點挺糟的，又覺得不怕一萬就怕萬一，雖然他們選的出現位置都很嚴密，但萬一呢？比如萬一他們出現在某處草叢或樹林的時候正好碰見有人大解、小解或者做某些不可描述之事呢？

那可就不光是尷尬了。要真那樣，不是看見他們的人被嚇死，就是他們被這裡的人當成妖怪給打死，哪種結局都不是好玩的！

「阿瑜，要不我們以後用空間移動前，先將面罩戴上吧，萬一碰見人了也能趕緊躲進空間去，省得被人認出來。」

周瑾提議道，覺得只要能保證他們不被人認出來就行，至於那人會不會被嚇著或嚇死就不在他考慮範圍之內了。

「我覺得行。」周瑜覺得她哥這個辦法很不錯。

兩人商量好，又確定周圍沒人後，才走出草叢。一人揹著少年，一人跟在後面，一前一後的往家走去。

第十九章

到了家裡，幾家人見了兄妹倆出去半天不但沒買回東西，還帶著一個陌生人回來，都納悶的圍了上來。

周瑾先將少年安排到自己屋子裡的炕上，讓人去喊了在新房那裡晾曬草藥的周瑞豐，才跟眾人說起兄妹倆編好的經過來。

「本來我帶著阿瑜是想去山上下幾個套子，順便看看前兩天下的套子裡有沒有收獲，想著明兒若是有獵物也能拿去鎮上換些銀子。結果進了山後也不知怎的就迷了路，兜兜轉轉的直到快中午了才找到方向。我和阿瑜都累得夠嗆，就想著趕緊回來，誰知就看見這小子暈倒在草叢裡。」

周瑾兄妹編這番話的本意是跟眾人解釋自己為什麼去了山上這麼久才回來，誰知聽在眾人耳中確是另一番意思——大家都以為周瑾是缺銀子又不好意思跟大家借，才冒險去山上捕獵的！

鄭氏聽了又開始覺得自己這個當娘的沒用了，忍不住又紅了眼，一旁的周珞也跟著哭了起來。「嗚嗚！頭兒！我說你怎麼一大早就丟下我跑了呢？嗚嗚！你缺錢跟兄弟說啊，我爹一定肯借錢給你的！啊呸！不是借，我們兄弟說什麼借啊？我早就拿你當我親哥，我爹自然也就是你親爹，我家的銀子自然也是你家的銀子，你缺錢你說話啊！」

「咳咳咳！」

這都說得什麼亂七八糟的！什麼叫我爹也是你親爹啊？周澤林被小兒子的話說得老臉一紅，忍不住又咳嗽起來，邊咳邊不好意思的瞅了一旁站著的鄭氏一眼，見鄭氏正眼淚汪汪的看著自己兒子，並沒有注意到小兒子說的話，才暗自鬆了口氣。

周澤林緩過來，先一巴掌拍小兒子腦袋制止了他的哭聲，才朝周瑾笑道：「阿瑾，叔知道你有志氣，但現在你們馬上就要去軍營了，安頓家裡、購買裝備才是重中之重。你若是缺銀子，叔可以先資助你一些，等你在軍營裡掙了軍功得了賞賜，到時候再還給叔就是。你這麼自己單打獨鬥的，是拿我們幾家當外人嗎？」

「就是，瑾哥兒，你要是拿叔當外人那叔可真生氣了啊！流放路上要不是你，我們早都餓死了！命都沒了，要銀子又有什麼用？你這時候再跟叔客氣，以後叔可不搭理你了啊！」周澤盛亦氣哼哼的說道。

「對，頭兒，你要再客氣，哥也不搭理你了啊！」周玳也附和他爹道。

什麼跟什麼啊？周瑾都不知道自己哪句話就讓大家認定他缺銀子缺瘋了。當然，他也確實缺，但也不至於缺到不借錢就活不下去的地步啊！

現在他兜裡還有六十來兩，空間裡的獵物和靈芝也能賣不少錢，這些加一起足夠他們家好吃好喝的過個一年半載了。

但奈何他怎麼解釋，大家都覺得他沒銀子，非得要借給他不可。

「這是幹麼呢？」

幸虧周瑞豐及時走了進來，才將周瑾從被塞銀子的窘境中解救出來。跟他一起回來的還有周瑞全，新房蓋好後，周瑞全這幾日天天去新房那裡轉悠。

「師傅，你快來看看這病人，他被毒蛇咬了，我也分不清他是被哪種毒蛇咬的，也不知用的幾味藥對不對。」

周瑜見她師傅回來了，忙招呼道，眾人這才想起屋裡還有個被蛇咬傷昏迷不醒的病人呢。這才不拉著周瑾糾纏了，紛紛站開，給周瑞豐讓出一條路來。

周瑞豐上前仔細查看了少年的症狀，又問了周瑜用了什麼藥，然後才滿意的點點頭，道：「妳用的藥很好，就是少了幾味，但當時的情況，能找到這幾種已經很不錯了。妳又給他排了毒血，已經將他身體裡大部分的蛇毒都逼出來，就是為師當時在跟前也只能這麼處置了。待我再給他開個方子，喝幾天藥，再扎幾天針應該就沒事了。」

「那就好，那師傅你開方子，我去給他熬藥。」周瑜聽自己處置得沒錯，才放了心，覺得蛇毒這東西，還是越早排清越好，免得落下什麼後遺症，忙讓她師傅趕緊開藥方。

周瑞豐卻不著急，反正周瑜已經先處置過蛇毒了，餘下的藥也不差這一會兒，覺得正好考考徒弟，聞言就道：「若是妳，這會兒打算給他用什麼方子呢？」

周瑜無奈嘆氣。

好吧，這隨堂考試來得可真突然。知道師傅這是想鍛鍊自己，思索片刻才報了一個自己覺得可用的方子，結果報了半天後也沒聽她師傅做出評價。

考試合不合格你好歹給個答覆啊！總這麼吊著學生，難道是所有老師都有的惡趣味嗎？

周瑜剛想再問問，就被她師傅一巴掌拍在了肩膀上，看著她嘆道：「唉，這般有慧根，這用藥的老練程度，如此天才，怎麼就偏偏是個女娃呢？唉！」

說完就一步三搖頭唉聲嘆氣的走了，讓周瑜都來不及生氣，只能沒好氣地瞪著師傅的背影。

你夠了啊！你個重男輕女的老頑固，至於表現得這麼傷心嗎？

等周瑜熬好藥，餵少年喝了，又過了一個多時辰，少年終於醒了過來。

這時候已經是晚上戌時了，躺少年旁邊的周珞第一個看見少年醒過來。少年臉上的髒污此時都已經被他們給擦洗乾淨了，此時正睜著雙大眼呆愣地看著他呢。周珞忙提醒同屋的眾人，眾人見了都紛紛圍了過來。

周玳忙下了炕，趿拉著鞋去叫了周瑜師徒。

片刻後，周瑞豐坐炕沿上給少年重新把了脈，看了舌苔、面色，才道：「已經沒事了，再喝幾天藥，將體內餘毒排除就行了。」

接著又氣哼哼的吩咐一旁的周瑜。「阿瑜，為師老眼昏花的，這大晚上的也看不準穴位，就由妳給他下針再排一次毒吧。」

吩咐完，周瑞豐就背著雙手晃晃悠悠的去自己屋裡睡覺了。

反正要扎的穴位都在手掌、腳掌上，他徒弟又還小，也不用顧及什麼男女大防的，周瑞豐自然樂得清閒。其實，連他自己都發現，最近他是越來越依賴自己的這個女徒弟了，但越是喜歡那丫頭，周瑞豐就越覺得周瑜要是個男娃娃就好了，心裡很是遺憾。

倒不是他現在還重男輕女，而是覺得身為醫者，總有不避嫌的查看病人身體的時候，周瑜身為一個女孩子，幹這些總有不方便的地方。

但他又覺得憑自己徒弟在醫藥方面的天賦，現在就已經跟自己不相伯仲了，再練上幾年，必定會超過他，甚至會比他那個極有天賦的小師弟都要強些。如此天才，讓她做個只看婦人病的女醫，過於埋沒了！

這才導致周瑞豐每每看見周瑜，都覺得周瑜不是個男孩太遺憾了，才會總板著一張臭臉沒好氣。但這些看在周瑜眼裡，就覺得她師傅重男輕女的老毛病又犯了，唯有白眼可治。

於是朝著他往外邁的身影翻了個大白眼，才拿出自己的三棱針，讓一旁的周珞幫她舉著油燈，拉過少年的手，給他行起針來。

誰知剛扎下一針，撚了撚正放著血，剛還呆愣的少年就突然咧嘴嚎了起來，手也胡亂的掙扎，邊掙扎邊罵道：「哎呀！妳個黑丫頭，幹麼扎小爺！輕點啊！」

誰是黑丫頭？周瑜嘴角一抽，看了看自己如今已經稱不上白淨的手。

好吧，她是膚黑，但又怎樣？她還腹黑呢！

朱熙剛從昏迷中清醒過來，覺得腦袋很懵，迷迷糊糊的正不知身在何處，就被一群少年給圍住，亂哄哄的問他，好些沒有，感覺怎麼樣？過了一會兒，一個老頭就開始給他把脈，朱熙這時候才恍惚記起自己昏迷前好像被林子裡的蛇咬了。

難道他這是被救了？應該是了！要不他也不會突然出現在這家的土床上，但這家的土床也太硬了，硌得他骨頭都疼了。

而且，這家的兒子是不是太多了些？光圍在他旁邊大大小小的就有……一二三四五六，六個兒子了！不，應該是七個，旁邊拿著油燈的也是個兒子！

朱熙也不知怎的自己的關注點就落在了這家有幾個兒子上，身旁人的對話都沒有聽清，就覺得這家的孩子比他們家的都多。

可他父親足足有七、八個小妾，才生了他們兄妹七個，其中還有三個是女兒。也不知道這家的男主人得有幾個老婆，才能生出這麼多孩子？

而且大多是男孩，好像滿屋子只有坐他旁邊的是個女孩！

朱熙上下打量了這家裡唯一的女孩，大失所望。

這丫頭怎麼如此黑？連他們府裡打雜的小丫頭都比她白淨。要是稍微能看點，等他回去時，倒是能收她做個丫頭，也算報答了這一家子救他的恩情。但長得這麼黑，讓他怎麼拿得出手啊？要是讓人知道他收了這麼個黑丫頭在身邊，還不得被他那些堂兄堂弟們給笑死？

朱熙正胡思亂想，感覺手上一陣劇痛襲來，忙朝著痛處看去，就發現眼前的黑丫頭正拿著一根粗針扎他呢！不但扎他，還擰著扎他的針攪動了起來。

朱熙疼得不行，忍不住痛呼出聲，被周瑜摁住的手臂也忍不住掙扎起來，本能的罵道：「妳個死丫頭，竟敢弄疼妳爺爺，看小爺不打死妳！」

周瑜一個不防差點被眼前的小子給掙脫出去，只好狠狠摁住他的手掌，想要把剛才施的針先給拔出來。

誰知少年以為她還想扎他，揮著另一隻手臂就朝她打了過來。要不是周瑜反應快，絕對會被眼前少年打了個巴掌。

她本就不是溫柔性子，如今又差點被打臉，難免也升起怒氣來。

老娘辛辛苦苦救你一場，就是讓你跟老娘在這兒玩醫鬧的嗎？不過是扎個針放殘餘的毒血，又不是要你命！你至於嗎？

周瑜覺得眼前少年簡直有病，雖說她扎的穴位確實有點疼，但也沒疼到不能忍受的地步吧？

眼看少年掙扎著還想打她，周瑜忍不住一巴掌先抽在少年臉上，帶著笑冷聲道：「有完沒完？不想疼死就給老娘老實待著！要不姑奶奶能救你，也能一針扎死你！」

真是！在這兒跟誰裝大爺呢？還有沒有身為一個病人的自覺了？

啪的一聲脆響後，整個屋子都安靜了。

朱熙怎麼也沒想到眼前的黑丫頭不但敢用粗針扎他，還敢打他？從小到大，除了周閣老打過他手板，還被他暗地裡燎了鬍子外，就沒人敢打過他！

所以，也顧不得臉上的火辣和渾身的痠痛了，想著不爭饅頭也得爭口氣，總不能在京都他都能橫著走，卻在這麼個小山溝裡被個臭丫頭給欺負了吧？

於是他一骨碌爬起來，抬起手就想接著去打眼前的臭丫頭，結果又被周瑜一針給扎在了手指上。這次不同於上次的刺痛，而是跟被蠍子螫、馬蜂咬般的劇痛襲來，疼得朱熙忍不住又嗷嗷叫了起來，眼淚鼻涕都忍不住流了出來。

淚眼汪汪中，朱熙就見那死丫頭手裡捏著根銀針，嘴角噙著冷笑，朝著他慢悠悠說道：「都說了讓你別惹姑奶奶，你怎麼就是不聽呢？再亂動，信不信姑奶奶下次扎得你癱炕上起不來？」

那一剎那，朱熙覺得就連他那表裡不一的繼母都沒有眼前的少女可怕，覺得地府的夜叉就應該長著眼前少女這麼一張臉。他一點都不懷疑，他要是再敢動一下，眼前的少女真敢扎死他！不扎死他也得疼死他！

不光朱熙，連旁邊的周珞、周玳幾個人，看著陰森森笑著的周瑜和疼得嗷嗷叫的朱熙也都有些噤若寒蟬起來，心裡暗暗決定以後千萬得離周瑜這死丫頭遠點。

於是，周瑾不過是去灶房洗了個澡的功夫，再回來就見屋裡人都跟被點了穴似的，一動也不動的看著他妹給剛醒過來的少年扎針。

看他妹一臉「嚴肅」的樣子，又見躺著的少年滿臉冷汗、臉色慘白，周瑾不禁以為少年又毒發了，嚇得也不敢出聲，直到她妹扎完針才忍不住上前小心翼翼的問道。

「白天豐老不是說不要緊了嗎？怎麼這會兒又……嚴重了？」

「沒有啊，挺好的，師傅說就是還需要扎針鞏固鞏固。」

周瑜淡淡的回答道，說了句明天再過來扎針，就收拾自己新做的小醫藥箱走了。

眾人在周瑜走後齊齊鬆了口氣，橫七豎八的癱坐在炕上，看得周瑾更納悶了，問道：「這到底是怎麼了？」

周珞就一股腦兒將剛才發生的事都一一跟周瑾說了，最後總結道：「頭兒，你妹太可怕了，比你還可怕！」

以後他反正是寧願惹他們頭兒，也不敢惹周瑜那丫頭了！

周瑾為這群人誇張的反應無語了。

好吧，他也覺得他妹若是發起火來很可怕，但重點不在這兒，重點是誰惹他妹發的火！作為一個護犢子哥哥，周瑾一向覺得他妹子他欺負可以，但別人欺負……哼！

聽周珞說昨兒救的少年剛才竟然想打他妹，眼神就冷冰冰的朝朱熙看了過去。

朱熙被他的眼神看得心裡一抖，又是萬般委屈。

你怎麼就瞪我？剛明明是我打你妹沒打著，反被她給打了一巴掌，還扎了好幾針好嗎？

吃虧的是小爺我好嗎？

但鑒於周瑾的目光太嚇人，看他的眼神跟剛才的臭丫頭一模一樣，朱熙怕被周瑜打完又被周瑾打，強忍著才沒開口。自我安慰道，強龍難壓地頭蛇，落魄的鳳凰不如雞，在他奶兒沒找來前，他還是先忍忍吧！

可自己已經忍著不說話了，黑丫頭她哥卻還一臉嚴肅的看著自己，朱熙頓時又忍不了了。「喂！你要是再敢打我，就算你是我的救命恩人，我也會翻臉的喔！」

說完見周瑾一張臉都朝他貼了過來，朱熙以為又要挨打了，嚇得閉著眼亂叫起來，邊叫邊手腳並用的胡亂掄起來。

「哎呀，你們別太過分啊！小爺、小爺也是有功夫的……啊！」

周瑾見少年跟個王八似的躺炕上揮舞著四肢，吱哇亂叫，那德行，簡直沒臉看。

難怪他妹見了會想打他呢！他現在也有些手癢好嗎？

「喂！你不認得我了？」周瑾覺得打這小子也不能趁他病著的時候，那多欺負人？於是無奈的摁住了少年揮舞的雙臂，站他腦袋前面居高臨下的問道。

「呃？」朱熙聞言這才停止了動作，睜開眼抬起頭，朝頭頂的周瑾看了過去。

確實好眼熟，好像真的在哪兒見過似的，可在哪兒見過來著？

「噢，噢，我記起來了。」朱熙歪頭端詳了半天，猛然想起眼前的少年可不就是那天在當鋪救他的那位嗎？

於是激動得一骨碌又從炕上爬了起來，指著周瑾喊道：「你是那次在當鋪救我的人！真的是你！沒想到啊沒想到，小爺兩次落難，竟然都是你救我的！」

「上次當鋪不過舉手之勞而已，不用再提了，這次救你的主要是我妹妹，我也不敢居功。」

周瑾不願意讓別人知道上次去當鋪賣鏡子的事，聞言忙岔開話題，問起少年為何會流落荒山被蛇咬的事。

「對了，你這次怎麼會一個人跑山裡去了呢？還被蛇咬了，要不是我和我妹也迷了路，陰差陽錯之下正巧碰到你，你恐怕現在已經凶多吉少了！我聽你口音也不像本地人，你如今住哪兒？可有家人在身旁？要不要我們送你回去？」

少年聞言一怔，片刻後才期期艾艾的開了口。

「我、我父親母親都去世了，親大哥也死了，家裡如今除了祖父就只有我後娘和那些庶兄弟們了。後娘待我不好，祖父也不喜歡我，我沒辦法只能逃出來，想到遼東來投奔親戚。結果來了才發現，親戚已經搬走了，然後我的銀子被偷了，陪著我的奶兄也跟我走散了。那次在當鋪遇見你就是我跟奶兄失散後沒有飯吃，想著當了我娘留給我的玉珮換些盤纏的，誰知卻遇到了黑店……」

「以前的事就別說了，說說後來吧，後來你怎麼跑到山上去了呢？還被蛇給咬了？」周瑾見他又提起當鋪，忙又阻止道。

「唉！」朱熙想起前幾天的遭遇也是後怕不已，哀嘆道：「我也是倒楣，那次玉珮沒當成不說，跟你分開後又碰上了祖父派來捉我的人，為了躲開他們，我慌不擇路之下就進了山，結果越走越遠就迷了路。被蛇咬傷前，我已經在山裡待了好幾天，全靠山裡的野果子充飢，要不是有一回碰上一處獵人留下的陷阱，得了隻嚇了氣的小鹿，我怕是早就餓死了！」

「在山裡待了好幾天？那豈不是我們剛分開你就進山了？」周瑾驚訝道：「還碰上了陷阱，得了頭鹿？那你還瞎跑什麼？既然迷了路，怎麼不在陷阱附近找個地方藏了，等獵人來收陷阱裡獵物的時候，你不就得救了？」

啊？對啊！他怎麼沒想到。

朱熙正想回話，就聽一旁一個十六、七歲的少年看著他發問。

「你說你到遼東來是找你親戚的，那你姓甚名誰？老家住哪裡？一路上所用的戶籍文書可否讓我們看看？還有你親戚的住址在哪兒？也請你說說。」

第二十章

問話的人是周珞他哥周珀。自從朱熙被周瑾兄妹救回來後，周珀就總覺得這少年有些面善，但就是想不起來在哪兒見過，忍不住就開口詢問起來。

朱熙聽了周珀的問話倒也鎮定，手伸進稀爛的衣服裡一陣摸索，摸出一張摺成半個信封大小的油紙來，遞到周珀手裡。周珀打開油紙一看，裡面正是少年的戶籍。

「濠洲鍾濶人士？常三郎？你是濠洲人，怎麼沒有一點濠洲口音？」周珀看著戶籍又問道。

「噢，我的戶籍在濠洲，但自小在京都長大，因此並不會說濠洲話。」朱熙十分坦蕩的答道。反正奶兄弄來的戶籍是真的，他也不怕查。

「那你在京都時住在哪裡？」周珀又問道。

「我在京都時住在東城王家胡同，倒數第二棟。」朱熙十分順溜的將自己乳母家的地址報了出來，又反問周珀。「聽你們口音也是京都來的吧，你家以前住京都哪裡啊？」

這下周珀反而答不出了，他祖父如今都被今上給賜死了，總不能回答他以前住在閣老府吧？倒是他弟周珞坦蕩，替他答道：「我家的確是從京都搬來不久，不過以前住在西城，離你們那兒遠著呢。」

這下反到是朱熙驚訝了，京都西城住的可都是權貴，除了各路國公就是一、二品大員，那裡住的人家，誰家會突然從京都舉家搬到遼東來呢？還住在這麼破的土房子裡？

除了是家裡犯了事被發配過來的，朱熙想不到別的可能，而最近被舉族發配的，據他所知，好像就周閣老那老學究一家！而他剛聽屋裡眾人交談，好像這家人就姓周。

莫非救他的人竟是周閣老的家人？朱熙想到這兒後背忍不住起了一身白毛汗，他突然就記起眼前一個勁兒追問他的少年，好像就是那個差點被選作他哥的伴讀，卻因為他大哥突然去世沒能進府的周閣老的長孫周珀。

朱熙忍不住朝周珀又看了幾眼，心中又確定了幾分。

對，就是他！幾年前他大哥曾經介紹他給自己認識過的，只是幾年過去了，這小子又換了粗布衣衫，還黑了許多，他才一時沒有想起來。

難怪他一個勁兒的追問他，原來是看自己也眼熟啊！幸虧他奶兒在出門前給他用藥水改了臉色，讓他整個人都暗沈起來，還將他的眉形改了。這幾年自己又長了個子，和小時候樣子比起來變了許多，才沒有被這傢伙認出來，要不然他今兒非露餡不可。

可既然周珀在這兒，那周閣老那老學究肯定也在啊……朱熙暗自發愁，覺得自己可得藏好了，能多藏一天是一天，他可不想到了遼東還被周閣老摁著背書啊！

一想到以前那個老學究見了自己就一副恨鐵不成鋼，吹鬍子、瞪眼睛想揪著他打手板的樣子，朱熙就肝顫。

倒不是他怕那老學究，而是實在受不了那老學究的嘮叨。

你說你不聽他嘮叨吧，他就跪著跟他哭他死了的大哥，邊哭還邊磕頭，那頭磕得砰砰響，一副要磕死的模樣；可你聽他的吧，真能被他給煩死！

當初，在聽說周閣老要撞柱死諫的時候，朱熙是一點也不吃驚，覺得那老頑固多半是老毛病又犯了，一天不用腦袋撞點東西，他就渾身不舒服。

為免周閣老認出自己來，朱熙覺得打明天起，他還是儘量低著頭走路，儘量別往那老學究跟前湊。那老學究眼神不太好，這家裡又這麼多孩子，未必就能認出自己來。

「呵呵，那可真離得挺遠的。」

朱熙一邊想著心事，一邊應付周珀道。怕周珀再深問，就佯裝難受起來，哼哼著說自己頭暈得不行，還想睡會兒。

周珀覺得朱熙答得還算坦誠，戶籍也沒什麼破綻，就放了心，覺得是自己多心了，也就不再多問。

朱熙正要閉眼假寐，就聽旁邊傳來一聲「常三郎」。

因為是假名字，朱熙愣怔了一下才反應過來周瑾叫的是自己，忙慌亂應道：「呃，哎，幹麼？」

「呵呵，沒事，就是怕忘了，叫叫你。」周瑾面上笑咪咪地道。

因為去軍營報到的時間還剩下八天，次日一早，周瑾就和周澤盛、周澤茂、周澤林、周珀、周玳幾個一起又去了百里鎮。這次他們去的主要目的是給周瑾幾個買裝備，再順便買些過冬的糧食回來。

周澤林家此次服兵役的人定的是周珀，周澤林身體太弱，去了人家也不會要他。周瑞全家則是大兒子周澤茂和長孫周玳去，此次他們家的服役名額有兩個，大房因為就周澤茂一個成丁，沒得選，只能周澤茂去；二房的名額周老爺子考慮了半天，最後給了大孫子周玳。

倒不是老爺子偏心小兒子，不喜歡長孫，而是覺得長孫說得有理，就周澤盛那樣肩不能扛、手不能提的，去了生還的可能性還真沒有會點武藝的長孫大。

周澤盛不服氣，周瑞全就乾脆讓父子倆打了一架，誰贏誰去，結局當然是周玳贏了。

而白氏家這次算是又得了周澤林家的庇佑，因為他們三口的戶籍一直在閣老府，至今還和周澤林父子幾個同屬一戶。周澤林家如今就剩下父子三人，加上白氏家三口子也才六口，所以他們兩家只需去一個服役名額就行，於是周理就幸運的留了下來。

周澤林和周澤盛因為身體原因，不得不讓大兒子替自己去服役，都心疼得不行，所以在給他們買裝備的時候，都很捨得花銀子，還給每人買了匹馬。

周瑾本來不想買馬的，他已經打聽過了，像他們這樣的小兵多半都是靠雙腿的。但奈何周澤林和周澤盛非要給他也買一匹，又有周珀、周玳在一旁敲邊鼓，周瑾百般推辭都推辭不了，最終沒辦法，只能將兩家的人情記在心裡，留著以後再還了。

買完馬後，剩下的裝備錢周瑾就堅持自己出了，為怕周澤林兩個看不過去接著貼補他，買的也都是好的，跟周珀、周玳的一模一樣。這一套裝備花了將近一百兩，除了買那匹小馬，周澤林和周澤盛非要給他墊付不可的那六十兩，周瑾自己也花了三十多兩，身上的六十多兩就還剩下三十兩。

想著一會兒再買了家裡的過冬物資和糧食後，這些銀子花得也就差不多了，等他去軍營後，家裡總不能一分現錢也沒有吧？周瑾就決定將空間裡的那些獵物和靈芝先拿去賣了。

來之前，周瑾特意將空間裡那兩袋野雞、野兔先拿出來，又帶了幾袋周瑞豐採的草藥。此時藉口都不用找，只說去給周瑞豐賣草藥，順便賣剛套的獵物，將手裡剩的三十兩都留給周澤盛，讓他一會兒幫著自己家買糧食。他自己則租了驢車，帶著周瑞豐的幾袋草藥和兩袋野兔野雞去了鎮上的藥鋪。

因為鎮上的藥鋪跟上次坑他的當鋪就隔著一條街，為防止當鋪的夥計認出自己來，周瑾還特意戴了一頂大草帽，將面貌都隱藏好，才帶著那些藥材去了周瑞豐指定的那家同濟藥鋪。

周瑞豐上次已經來考察過了，對這家藥鋪收購藥材的價錢很滿意。既然周瑞豐認可，周瑾覺得應該是個良心商家了，於是也沒有轉別的鋪子，就帶著幾袋草藥走了進去。

接待他的是個二十多歲的夥計，人很熱情，價格給得也確實公道，幾袋藥材賣完，跟周瑞豐估算的相差無幾，一共給了一兩八錢銀子。

周瑾這才決定將他妹採的那八朵靈芝也在這家賣了，靈芝已經被他從空間拿出來藏在身後的背簍裡，但周瑾覺得這麼貴重的藥材，面前的年輕夥計可能作不了主，就開口詢問他掌櫃的在不在。

年輕夥計聞言就知道他可能還有好東西要賣，也沒問他是什麼東西，就徑直帶他去了後院，讓他在院子裡稍等一會兒，自己則通過後院去了另一家鋪子。

周瑾這才發現，這家藥鋪的後院和旁邊醫館的後院竟然是相通的，那想來前面的藥鋪和醫館應該也是一家開的了。

等了片刻，果然見那醫館的後門走出一個鬚髮皆白的老者來，腰上還繫著圍裙，顯然剛才還在炮製藥材，而剛才的年輕夥計就跟在他後面。

老者到了周瑾跟前也不囉嗦，直接問道：「小友可是有什麼藥材想賣？拿出來老夫看看吧？」

周瑾就放下背簍，將裡面的八朵靈芝給露了出來。

老者見了眼睛頓時一亮，小心翼翼的拿起一朵端詳起來，看完後又聞了聞，才道：「不錯不錯，是椴木赤芝，採摘的時機也剛剛好，朵也大！這幾朵靈芝老夫都要了。說說吧，你打算賣多少錢？」

周瑾沒想到老人這麼乾脆，他來之前已經問過周瑞豐，知道現在一斤普通靈芝的價錢大概是四兩銀子，品相好的大概五兩左右，他這幾朵靈芝差不多有六斤左右，應該能賣三十多兩。

但周瑾並沒有說價錢，而是讓老者看著給，打算老者若給得不滿意再另說。

老者聞言又一一看過幾朵靈芝，給出了三十兩的價錢。這跟周瑾的預期差不多，確實很公道，周瑾覺得以後他妹再採了草藥都可以賣到這家來。

於是十分高興的賣了靈芝，出了藥鋪後又找了個僻靜地方，將空間裡的麅子也拿出來。重新雇了驢車，找鎮上大的酒樓、飯館推銷去了。

兄妹倆昨天一共打了五隻野兔、十隻野雞，外加一頭麅子，周瑾剛才已經跟帶他過來的車夫打聽過，這裡一斤兔肉的價錢大概是八文錢，山雞貴點是十文，麅子肉最值錢，大概一斤能賣三十文錢。

那車夫還說，他打的獵物這麼新鮮，那些酒樓、飯館應該都愛收，能賣個好價錢。

果然如車夫所說，當周瑾找到一家名叫迎賓樓的酒樓，倒出麻袋裡的獵物給掌櫃的看時，掌櫃的見了果然欣喜非常。因為守著山，這些野物他們這裡自然不缺，但這麼新鮮的獵物，連血都還鮮紅著的，確實很少見。

「小兄弟，你這獵物就跟剛打的似的，尤其這頭麅子，血還這麼新鮮，是從哪裡運過來的？」掌櫃的好奇的問道。

「獵物就是在我們這兒的山上打的，打完後馬上就運下山，然後租了快馬運過來的，所以比旁人的都要新鮮。」周瑾瞎編道。

「噢，原來如此，那你這獵物打算賣多少銀子？」掌櫃的又問道。

「呵呵，掌櫃的，您看我這獵物這麼新鮮，光運費就花了不少錢，怎麼也得多給小子一點吧？小子也不多要，就每斤比市價多兩文好了，麃子每斤三十二文、山雞十二文、兔子十文怎麼樣？」

要按這獵物的新鮮程度，一斤多要兩文錢確實不多，掌櫃的猶豫了片刻，就點頭同意了。

「那行吧，看在你這獵物極新鮮，我也不跟你爭這一文、兩文的了。這隻麃子和山雞我都要了，不過那兔子我們店裡剛收了不少，就先不要了。」掌櫃的說完，就吩咐旁邊的帳房夥計給周瑾過秤算銀錢。

周瑾覺得今天可真是太順利了，忙幫忙抬著獵物去給夥計秤重，邊看著夥計過秤，邊順嘴就將價錢給算了出來，笑著跟酒樓的帳房說道：「一隻麃子六十斤，共一千九百二十文，十隻山雞共二十一斤，共二百五十二文，加一起總共二千一百七十二文，換成銀子也就是二兩零一百七十二文，您給小子二兩零一百七十文就成。」

這話說得不光帳房驚了，連一旁的掌櫃的都驚了，沒想到周瑾算帳竟這麼快。

掌櫃的與帳房對視一眼，帳房急忙扒拉著算盤算了起來，片刻後朝著掌櫃的點了點頭，道：「正是二千七百一十二文，一文不差。」

「沒想到你小子心算這麼厲害！可認得字？要不要來我們酒樓做個夥計？要是你肯來，

老夫可以讓老劉收你做徒弟，等他退下去，就由你來做我們迎賓樓的帳房。」

掌櫃的頓時起了愛才之心，見周瑾看著也就十幾歲年紀，算數好，說話辦事也極大方機靈，就想著若是將這小子招來，好好培養幾年，將來於他也是個助力。

「承蒙掌櫃的抬愛，小子本不該辭，但奈何小子家裡是剛分到這裡的軍戶，再過幾天小子就要去軍營服役，所以，這差事小子就不能應承了。」

周瑾一臉遺憾的說道。雖然就算不去服軍役他也不打算來這兒當夥計，但並不妨礙他對掌櫃的一番好意表示感謝。在這時代，普通農家子能在這迎賓樓當夥計，真算是極好的差事了。

多好的一個小子啊！怎麼偏就是軍戶呢？

掌櫃的一聽周瑾家竟然是軍戶，不禁心中一嘆，又見他一個半大小子還沒成年就被家裡安排去當兵，有些不忍，忍不住問：「哦？你們家竟是新分來的軍戶？我看你也就十三、四歲的樣子，難道你家沒有其他人了嗎？竟讓你一個半丁去服役？」

「家父早幾年就去世了，小子是長子，這服役的差事自然就落在小子頭上了。」

周瑾一副義不容辭的樣子，惹得掌櫃的又是一嘆，也不知是可憐他還是同情，在帳房給他結完帳後，又問道：「那你家裡可還有識字的兄弟，十歲以上的。若是有，也可到我店裡來做個學徒，工錢雖不多，每月只有六百文，但管吃住，活也輕省，總比窩在鄉下開荒強。」

周瑾沒想到過來賣個獵物竟然能賣出這等好事來，就想起白氏的兒子周理，覺得這活計挺適合他的，忙道：「小子家中兄弟尚小，但有一族兄，今年十六了，名喚周理，寫字算帳都比我強。原本已經中了童生，家中卻突遭變故，不知掌櫃的覺得他合不合適？」

「哦？竟然是個童生老爺？」掌櫃的驚訝道，在這邊塞之地，找個識字的都要難死，何況是有過功名的，頓時感興趣，忙又追問起來。「你這族兄品性如何，先說好，若是書呆子，任他學問再好，老夫也是不要的。」

「掌櫃的放心，我這族兄雖讀書好，卻不是個讀死書的，性子也極好，見人先帶著三分笑，小子包您見了會滿意！」白氏婆媳將周理教育得很好，除了有點沒主見外，也是一個進退有據、文質彬彬的老好人。

「那就讓他過來試試吧，先試用三天，若是好，老夫定虧待不了他！」

他們這迎賓樓除了他就帳房老劉識字，過兩年老劉怕是就要退了，掌櫃的早就想找個識字的小子培養起來。

「成，小子這就捎信兒回去，明兒就讓族兄過來。」周瑾急忙應道，又憨笑道：「掌櫃的，小子還有個不情之請。」

掌櫃的聽了就笑問：「何事？」

周瑾就指著地上的麃子道：「因為家裡族叔們一直嚴令小子莫進深山，所以小子進山打麃子這事是瞞著族裡的，若是被族叔們知道，免不了又是一頓嘮叨。明兒若我族兄來了，還請掌櫃的幫忙瞞著些，只說我過來賣野雞、野兔，那麃子的事就別提了。嘿嘿……」

「什麼？你說這麃子是你自己進深山打的？」掌櫃的聽了立刻又震驚了，沒想到眼前十幾歲的少年竟然這麼厲害！

但驚訝的同時，也為周瑾揪了揪心。「要我說以後這麼危險的事你還是別幹了，你族叔們說得對，那深山裡老虎、熊瞎子可不少，你這次沒碰上是你運道好，以後可就說不準了。」

「是，以後沒有人帶著，小子再不去了，這次也是家裡實在缺銀子，才冒了一次險。」周瑾憨笑著答應道。反正再過幾天他就要去軍營，恐怕也沒什麼時間打獵了。

隨後又跟掌櫃寒暄了兩句，得知對方姓張，這才告辭出來。臨出來前將手裡提著的五隻兔子都遞給店裡的夥計。「小子沒什麼能拿得出手的，這幾隻兔子就留著給張掌櫃下酒吧！」

說完，才大步離去。

這作風又惹得張掌櫃一陣唏噓，多精的一個小子啊，偏偏要去當兵！唉！

第二十一章

經過一天一夜的休養，朱熙已經好了許多，早晨又同周珞幾個一起喝了一大碗粥，昏沈的腦袋也好多了，覺得整個人都神清氣爽起來。

通過飯桌上周珞幾人的對話，朱熙已經確定，如今他所在的周家就是周閣老的周家。但這家裡住的眾人，並不是他以為的都跟周閣老是一家人，而是好幾家混住在一起的，大家只是同族而已。

跟他同住一屋的少年們也不是親兄弟，而是幾家的男孩都住到了一起。朱熙只知道周珀和周珞兩個是親兄弟，也就是周閣老的親孫子。

然後在當鋪救自己的周瑾和給自己扎針的黑丫頭是親兄妹，他們還有個小弟跟自己也住一屋，叫什麼來著？他沒記住。

其餘人，他就更分不清哪個是哪個了。

但他知道幾家人如今都混住在一起也不過是因為初到遼東，沒地方住的權宜之計，等他們新蓋的房子晾乾，就要搬過去了。

通過一早上的觀察，朱熙已經十分肯定，周珀、周珞就是周閣老的親孫子。他們的父親周澤林他雖沒看見，但從周珞的言談中也聽到，他今兒一大早就帶著周珀和族裡其他幾人一起去了鎮上。但讓朱熙奇怪的是，他擔心的周閣老一直都沒有出現，也沒聽周珀兄弟兩個提起。

今天起來時，為了防止被那老學究認出來，朱熙可是好一陣折騰，連走路說話都小心翼翼的，儘量跟原來的自己不一樣。結果一頓早飯下來，也沒看見那老學究的身影。

難道那老學究沒跟周珀一家住在一起？不應該啊！周澤林是他長子，周珀是他的長孫，再怎麼說，那老學究也應該他們一家奉養才對啊！難道是病了？在屋裡沒出來？

朱熙覺得有可能，那老學究已經那麼老了，雖然有他父親的特意關照，但京都到遼東這麼遠，長途跋涉的，也撐不住而累壞了。

不過，病了也挺好的！不出門就不會發現他，也省得他總特意裝著了。

朱熙愉快的想。

朱熙已經決定了，在奶兄找到他之前，他反正是哪裡也不去了，就住在周瑾家。

一個人在外面太危險了，他現在想起在山上迷路那半個月就忍不住後怕，那時候他真的覺得自己會死在那兒了！而他也的確差點死了，若不是好運的碰見了周瑾兄妹，又恰好那黑丫頭會醫術，恐怕現在的他已經死了。

周瑾上次救他就不說了，黑丫頭雖然討厭，但也算是他的救命恩人，沒有她，自己這會兒已經涼透了。

朱熙覺得兄妹倆既然都救過自己一命，又是周閣老族人，應該不會害他，住在他們家應該能放心，再說，不還有老學究鎮著嗎？

實在有事，大不了就跟老學究求救唄……那老學究雖然囉嗦，卻是僅有的幾個不會害他的人之一，跟他住一塊兒，朱熙很放心，那老頭可是急了都敢拿腦袋跟他祖父死磕的主兒。

當然，朱熙也不打算白住周瑾他們的，他們老朱家向來是知恩圖報的。周瑾兄妹是他的救命恩人，老學究家經過這趟流放，肯定也元氣大傷了。等他奶兄來了，就讓他去他娘在北方給他留的產業裡，多支些金子給他們好了。

不過為了報答他們，收黑丫頭進府的打算就算了吧……那丫頭又醜又凶，若是收她進府，他怕把自己給氣死，還是多給些金子省事。

也不知他奶兄什麼時候能找到百里鎮來，這一路他雖然給奶兄留了印記，但他在森林迷路這事誰也不知道。朱熙覺得光憑那些印記他奶兄只能找到百里鎮，卻未必能找到躲在小山溝裡的自己，覺得有機會還是得想法子再去趟百里鎮，給奶兄再留個記號才好，那樣他就可以安心的等在周家，等奶兄找過來就好。

朱熙美滋滋的想著。然而想像很完美，現實卻很殘酷，朱熙這邊正打算跟著周家混吃混喝呢，那邊周瑜就發現了他，直接將一擔捆好的乾柴扔到他腳下。

「既然你已經好了，又一副賴著不想走的樣子，那就幫忙幹活吧，沒見大家都忙著嗎？」

因為明天幾家子就要正式搬家，今兒一早除了去買裝備的周瑾幾個，其餘人都在忙活搬家的事。婦人們都去了各自的新家打掃，剩下的孩子們則來來回回的往新家裡搬東西，只有朱熙一個人是閒著的，那飯桌都清完半天了，他還守著張飯桌不挪窩。

周瑜可不想慣著他，見他連提都沒提要走的話，多半是還想留幾天。既然是他們兄妹救回來的病人，也沒有讓他跟著別人家吃飯的道理，但他們家的飯也不是給閒人吃的，於是，理所應當的使喚起他來。

「小爺什麼時候打算白賴在妳家不走了？這不是得等著我奶兄來接我嗎？等我奶兄到了，自有大把銀子給你們，當作你們收留小爺的謝禮！」

朱熙不可置信的看著突然出現在眼前的一擔柴，立刻怒了。

別說挑柴了，他從小到大，連衣服都沒自己穿過好嗎？還是來遼東的路上，他不好意思讓奶兄既要保護又要服侍自己，這才摸索著學會了自己穿衣服。黑丫頭竟然敢讓他擔柴？真是反了她了！當他是奴才呢！

越想越氣，他抬起腳就想將眼前的柴給踢走，結果——

嗚！好疼！

周瑜鄙夷的看了他一眼，一腳踩住因為被踢卻只晃了晃的柴火，半俯著身體居高臨下的朝朱熙冷笑道：「呵呵，不白賴在我家是吧？那就趕緊幹活！別給姑奶奶許什麼事後給銀子的馬後炮，要麼你就現在走，要麼你就老實幹活，姑奶奶家從不白養閒人！」

「喂！妳還是不是個姑娘家？張口閉口姑奶奶的，妳好歹也是周，不，妳好歹也是京都住過的人，怎麼一點規矩都沒有？還是……妳想用這種法子靠近我？告訴妳，少打小爺主意啊，小爺可、可看不上妳個黑丫頭！」

朱熙看著近在咫尺的一張臉，感覺後背冷颼颼的。

這兄妹倆怎麼都這麼喜歡挨人這麼近的說話呢？怪嚇人的！

「呵呵！你說本姑娘打你主意？」周瑜聽了都氣笑了，上下打量了眼前毛都沒長齊的小子，樣子也就普通啊！也不知誰給他的自信讓他說出這句話的？

於是，她嗤笑道：「你是不是對自己有什麼誤解？還是你覺得我瞎？就你這孬樣，本姑娘會看上你？還好意思說我一口一個姑奶奶沒規矩，你跟你救命恩人一口一個小爺的，又是哪兒學的規矩？告訴你，再敢在姑奶奶面前自稱小爺，姑奶奶一針扎死你！」

周瑜作勢往腰間掏了掏，一副又要拔針的樣子，見唬得朱熙一哆嗦，周瑜就愉悅的哈哈大笑起來。

妳個死丫頭，怎麼不笑死妳！還有，剛這丫頭說的看不上他的孬樣是什麼鬼？他可是出了名的玉樹臨風，竟然被一個鄉下丫頭嫌棄？什麼都可忍，這事也不能忍！

朱熙剛想接著發火，就見眼前的周瑜微笑著，從腰上將裝銀針的袋子真的拿下來，朝他揚了揚眉，擠了擠眼睛，朱熙一下就歇火了。

「我們家向來是有活兒一起幹，有飯一起吃。你若是還想吃飯，就趕緊把那堆乾柴挑完！」

周瑜一手拿著銀針袋子，一手指著院子東北角一堆她哥已經劈好的乾柴，朝著朱熙道：「沒見我弟弟妹妹那麼小都幫著幹活嗎？你一個小夥子，難道還不如兩個小孩子？就真好意思乾看著？」

朱熙看向奮力揹著一個大背簍打他跟前路過，百忙中還探出個小腦袋跟他打了聲招呼的周瑾弟弟，覺得自己還真沒臉乾看著。但一看周瑜指著的柴垛，他又覺得乾看著也沒什麼。

「那麼多！妳想累死小爺啊？小爺現在可是病人！」

那堆柴都快有他兩個高了好嗎？挑完不得把他累死啊！

周瑜就又晃了晃手裡銀針，同時拍拍他的肩膀，安慰道：「放心吧，我就是醫生，累不死人的，揹完這堆柴，只會讓你更健康。」

「那我若是就不幹呢？」

「不幹也可以，不剛說了嘛，我們家的規矩，幹活就有飯吃，不幹就沒飯。」周瑜又伸出兩根手指在朱熙面前晃了晃。「你若不幹，有兩條路讓你選，要麼你趕緊滾蛋，要麼……你就別吃飯！」

「妳個死丫頭！」朱熙氣得直咬牙，卻也沒有辦法。死丫頭昨天敢拿針扎他，今兒也肯定敢餓著他，他若不幹活，這丫頭就真敢不給他飯吃。

在面子和幹活之間掙扎半天，朱熙覺得要不他還是幹活吧，他可不想再餓肚子了，在森林裡迷路的那半個月，可把他給餓怕了！

但看著周瑜，嘴張了半天，也沒將他選幹活這幾個字給說出來。真是太他娘的丟人了！想他堂堂皇孫，平時洗澡穿衣都有四、五個丫頭伺候的小爺，怎麼能被一個死丫頭威脅，為了吃頓飽飯就去幹粗活呢？

「切，我說你這人怎麼回事？不過叫你挑個柴火，你在這兒思想鬥爭個什麼勁兒啊？」周瑜看著面前一會兒咬牙一會兒紅臉，一臉糾結的少年，忍不住嗤笑。又指著一旁奮力抱著個大包袱往新房那邊挪的小周瓔，納悶道：「你看，就連我小妹一個五歲多的孩童都知道幹活光榮，你一個大男人靠著自己的勞動吃飯，不用吃嗟來之食，不應該感到驕傲自豪嗎？這有什麼不好意思的！」

也是啊？自己幹活掙飯吃，又沒偷沒搶，他有什麼不好意思的啊？他祖父當年還要過飯呢，他只是幹粗活而已，說起來比他祖父還強些呢！

想到這兒，朱熙整個人都好了過來，挺了挺腰，豪氣道：「挑就挑！不就是一堆柴嗎？小爺這就挑給妳看！」

說完就幾大步走到那擔柴前，蹲下想用力挑起那擔柴火，好讓眼前臭丫頭看看他的能耐，省得總小看他。但……好像、他娘的……怎麼這麼沈！

「噗！哈哈，你行不行啊？要不要我再給你捆小一點?!」

周瑜見他撅著屁股掙扎半天，都沒有將那擔柴挑起來，樂得不行。

「誰說小爺不行？這麼一小捆柴在小爺眼裡就跟把筷子差不多，妳個死丫頭給我看好了！」

身為男人怎麼能說自己不行呢？朱熙雖才十三，卻也對這句話很敏感，覺得這時候要是讓周瑜一個黃毛小丫頭嗤笑自己，說自己不行，那他以後回京都也別混了。

所以深吸一口氣，朱熙咬著牙將那擔子給擔起來，一步三晃悠的朝門外走去。

「這不幹得挺好嗎？」

周瑜提著兩籃鍋碗瓢盆跟在他後面，邊走邊適時的誇讚。她哥以前就跟她說過，對付這種中二少年，光諷刺肯定不行，適當的鼓勵更能激發他們的鬥志，當年她哥就是憑著這條定律收服一干小弟的。

一句話下去，果然見效，就見朱熙塌下去的背果然又直了些。等將一堆柴火都挑完，周瑜已經將朱熙誇得走路都飄飄然了。當然，也有可能是累的。

朱熙因為周瑜的誇讚心情甚好，雖然累得渾身痠痛，但出完一身汗，內心竟覺得十分痛快起來，尤其是看到新房牆角自己挑來並排放整齊的柴火，覺得特別有成就感。

難怪他爺爺都貴為九五之尊了，還在宮裡闢出塊田地自己耕種呢，原來幹農活是這種感覺啊？還真挺特別的！

朱熙愉快的想，覺得有機會自己還可以學學種地，將來回京後也可以跟他祖父顯擺顯擺。但又想，他祖父都讓人打他板子了，他才不回去呢，反正他那麼多孫子，也不差他這一個。

「哪，先喝碗綠豆湯解解渴，今天中午我們就湊合了。等晚上我哥他們回來，就讓我娘給我們燉排骨吃，我娘燉的排骨可好吃了！」

周瑜端了一碗她娘剛熬好的綠豆湯出來，遞到了正走神的朱熙手裡，看著他邊喝邊說道。

她哥說了，回來時會捎一整扇排骨回來，再買兩隻雞，明天就要正式搬家了，晚上請幾家人最後再吃頓散夥飯。這些日子不管是蓋房還是別的，澤林叔和澤盛叔兩家子都十分關照他們，買些酒菜給大家吃，也算他們家的小小心意。

算上前世，周瑜已經四年多沒吃過排骨了，到時候放上些乾菜豆角拿大鐵鍋一燉，上面再蒸上些花卷饅頭，那滋味，周瑜只想想就饞得口水直流。

因為心情好，朱熙看眼前的黑丫頭也覺得順眼了許多，見她提到排骨時那副嚮往的模樣，忍不住學著她的語氣嗤笑道：「切！妳好歹也算是京都過來的，以前不是個小姐也算個閨秀，不過是排骨，看妳饞成那樣，哈喇子都快出來了，至於嗎？」

話說完，他又覺得，可能因為黑丫頭家不過是周家旁支，雖然名義上是周閣老的族人，但到底比不過他的嫡子、嫡孫，吃過許多珍饈美味，才會因為一塊排骨饞成這樣。

朱熙突然覺得自己剛才不該那麼嘲笑黑丫頭，她家窮，沒吃過好東西，顯得小家子氣又不是她的錯，自己怎麼能因此看不起她呢？尤其對方還是自己的救命恩人。

剛想期期艾艾的道歉，結果黑丫頭一把奪過他手中盛綠豆湯的碗，扭頭就走了，只留下一句。「有本事你晚上就別吃！」

「不吃就不吃，小爺熊掌、燕窩都吃膩了，會饞妳個破排骨？」道歉的話沒說出口，又被周瑜懟了一句的朱熙少爺中二病頓時又犯了，在周瑜後面跳腳叫囂起來。

結果晚上就真香了！也顧不得打臉不打臉，筷子一個勁兒的往盆裡撈！不緊著撈不行啊，周珞那小子吃得太快了，他看中的好幾塊肉都被他給搶了！一旁的周珀雖看著斯文，撈肉的速度卻一點都不慢，簡直……太氣人了！

啊呸！朱熙決定收回中午說的話，什麼周閣老的嫡子嫡孫？一點都不矜持，都太不要臉了！哎，周珞！你個臭不要臉的！那是小爺的肉啊，還給我啊！

半大小子們搶起肉來堪比戰場，朱熙這一頓飯吃下來頭髮也散了，臉也紅了，簡直像被凌虐了一番似的。

但黑丫頭她娘做的飯真好吃啊！朱熙摸著圓滾滾的肚子，覺得很滿足。不用再挨餓，吃飽喝足的滋味可真是好啊！

京都的乾清宮。

承乾帝朱崇武震怒得一拍案桌。「你說什麼？什麼叫五皇孫不見了？不是讓你們好好跟著嗎？你們怎麼跟的！」

「回陛下，屬下、屬下等人一直按陛下吩咐好好跟緊小殿下來著，但小殿下到遼東見到藍庭將軍後，也不知怎的就發現了藍將軍想將他送回來，半夜便偷跑了。屬下等人秘密尋了幾天，才在複州衛的百里鎮發現小殿下的蹤跡。誰知道藍將軍也派了兵士在找小殿下，小殿下為了躲開他們，就逃進百里鎮旁的山林裡。屬下怕小殿下出意外，忙也帶人跟了過去，但一開始還能看見小殿下的影子，後來、後來就再也找不著了！屬下和藍將軍的手下在山裡尋了好幾日，將那附近的山都搜遍了，也沒找到小殿下。屬下……」

「屬下個屁啊你！」承乾帝聽得臉都白了，氣得手都抖了，一把抓起案上的硯臺就朝下面的男子扔了過去。「你他娘的不在山裡找我孫子，跑回來幹麼啊？這麼多人看不住一個孩子，老子還要你有個屁用！景黎呢？他不是一直跟著熙兒嗎？他娘的又跑哪兒去了！」

承乾帝急得站在大案後面直轉圈，又大聲問道。

男子一動都不敢動，任由承乾帝的硯臺砸到頭上，聽見承乾帝問，頂著一頭的血和墨汁的混合物，戰戰兢兢地答道：「小殿下從藍庭將軍府上逃出來的時候，景護衛還跟著來著，但屬下在百里鎮發現小殿下的時候，景護衛已經不見了，屬下……屬下也不知道景護衛去了哪裡。」

「啊？這麼說我孫子身邊豈不是一個人也沒有了？」

承乾帝驚得一屁股坐在了椅子上。

這群廢物竟然將他孫子逼進山林裡不說，還一個人都沒跟著。那可是遼東的山林啊！有老虎和熊瞎子的！一個十三歲的孩子，手無縛雞之力，跑到那裡去，還能有個什麼好啊？

老天啊！難道祢奪走朕的長子長孫還不夠，還要將朕的五孫子也一塊兒奪走嗎？

「你們這群廢物趕緊給老子找去，讓藍庭把士兵都給老子派出去。找不到老子的孫子，你們誰也別回來了，全都自個兒抹脖子吧！」承乾帝扶著案桌直喘氣，指著底下的黑衣人有氣無力道。

底下的男子嚇得頭都不敢抬，聽了慌忙應了一聲，磕頭退了下去。

半晌後，雲公公才戰戰兢兢的走過來。

承乾帝瞥了他一眼，整個人剎那間頹唐得如枯萎的落葉，捂著猛跳的心口問道：「你說，朕是不是真的如周里安說的那樣，弒殺、狂傲、窮兵黷武？才會把報應應在朕的兒孫身上？」

雲公公哪敢說是，只能跪下諾諾道：「陛下，五殿下定會吉人自有天相的！」

承乾帝也知道問他，他也回答不出什麼，這句話與其說是問他，還不如說是問自己呢！見他跪著沒動，就問道：「可是有事？」

「陛下，太子妃又帶著二殿下給您送羹湯來了……您看？」雲公公低頭輕聲道。

「讓她給老子滾！」承乾帝頓時怒道。

要不是這毒婦，他孫子也不會一氣之下離家出走，更不會下落不明，生死未卜。承乾帝對於朱熙的失蹤正惱火，更不想承認他孫子離家出走主要是因為挨了他的打，正好聽見太子妃的名，就將怒火全都發到了她的身上。

「是。」雲公公忙應聲退了下去。

剛想去傳話，就聽承乾帝又道：「讓二皇孫留下，以後就住在朕這裡，朕親自教導。」

「是。」雲公公又應了一聲，急忙下去傳旨。

第二十二章

桃花村這邊。

今天是幾家子正式搬家的日子，為了圖個吉利，周瑞全還特意買了幾掛鞭炮，在幾家子正式入住的時候讓周瑾幾個點了。

噼哩啪啦的鞭炮聲中，周瑞全站在離家幾十尺的一棵大樹下，看著眼前幾間曾經連他們家下人都不會住的土坯房子，想起流放路上一頭撞死的親弟弟周里安，忍不住就老淚縱橫起來。

他們周家這是徹底敗了啊！再要起來，也不知還要多少年？或許，他這一輩子都看不到了。

「大伯，你是不是心裡也在怪阿爹？」

不知什麼時候，病病殃殃的周澤林站到了周瑞全的身邊，嘴裡問著話，眼睛卻迷茫的盯著不遠處自己家的幾間屋舍，也不知是問眼前的周瑞全還是問他自己。

「唉！時也命也啊！」周瑞全想了很久才嘆出一句，轉頭問道：「阿林，都這麼久了，你還沒想通嗎？」

周澤林亦是沈默了很久，久到周瑞全以為他不會開口了，才啞著嗓子道：「大伯，這些日子姪兒想了很多，若我是我阿爹，肯定不會、也不敢像他那樣當庭頂撞聖上，必是會選擇明哲保身的。但若是我，可能窮其這一生也走不到我阿爹的高度，讓全京都乃至全大燕的讀書人都唯他馬首是瞻，讓全士林的人都知道了我們瑞豐周家的風骨！可是，這一切，拿全族老少近一半人的性命，拿整個周家子孫前途，拿他自己的老命換來的所謂名聲，真的都值得嗎？咳咳、咳……」

周澤林目光迷茫的問道，因為情緒波動，又忍不住咳嗽起來。

唉！造孽啊！周瑞全看著眼前消瘦頹廢的姪兒心底嘆息道。曾幾何時，這孩子可是他們周家最出息的孩子啊！十七歲中舉，二十歲考中一甲八名的進士，三十歲就已經升至禮部郎中，若是他們家不出事，四十之前執掌禮部也未必不可能。

但自從他父親一頭碰死在山邊青石上後，這孩子的精氣神就一下子垮了，後來妻子、弟弟一家相繼離世，又讓這孩子的病越發嚴重起來。如今雖然有周瑜師徒的全力救治，但終究是傷了根本，沒個幾年的好好休養，是養不過來的。

周瑞全聽周瑞豐說過，究其根本，他姪子這病還是在憂思過重上，也就是所謂的心病！俗話說，心病還需心藥醫，若是他自己想不通，誰也幫不了他。

「唉！你這孩子啊！」

周瑞全又嘆了一口氣，一邊撫著姪兒的後背給他順氣，一邊又勸道：「從小，你就是你們兄弟幾個裡最聰明的，怎麼到如今卻還想不通呢？你心裡怪你阿爹執拗，可你呢，還不是跟他一樣？你阿爹為了心中大義不顧全家全族安危，你不一樣不管身後子姪，只顧著自怨自艾？阿林，你阿爹已經去了，不管你是怨他、恨他，還是心疼他，他都不可能再回來了！可你的子姪們還在啊，你到底什麼時候才肯堅強起來啊？」

周瑞全越說越激動，看著眼前佝僂著身子憔悴得跟個老頭子似的姪兒越看越氣，恨鐵不成鋼的揮動著老拳，一拳一拳的打在他佝僂的背上，哽咽著罵道：「阿林，大伯已經老了，你的子姪們都還小，你到底什麼時候才肯挺直你的背，為他們遮遮風雨啊？難道真想眼睜睜看著我們周家的兒郎們都因為這場變故折損在這遼東嗎？嗚……」

周澤林對周瑞全的責打一點感覺都沒有，只茫然的看著邊哭邊打自己的大伯，彷彿又看到了自己的父親。以前，他讀不好書時，他父親也經常這麼打他，打完又心疼，就躲起來自己偷著哭。

本來，他每次挨打後心裡還挺怨恨父親的，嫌他對自己要求過於苛刻，他都已經盡力做到最好了，連學堂裡的夫子都誇他，就父親不但不稱讚他，還總是打他。

但有一次發現他阿爹打完他，自己躲到書房裡偷哭後，他就再也不怪阿爹了。其實，他一直都知道，儘管阿爹一心撲在學問上，但從來也沒有因此而忽視過他們兄弟倆。不但沒有不管他們，反而比一般父親做得好。

其實，他也從來沒有真正怪過他，他一直怪的只有自己……

「嗚……嗚嗚……大伯！我不是怪阿爹，我只是，我、我只是眼睜睜的看著他赴死，卻無能為力，心裡太難受了！嗚嗚……」

在周瑞全一拳一拳的打罵下，周澤林終於再也忍不住，喊出了憋在心裡許久的話，同時跪倒在地，抱著周瑞全痛哭起來。

「大伯，姪兒太沒用了！救不了阿爹，也救不了家人，嗚……只能眼睜睜的看著他們一個個死在姪兒面前……」

「大伯知道，都知道，這、不怪你，也不是你的錯！你父親……也不會怪你的！」周瑞全摸著姪兒的頭，仰頭看著天，亦是老淚縱橫。

叔姪倆就這麼相互抱著痛哭了起來，也不知哭了多久，直到周瑞全哭累了，覺得自己再這麼哭下去可能身子受不住，甚至可能提前去跟他弟見面，才強迫自己停止哭泣，同時將快哭暈過去的周澤林也給拉了起來。

「行了，行了，你父親若是在天有靈，也不願意看到我們這麼難過，快別哭了！你身子本來就不好，可別哭壞了！」可別我這老頭子還沒去見你阿爹，你小子就先去了啊……周瑞全腹誹。

周澤林這才擦擦眼淚，藉著周瑞全的手站直了身子，痛痛快快的哭了一場後，感覺腦袋清明了不少，有些事也終於想明白了。見自己這麼大人了還抱著伯父哭得像個孩子，竟有些不好意思起來，紅著臉尷尬的朝周瑞全笑了笑，才道：「大伯放心，姪兒以後一定好好保重身體，也會看顧好子姪們的。」

「好、好！大伯就知道你會好起來的！」

周瑞全聽周澤林這麼說，知道他這是想通了，心道自己的幾記老拳倒是沒白打，要是知道這小子吃這個，他早就動手把他打醒了。

此時見周澤林嘴角噙著羞澀的笑，眼裡也終於有光了，周瑞全激動得聲音都哽咽了。

「好，好！你能想通就好，想通就好！」

「是啊，姪兒都想通了！」周澤林抬起臉，不想讓自己的眼淚再被看見，只看著遠處的屋頂，苦笑道：「其實姪兒心裡什麼都明白，只是一直不願去深想，怕一想，就揭出自己的無能來。阿爹臨死前最後看我的那眼，我知道他是想囑託我，讓我替他好好照顧家人。可最終我的妻子、弟弟、弟妹、姪兒、姪女卻去了，我誰也沒護住，還有全族那麼多老幼，都病的病、死的死……」

「阿林，這都是命，怎麼能怪你呢？」

周瑞全見姪兒剛從怨恨自己爹的情緒中好了點，就又要陷入自責的情緒中去，連忙制止，心中祈求道：你可別再來一齣了，大伯這老心臟可受不住啊！

周瑞全急忙打斷了他的話，絞盡腦汁勸道：「你阿爹那個人，看著一根筋，其實是大智若愚，若是沒有九成把握，又怎麼會拿我們全族老少的性命去賭呢？他一心擁護太子，為了維護太子殿下不惜頂撞今上，實則是替太子跟反對太子變革的胡相對上了！你阿爹為何甘願去當太子的出頭椽子？你身在朝堂那麼多年，不應該比大伯更清楚嗎？

「還不是因為我們周家是已經去了的常將軍親信，而不是太子親信，你阿爹這是藉此向太子表忠心呢！他這麼做可都是為了我們周家啊！他看重的也不是眼前利益，而是我們周家以後幾十年、上百年的利益！」

看周澤林迷茫地望向自己，他又緊接著說：「事實證明，你阿爹的這步棋沒下錯，從你阿爹當庭大罵今上堪比桀紂，都沒有被殺頭就知道，太子為了保住你阿爹做到了何種地步，更別提流放路上他對我們家的關照了。你看哪家流放了還能跟你阿爹似的，坐車乘馬、衣食無憂的？而今上也對這些睜一隻眼閉一隻眼，說明今上也是想將你阿爹留給太子以後重用的。若是太子殿下沒有病逝，我們家熬過這幾年，等太子殿下對付完胡相，或者以後登了基，我們家必然又是一番新景象。你也好、阿珀也好，甚至其餘子姪也好，前途必定是不可限量。」

說到此，周瑞全一頓，無奈搖頭。「只是我們時運不濟，太子殿下突然去了，為了穩住胡相，今上才不得不對你阿爹痛下殺手，我們家才落得如此下場！所以，阿林，這一切都是命啊！太子殿下的死是命，你阿爹被賜死也是命！我們要怪也只會怪時運不濟，又怎麼能怪你和你阿爹呢？」

為了勸慰姪子，周瑞全絞盡腦汁，將流放路上周閣老跟他密談的一些事，加上自己的總結，通通混在一起說了出來，就為了勸回周澤林。

可別再鑽牛角尖了，他這把老骨頭可真拉不動周家如今這輛破車啊！

好在周澤林這次只是陷在自責中一下，很快就走了出來，見自己伯父勸自己勸得嘴都乾了，還有心情開玩笑。「大伯，剛說的這些話可都是我阿爹跟你說的？」

「呃，對呀！這些都是你爹流放路上悄悄跟我說的，都是秘密，要不是你小子一直消沈個沒完，老夫連你都不會告訴呢！」周瑞全小聲道。

「哈哈，大伯，姪兒要是跟你說，你又被我阿爹騙了，會不會氣得又想打他？阿爹說你小時候讀書讀不過他就打他。」

「他放屁！我那是因為讀書讀不過他打他的嗎？我那是因為他總是在先生和父親面前陰我，才打的他好不好！」周瑞全聽了頓時憤怒道。聽姪兒說自己這次又被這老小子騙了，又忍不住好奇的問周澤林。「你小子倒跟我說說，你阿爹這回又怎麼騙我了？我怎麼沒發覺？」

周澤林四下看了一眼，確定周圍沒人，覺得事到如今跟大伯說了也沒事，才笑道：「大伯，你前面說的那些都沒錯，我爹頂撞今上的目的，的確是為了向太子殿下投誠，但他這麼做，卻不是為了我們家幾十年甚至是上百年的利益。他之所以跟你那麼說，不過是怕你怪他、打他，才忽悠你呢！要真是為了我們家族著想，他更應該置身事外才是，以他在士林中的名聲，將來不管是哪位上了位，都得想法子拉攏他。」

呃？原來是這樣的嗎？那老小子果然又在忽悠他……

虧他這一路都在為自己兄弟終於跟自己交底而興奮，覺得他兄弟為了家族前程殫精竭慮卻還被族人誤會，暗自替他抱不平呢！結果，這老小子竟然是騙他？

「那他不是為我們家族又是為了誰？老夫可不信你阿爹為了自己能幹出連累宗族的事來！總不能是他看今上不順眼，撞著玩吧？」

周瑞全整個人都不好了，恨不得立即捉過周閣老來狠捶一頓。但又想，人都死了，他想打也打不著了，難不成追到下面去打嗎？

心情一下子又低落了起來。

周澤林也嘆了一口氣，才道：「阿爹可能也沒想到這件事會連累得全族跟著流放吧！」

「那你爹這麼做到底是為了什麼啊？」周瑞全更不解了。

「可能還是為了心中的那點忠義吧……」周澤林嘆道：「當年常將軍臨終託孤，將先太子妃和大皇孫託付給父親照料，父親這才入了太子府，名義上是太子的老師，實則主要負責教導大皇孫。但沒想到前幾年太子妃和大皇孫都因病相繼去世，常家如今唯一的血脈就只剩下五皇孫，父親只能打起精神又教導起五皇孫來。」

周澤林搖了搖頭。

「可五皇孫在太子妃纏綿病榻的幾年間，已經在韓妃有意無意的教養下變得不學無術、驕奢跋扈了，雖然父親說他本性純良，只要好好教導一定能變成好孩子，但五皇孫不學無術的名聲已經出去，一時半會兒肯定也挽回不了。加上去年太子又立韓妃為新任太子妃，父親心中的焦慮就更甚了。」

周瑞全順著姪子的話分析道：「那韓妃成為太子妃，二皇孫名義上也就成了嫡子，雖然這個嫡子不如五皇孫尊貴，大臣們多有不服，但將來若是五皇孫自己不爭氣，太子殿下登基後，這皇儲之事就真的不知道花落誰家了。若是到時候五皇孫落選，那等待他的是什麼命運，就可想而知了。一個身分上名正言順的皇子嫡孫，卻偏偏沒有繼位，哪個帝王會不忌憚？如此，常將軍家的血脈就……」

「是啊，所以父親一是找機會向太子投誠，好成為太子真正的親信，等以後太子登基也能在太子面前說上話，好給五皇孫爭取到最大利益。二是繼續積攢周家在士林中的地位，萬一將來太子有了想傳位給二皇孫的心思，有整個士林的支持，五皇孫也未必會輸。但這一切的打算都因為太子殿下突然薨逝煙消雲散了，所以，父親臨死前才會那麼悲痛，一是真的心疼太子殿下，二是恐怕更擔心五皇孫吧……」

周澤林輕聲的跟伯父分析了他父親的用心，如今太子殿下已經去了，他阿爹也已經去了，五皇孫也注定與大位無緣，周澤林覺得將這些說與伯父聽也沒什麼要緊了。

「原來如此啊！」周瑞全聽完忍不住跺腳嘆道：「你父親早該跟我直說啊，做什麼騙我？他自己在那兒忠肝義膽，也不跟我商量，難道是覺得他哥我就是忘恩負義之徒不成？若是知道他做的這一切都是為了報常將軍大恩，別說被連累得全族流放，就是搭上整個周家，老夫也會站在他這邊的！當年我們老家被亂軍所圍，為躲軍亂，你曾祖父就想帶著族人搬到鄉下去，結果在路上反而被亂軍發現，殺了過來。那股亂軍那時候是見人就殺，眼看我們周家就要被滅族，若不是常將軍帶著十幾名弟兄衝過來救援，這世上恐怕早就沒有周家了！」

周瑞全搖頭道：「你是不知道，當時為了救我們家，常將軍的十幾個弟兄皆戰死，他自己也身受重傷，可以說若沒有常將軍，我們周家早就沒了。如此大恩，怎麼能不報？如今你父親為了他在世上唯一的骨血不惜搭上自己性命，報的卻是我們整個周家的大恩啊！」

周瑞全哀嘆著，因為太過激動，一時沒有站穩，差點跌進身後的草叢裡，周澤林慌忙去扶，人倒是扶住了，卻沒想到身後草叢裡卻突然爬出一個渾身沾滿草屑的「草人」來。

叔姪倆同時一驚，深怕他們剛才的對話被這人聽去，正想上前查看這人是誰，需不需要滅口，就見這匍匐在地的「草人」抬起一張糊滿鼻涕眼淚的臉，朝他們又爬過來。看面貌，正是前幾天周瑾兄妹救回來的常三郎。

周澤林忙上前一步，想逼問這小子剛將他們的對話聽了多少去，琢磨著怎麼才能讓這小子閉嘴，誰知道這小子卻先對著他嚎了起來。

「嗚嗚嗚……周叔叔！周閣老已經死了嗎？他怎麼就死了呢？嗚！都是我不好，若是知道他老人家默默為我做了這麼多，我一定不會總氣他啊！嗚嗚嗚！」

周澤林聞言，整個人愣住了。

朱熙怎麼也沒想到自己不過是鬧肚子去了趟草叢，就碰巧聽到了周澤林和他伯父的談話。

當時，他本來是想跟周瑾幾個去放鞭炮來著，誰知肚子突然就嘰哩咕嚕一陣響，然後就絞痛起來。朱熙只好先去茅廁，卻沒想到周瑾家的茅廁竟被周珞占了，一問才知，周珞家的茅廁也被他堂哥周理占了。

眼看自己就要一瀉千里，朱熙急壞了，一眼看到周瑾家對面幾十尺有一處茂密的草叢，朱熙急忙抓著手紙跑了過去。

片刻後，肚子終於舒爽了，擦完屁股剛提起褲子要起來，就看見周瑞全顫顫巍巍的朝著他待的草叢方向走了過來。

也不知怎的，看到周瑞全那張跟周閣老酷似的臉，朱熙本能的又蹲了回去，只不過稍稍向旁邊挪了一、兩尺，避開了自己剛剛製造出的那灘穢物。

他本來打算等周瑞全那老頭過去後就出去的，誰知道那老頭走到他待的草叢前面不遠竟站住不動了，還瞅著不遠處幾家剛蓋好的房子哭了起來。

朱熙覺得這會兒出去就更尷尬了，只能強忍著，等這老頭哭完再走。

沒想到老頭還沒走呢，周澤林又來了，然後叔姪倆就交談起來，再然後就說到了京都，說到了他父王，說到了他外祖，再然後還說到了他身上。

朱熙整個人都被這兩人的對話給震驚到了，才知道因為他父親的薨逝，竟然連累周閣老全族死了那麼多人。就連周閣老那老學究也死了，還是因為他父王的薨逝，被他祖父給賜死的！

難怪這兩天他都沒聽周家人提起過那老學究，也沒見過他出現，他還以為那老頭是病了沒出屋，還在為不用面對他而慶幸呢……可原來他早在流放路上就已經死了嗎？

朱熙雖然曾經不止一次腹誹過那老學究那麼愛用腦袋撞東西，早晚有一天得將自己給撞死，但他真的只是腹誹，真沒想咒那老學究死啊！

他還想等他以後長大，有了自己的府邸，就將那老學究接到身邊奉養，找四、五個囉嗦的老太太伺候他呢！結果自己還沒長大，那個見了他就一副恨鐵不成鋼，吹鬍子瞪眼想揪著他打手板的老學究就死了嗎？

他這兩天竟還傻傻的躲來躲去，深怕被認出來，原來已經一輩子都看不到了嗎？片刻前，那老頭還是他最不願看見的人之一，但現在，他想看卻再也看不到了。

當年，他並不知道老學究打他是為了他好，甚至因為被他打手板氣得不行，暗地裡作弄過他好幾次，還曾趁他睡著用蠟燭燎過他的鬍。但如今他經過許多事後知道好歹了，知道老學究雖然愛嘮叨，卻是少有幾個不會害他的人之一，結果老學究卻也死了！

好像短短三年間，對他好的那些人都陸陸續續死了，如今剩下的人裡，再讓他想，他竟全然不知，誰對他是真心，誰對他是假意了。

朱熙躲在草叢裡，難受得直掉眼淚，尤其是聽到周澤林說周閣老頂撞他祖父完全是為了他的時候，更是哭得不能自已。剛想出去跟周澤林相認，互訴衷腸，結果周瑞全那老頭腳下一絆，就朝他待的草叢跌了過來。

朱熙心裡一驚，本能的想要去扶老頭一把，結果想站起來時才發現，自己的雙腿因為蹲得太久早就麻了。劇烈的麻痛之下，朱熙根本站不穩，跌了一跤摔在地上，往外爬了出去。

然後，就有了開始時的一幕。

第二十三章

片刻後，當朱熙跟周澤林坦白了自己的身世，周澤林卻一把拽住他的脖領子，嘶啞著聲音質問他道：「你不要命了？敢冒充皇孫！」

「周叔叔，我真沒說謊，我真的是朱熙！」朱熙忙解釋道：「我這臉上是塗了藥水，所以你認不出我來，你再細看我的眉眼，是不是跟你印象裡的朱熙有點像？因為這個，你大兒子第一次見我就堵著我問了半天。」

周澤林聽了就眯著眼朝面前的「常三郎」端詳起來，發現除了臉色黃了些，別的地方確實有點像他印象裡的五皇孫，但他跟五皇孫見過的次數本就不多，當下也不敢確定。

朱熙見周澤林還是一副不相信的樣子，忙又說道：「你忘了，小時候有一回周閣老帶我去你家，我還一不小心將你珍愛的八哥鳥給順走了？」

你那是順嗎？分明是偷！

周澤林腹誹，倒是對朱熙的話更信了幾分，畢竟這麼私密的事，知道的人也不多。

「還有，周閣老跟我說，你很愛吃荔枝，但因為那是女子愛吃的，你不好意思當著人吃，就常躲在書房裡偷吃。他還說你懼內，嬸娘一瞪眼，你就不敢出聲了。還說你膽子很小，連蟲子都怕，你二弟小時候挨了你的打，就常拿蟲子嚇你……」

為了讓周澤林相信自己的身分，朱熙絞盡腦汁想著周閣老跟他說過的周家的事。

周澤林聽得臉都黑了。

行了，快別說了，再說，他小時候尿床的事都要被說出來了！

周澤林不明白他爹怎麼會有跟這小子曝光自己兒子私密的嗜好，卻讓他徹底信了眼前的常三郎就是五皇孫。若不是極其喜歡的五皇孫，他爹是不會跟別人說這些的。

不過確認眼前的人就是五皇孫的同時，周澤林也被五皇孫的突然出現驚得眼前一黑，差點一頭栽倒在地，還是一旁的周瑞全拉了他一把，才沒有栽倒。

周瑞全也是驚得不輕，沒想到周瑾兄妹在山裡無意中救的少年竟然是五皇孫！簡直太不可思議了！這麼尊貴的人，怎麼會突然出現在他們家呢？

想到不久前自己還使喚過這位去找竹竿好拴鞭炮，還因為他慢吞吞踢了他一腳，周瑞全心裡就忍不住一陣心虛，想著一會兒是不是該磕頭求饒啥的。

周瑞全心虛的同時，周澤林已經從震驚中緩過些神來，一把拉過朱熙，一迭連聲小聲問道：「五殿下，您這時候不應該在京都嗎？怎麼跑遼東來了？誰帶您來的，怎麼過來的？跟著您的人呢？您怎麼會孤身一人淪落到深山裡去，還被蛇給咬了！」

想到五皇孫曾經淪落深山還差點喪命，周澤林就一陣後怕，這可是常將軍家剩下的唯一血脈啊！要是沒有周瑾兄妹，怕是五皇孫爛山林裡都沒人知道吧？

你這問題也太多了吧？朱熙剛想回答，就又被周澤林一把攔住了。

「此地不是說話的地方，走，我們去屋裡說！」

於是，三人又避著人去了周澤林如今住的屋子，周瑞全親自守在門口，周澤林這才讓朱熙說起他為何突然出現在遼東。

「自從父王去世以後，我就感覺在府裡的地位一落千丈，平時恭維我的人少了很多不說，就連衣食住行這些待遇也差了很多。我再傻，也知道若沒有母……不，沒有太子妃授意，那些臭婆子、臭奴才們也不敢這麼對我。我氣不過，就去找太子妃鬧了幾次，每次都被她身邊的嬤嬤以父王剛去世，太子妃不思飲食，病得都起不了床為由給駁了回來。」

朱熙聳聳肩。「所以，我只能去找那些管飲食、衣著的奴才發作，其間實在忍不住就打了幾個奴才，結果也不知怎的就傳到了祖父那裡。祖父就以我軟弱無能，遇事只會拿僕從撒氣，父喪期間也毫不悲傷為由打了我一頓板子，還罰我去感恩寺給父王祈福三個月。幸虧領著人來打我板子的是雲公公，他是從小看著我長大的，下手就留了情，那板子看著打得重，實則並沒有真的傷到我。」

朱熙說到後來，面上就有些自得起來。

周澤林無奈的看了一眼一臉得意之色的五皇孫，暗自搖了搖頭。

這孩子還是一如既往的天真啊！自大燕建立以來，為免宦官亂國，承乾帝一直對後宮的宦官管理極其嚴厲，若沒他的授意，就是借雲公公一百個膽子，恐怕也不敢在今上的指令下徇私吧？

但周澤林並不打算將這個告訴五皇孫，對於承乾帝因太子之死，為了穩住胡相集團而賜死他阿爹這件事，他怎麼可能沒有怨氣？

但他又注定報復不了，此時看他被親孫子誤會，難免就有些痛快，覺得解氣，因此只不動聲色的聽朱熙接著說。

「雖然我的屁股沒事，但我心裡卻不服氣！明明是那幾個刁奴欺辱我在先，我不過是氣不過打了他們幾鞭子，祖父不但不幫我說話，竟然還讓人打我板子，罵我不肖？我哪裡不肖了，父王去世後，我難過得好幾天都沒有睡著，連被子都哭濕了！他還罵我、打我……嗚嗚……」

朱熙越說越委屈，越說越覺得自己可憐，爹娘、大哥都死了不說，繼母還對自己不好，如今連他祖父都不再喜歡他了，說著說著實在忍不住，就咧嘴哭了起來。

周澤林見他這傻模樣，一口氣差點沒喘上來。

難怪他阿爹自從開始教導這小子後，白頭髮就噌噌的長了呢！面對這麼個沒腦子的暴躁哭包，他阿爹應該時常感到很無力吧？

「哭什麼？」周澤林掏出懷裡的手帕遞到朱熙的手裡，淡淡道：「你祖父剛白髮人送完黑髮人，正難受呢，就聽說你為了口吃食在那兒打罵僕役，不打你打誰？打你撒氣已經算輕的了，因為你父親的死，他殺了多少人？」

就連他阿爹不都因此死了嗎？帝王之怒哪有什麼應該不應該？全憑他心意罷了，哪管你服或不服啊！

朱熙聽周澤林話裡語氣不善，才猛然想起周閣老就是被他祖父給賜死的，臉上就有些訕訕的，滿懷歉意的朝周澤林道：「周叔叔，都是我不懂事，才連累周閣老為我而死。我、我真的好後悔啊！要是早知道他老人家做的一切都是為了我，我……我說什麼也不會不聽他的話的。」

說著說著又想到了老學究這幾年對自己的好，忍不住眼圈一紅，又掉起淚來。

周澤林見了亦是眼圈一紅，看朱熙剛才在草叢已經哭得眼都腫了，這會兒提到他父親又哭了起來，就覺得自己的爹總算沒白疼這小子，這小子也還算有點良心。

又見這小子哭得眼淚都止不住，這才擦了擦自己眼角，抬手拍了拍朱熙的肩膀，真心安慰道：「不關你的事，一切都是父親自己的選擇，也都是我們周家欠你的。」

「不是，你們只是欠我外祖父，並不欠我朱熙的，周閣老為了我身死，是為了還我外祖父的恩。我朱熙欠他老人家，是我朱熙欠的，我現在雖然沒辦法報答，但一定會銘記在心，以後有機會必定會報答他老人家的！」

朱熙板著一張哭得紅腫的小臉，一臉誠懇的說道。

看著眼前小子紅著雙眼保證的模樣，周澤林不禁也有些動容。

難怪阿爹不管怎麼被這小子折騰，都還是極喜歡這孩子呢……這孩子果真如他阿爹所言，雖然表面頑劣，但內裡卻是個良善且知道感恩的性子。

不忍讓這孩子在他祖父和他阿爹間左右為難，周澤林就略過眼前話題，接著問道：「那你後來又為什麼會離京呢？」

朱熙這才抹抹眼淚，又接著說起來。

「我當時太生祖父的氣了，就一刻也不想在宮裡待了，恨不得立刻逃出宮去，讓我祖父再也找不到我才好。以後他愛喜歡哪個孫子就讓他喜歡去吧，他不喜歡我，我還不喜歡他了呢！但在宮裡我肯定逃不出去，只能將主意打到了宮外。」

說到此，朱熙又得意了。

「正好，因為我以前常常代替父親去感恩寺給母親和大哥祈福，因此跟那寺裡的幾個小和尚都混熟了，也從他們口裡得知那感恩寺的後山有一條極隱密的小路能直接通到城外，除了那幾個小和尚，別人都不知道這條路。於是我就趁著給屁股上藥的時候偷偷吩咐了我奶兄，讓他先去幫我準備出逃的東西，等辦完後就先去城外接應我，到時候我自有辦法出城。我自己則老老實實跟著祖父派來的人去了感恩寺，到了半夜趁著那些守衛不防備的時候偷偷跑去後山，找到了那條小路，順利的跑出了城，去找奶兄會合……」

然後朱熙垂下腦袋。

「跟奶兄會合後，我們本來是打算去徽州找我外祖母的，但還沒走多遠就被一群黑衣人給堵住了，見了我們就砍，多虧我奶兄功夫好，才帶著我拚命殺了出來……從那群人手中逃脫後，我們就不敢再往徽州走了，也不敢回京，怕那群黑衣人就等在我們回京的路上。奶兄就提議到遼東來投奔我的舅公，我想著那幫黑衣人可能也不會想到我們敢跑出這麼遠，何況我也早就想跟我舅公學學帶兵打仗的本事了，等我學成，立了功勛，也能讓我祖父高看一眼。於是就聽從我奶兄的建議，朝遼東逃了過來，這次一路倒是都平安無事。」

「那你怎麼又一個人跑到這兒了？」

朱熙噘起嘴。「我好不容易尋到了舅公府上，舅公見到我之後卻驚得不輕，雖然他表面上安撫了我，也答應讓我待在遼東，但我看他當時眉頭緊皺，安頓好我後就立刻去了外院。我就長了個心眼，假意進了臥房休息，實則讓奶兄帶著我避去了外院。果然見不一會兒後，我舅公就派了群兵士將我住的院子給圍了，我還聽到他吩咐那兵士的頭領，說等天一亮就將這小祖宗給送回去！

「我不想回去，就讓奶兄帶著我逃出來，沒想到被舅公府裡的護衛看見了。奶兄就帶著我躲進林子裡，我們倆順著林子走了一天一夜，才走出林子。本想趕緊找個地方歇一會兒，但剛從林子裡出來不久，就又遇到了一股黑衣人，後來，我奶兄為了引開那些黑衣人也和我失散了。我本來是想在百里鎮等他的，但等了兩天都沒等到人，身上的銀子還被人偷了，我餓得不行，就想先當了身上我娘留給我的玉珮換些盤纏，等奶兄到了再贖回來，結果還碰上了黑店，玉珮自然也沒有當成。」

說到此處，朱熙眼睛一亮。「說起來那次也是周瑾救我，我被他拉著跑出黑店後，也不知道怎麼辦了，本來想追上他，讓他收留我兩天的，誰知還沒追呢……就見旁邊又來了一群人，那群人雖然打扮跟普通的老百姓差不多，但他們穿的靴子卻跟舅公府裡的那些兵士一模一樣，我知道他們是舅公派來抓我的，就想趕緊逃了，沒想到他們發現了，朝我追了過來。慌不擇路之下我就跑到了百里鎮旁的那座山上，然後順著那山林越跑越深，結果那隊兵士倒是擺脫了，也跑迷了路，再也找不到路出去。後來，還被蛇咬了，再然後，就被救到你家來了……」

朱熙一五一十的跟周澤林說了他為何出現在遼東的過往，周澤林越聽眉頭皺得越深，忍不住問道：「殿下，您說剛出京都就碰到了一股黑衣人？然後在百里鎮外又碰到了一股？那有沒有可能這兩股黑衣人是同一夥人呢？」

「不是。」朱熙聞言卻肯定道：「據我觀察，第一幫黑衣人雖然看著人多，但大都各自為戰，武功也平平，其中一個想捉我，還自己絆了自己一跤，差點沒把小爺、不，把我樂死，那群人看著根本不像經過訓練的，倒像是臨時拉來的一幫人。但第二幫人雖然只有五人，下手卻極其狠辣，配合得也默契，招招都想置我們於死地的樣子，奶兄那麼好的武藝也有些招架不住，要不也不會讓我先走。」

朱熙瞇起眼回想。「但第二幫人，好像特別怕被人看見，伏擊我們的地點也是選偏僻無人處。奶兄拖住他們讓我先走，一開始他們還分出兩個黑衣人來追我，但我狂奔到城邊的時候，回頭一看，那兩人卻早就隱了身影，全都不見了！」

朱熙同周澤林一一分析道。

周澤林沒想到一直以來被人認為不學無術的五皇孫竟然還有這麼細心的一面，只憑著幾個照面就分析出了這麼多東西，忍不住期待道：「那殿下可知道這兩幫黑衣人都是什麼來路？」

「我哪裡知道啊？我只是愛觀察人，又不會破案。」朱熙嘆氣道：「不過我覺得，其中有一撥肯定是太子妃的人，因為她早就想弄死我了！」

好吧，對這貨有太多期望本來就是他不對。周澤林嘆了口氣，沈吟著問道：「殿下剛才說，在碰到第一股黑衣人後，是景護衛提議你來遼東的？」

以周閣老關注五皇孫的程度，身為周閣老的長子，周澤林當然知道朱熙的貼身護衛是朱熙乳母的大兒子，也就是朱熙的奶兄——景黎。

朱熙的乳母是先太子妃生前親自安排的，按說他們一家子應該都是常將軍的人才對，怎麼這景黎反倒……

「嗯，奶兄說既然我們已經被盯上，那不管是回京或者去徽州都不太安全，倒不如來找舅公，舅公如今統領著幾十萬大軍，連祖父都得給他面子，有他護著，我定會安全無憂的。」朱熙答道。

果然如此！周澤林腹誹，又問道：「那你出逃的那些戶籍文書也是景護衛辦的？你從感恩寺逃出城的事，除了景護衛可還告訴了別人？」

「沒有，除了奶兄我誰也沒說過！奶兄手底下有幾個我母妃當年留下的人，辦這些戶籍文書之類的應該並不難。」朱熙答道，見周澤林一直跟他打聽他奶兄的事，就有些詫異的問道：「難道周叔叔是懷疑我奶兄？他可是母妃留給我的人，不可能背叛我的！」

周澤林卻搖搖手指笑道：「殿下，世事無絕對啊！若是景護衛沒有問題，京都周邊能收留你們的人何其多，就比如長公主的莊子、西平侯的莊子，這兩位的人可都是常年居住在莊子裡的，也都是你的正經親戚，且跟聖上都能說得上話，放著這麼安全的地方不去，景護衛卻勸你千里迢迢跑到遼東來投奔你舅公？你自己想想這合理嗎？」

朱熙回答不了。好吧，確實不合理，其實路上他就感覺有些不對勁了，但他實在不相信奶兄會害他，加上對軍營太過嚮往，也就聽之任之了。

「雖然這事是有些解釋不通，但我還是覺得奶兄不會背叛我的！」

朱熙還是有些不相信奶兄會背叛他。自從母親和大哥相繼去世後，奶兄就成了他最親近的人，自己可是一直把他當成親哥哥一樣敬重的，朱熙怎麼也不相信他會背叛自己。

何況在百里鎮外的叢林裡，奶兄為了護著他幾次險象環生，為了引開那五個黑衣人更是至今還下落不明，這些都是朱熙親眼看到的。奶兄可是為了他真的拚了性命，這樣的人又怎麼可能背叛他呢？

「微臣，喔不，草民也不是說景護衛就一定是背叛你，只覺得他可能是今上的人。」周澤林皺眉道，有些懊惱自己總是忘了如今已經身為庶人的身分。

朱熙聽了急忙道：「周叔叔可千萬別這麼自稱了，在我心裡周閣老就如同我的祖父，你就是我的叔叔，整個周家獲罪都是因為我，你再這麼自稱，姪兒我就更只能找個地縫鑽了。不如以後你就叫我名字，我就稱呼你澤林叔吧，反而還親切些。」

「好吧，那以後我們就這麼相稱吧！」周澤林聞言點了點頭，笑道：「也免得露了殿下的身分。」

「哈哈，澤林叔可別忘了，如今姪兒可是叫常三郎，不是叫朱熙，可別叫錯了啊！」朱熙也笑道。

常三郎？哈哈，姓常，家中排行第三？

再次聽見這名字，周澤林失笑著搖了搖頭，也是他太大意了，瞧這假名，明顯就是五皇孫啊！

直到周澤林應了以後都不再自稱草民，兩人才又接著剛才的話題說起來。

朱熙就問道：「澤林叔剛說我奶兄其實是我祖父的人？」

「嗯。」周澤林點了點頭，沈吟道：「其實不光是我，我父親也早就懷疑景護衛是今上的人了，不過是因為景護衛從來沒有露出過馬腳，父親一直都沒有找到證據，這才以為或許是自己太多疑了。父親之所以這麼懷疑，也是因為覺得，以今上的警戒，怎麼可能在自己的嫡孫身邊放一個外人呢？哪怕知道景護衛是你外公的人，恐怕也不能放心，最起碼也得再安插一、兩個人過來才對。」

周澤林對上朱熙的眼，認真道：「但他非但沒有這樣做，還任由景護衛在你身邊這麼多年都沒有替換，這本身就很可疑，而這一次景護衛引你到遼東也恰恰證明了這一點。」

「那他為何引我到遼東啊？或者說祖父為何引我來遼東啊？」朱熙納悶道。

「殿下覺得呢？」周澤林這次沒答反問道。

「莫非是想藉著我試試我舅公？」

第二十四章

朱熙畢竟生在皇家，從小再不學無術，這些關乎他們朱家江山的權術也是要學的，所以也不是什麼都不懂。

他舅公藍庭將軍是他祖父特意留給他父王將來的大將，這一點他早就知道，但如今他父王已薨逝，對於曾經的他父王親信，如今手握重兵的藍庭將軍，他祖父一定會覺得很棘手吧？殺，功勞太大，又沒有足夠的藉口；留，又不放心，怕自己死後，將來不管哪個兒子繼位都壓不住他。

周澤林見朱熙一下就想通了，甚是欣慰，對他爹稱讚朱熙內秀的話又贊同了幾分。

他的確是這麼覺得的，今上這次故意引五皇孫來遼東，恐怕就是想看看藍庭將軍的意思吧？若是藍庭將軍此刻留下了這位太子嫡子，那他將來一旦生了不臣之心，或者今上對藍庭將軍起了殺心，將來一個唆使皇孫外逃，或者引誘皇孫意圖不軌的罪名，藍庭將軍怕是就跑不了了。

將軍恐怕也是知道這一點，才在五皇孫剛到府裡時，就想將這個燙手山芋送回去吧？

「看來自從父王死後，祖父就對我舅公起了防備之心啊！」朱熙忍不住嘆道：「本是好好的君臣，瞬間就起了嫌隙，你說說這事是怎麼鬧的？要不我居中勸勸？」

居中勸勸？你當這是鄉下老農為了個牆頭打架呢？還居中勸勸？這是一個皇嫡孫該說出來的話嗎？

「這些都是我們的猜測，也不一定就是今上的真實想法，殿下可別外傳啊！再說，如今遼東未平，儲君也未立，說什麼都為時尚早呢。」周澤林慌忙阻止道。

朱熙聽完皺了皺眉，瞬間又鬆開了，灑脫道：「哈哈，也對，反正我爹已經死了，我是不可能繼位了。就算我舅公打算造反，也該是我祖父或者我將來繼位的叔叔頭疼，我著急什麼？」

你倒真是想得開！

周澤林一口氣差點沒喘上來，深吸了兩口氣才冷靜下來。

罷了，能想開些也好，太子薨逝後，承乾帝多半會在其餘嫡子中找一位當接班人，反正承乾帝光嫡子就有五、六個，又不是沒兒子了。承乾帝又不傻，怎麼可能放著成年的兒子們不選，挑個年幼的孫子挑大梁呢？

所以，五皇孫這個曾經的嫡孫恐怕注定要與大位無緣了。

周澤林覺得他阿爹恐怕也是想到了這一點，臨死前才會那麼遺憾吧？畢竟若是太子即位，哪怕他就只坐了一年皇帝，或者一個月、一個時辰的皇帝，五皇孫都是最名正言順的下一任繼位者，但偏偏父子倆都沒這個命！唉！

如今，有好幾位嫡親叔叔在前面擋著，那位置恐怕再怎麼輪也輪不到五皇孫身上了。

「唉！」周澤林又嘆了口氣，想著要勸勸眼前這位寄託了他父親半生希望，卻偏偏與皇位失之交臂的孩子，沒想到眼前孩子對這件事根本毫不在意的樣子，臉上竟然還掛著一絲欣喜。

見他面露不忍，甚至還轉而先勸慰起他來。

「澤林叔你不用為姪兒不值，小爺早就看開了，這都是命啊！」朱熙低頭嘆息道。

周澤林險些沒被他噎死。請你嘆息的時候嘴角不要往上扯！

但朱熙還是翹著嘴角跟他回憶起從前來。

「小時候，有大哥在時，從來也沒人逼著我學什麼，父王、母妃都寵我，大哥也總是讓著我、慣著我，有一次還偷偷跟我說，說等他將來做了皇帝，就讓我做個閒散王爺，一輩子吃穿不愁，衣食無憂。從那天起，我最大的夢想就是當個閒散王爺，以後在大哥的庇護下逍遙的過日子！」

話至此，朱熙眼神一黯。「只是後來，大哥突然得病死了，周閣老跟我說，就算我不爭，有太子嫡子這個名分在，以後不管是我哪個兄弟繼位，都不會放過我，我才不得不打起精神，去學那些我根本不感興趣的東西。但我根本就不喜歡學那些治國之道、經史子集，我就想找塊封地，過自己的小日子，娶一群媳婦，蓋一座大房子，生他個十個八個孩子，既不用跟父王似的活活被累死，也不用像大哥似的天天被逼著念書。可我也知道，沒有了大哥的庇護，這一切根本就不可能實現了！」

周澤林想想五皇孫往後將面對的，不禁心裡一軟，卻又聽他繼續道：「周閣老說得對，就算我不爭，我的身分擺在那兒，將來我的那些兄弟也不會放過我，我不想死，更不想被圈禁，所以，我只能去爭。但如今老天爺告訴我，我沒那個命，又能怎麼辦呢？唉！我只好擺出一副認命的樣子，好讓祖父看在我老實巴交的分上，在我叔父繼位前，將我給安排好，賜我一塊差不多的封地……」

周澤林看他表情和說話內容全然不符合的樣子，嘴角一抽。

恕我眼拙，並沒有看出您有多委屈，只看出了您還挺樂見其成的好嗎？還有，既然你也知道為今之計是要巴結你祖父，那你不在京都伺候他，玩什麼離家出走啊！

周澤林又嘆了口氣，覺得這麼一會兒，他的心就被五皇孫弄得起起落落，就要把半輩子的氣都嘆完似的。

不過，這位看樣子是真無意大位，這樣倒也好，省去他苦勸的力氣了。

他們周家欠常將軍的太多，所以他父親才不惜搭上性命，連累全族去幫扶五皇孫，想推他上位，就是想完成常將軍臨終遺願，替常將軍護住這個僅剩的外孫，但那是以前五皇孫不爭大位注定不會有好結局，這對他來說幾乎是個死結，即使他想放棄爭奪都放棄不了。

可如今太子已死，今上另立太子或直接傳位給其餘親王也變得名正言順了。既然大位來得正，將來的繼位者也就不用再針對五皇孫這個曾經的嫡孫，否則反倒落個容不下太子遺孤的罪名。

所以五皇孫的想法在如今看來，未必不是一條出路。如果運作得好，五皇孫想偏安一隅的願望未必不能實現。到那時，五皇孫安穩一生，衣食無憂，他們周家也算沒有辜負常將軍臨終所託了。這倒也不失是個兩全其美的好法子……

想到這裡，周澤林就收拾好心情，朝朱熙正色道：「殿下，既然你這麼想，那現在就更不能跟今上對著幹了，依我之見，不如你親自給聖上寫封信，一五一十的將你來遼東的過程和遭遇，再加上你自己的這些想法，都寫在信裡。到時候我託人送去京都的朋友那裡，託他交給聖上，看看聖上如何說，我們再決定下一步怎麼辦，如何？」

「行，就聽澤林叔的！」朱熙過了這麼多天，心裡其實早就已經原諒他祖父了，雖然還是有些不想回去，但也不想祖父因為他的失蹤而一直擔心。何況，為了他將來的大封地，他也得能屈能伸啊，因此聽周澤林要他給祖父寫信，也就不反對了。

而且聽周澤林話裡的意思也同意他不去爭那個位置，頓時更高興了，忙咧嘴道：「那這些日子我就還住在周瑾家好了，他娘做的飯還挺好吃的。」

周澤林好笑的搖頭。

好吧，看您這隨遇而安的性子還真挺適合做個閒散王爺的！

不過，聽朱熙提到周瑾，周澤林覺得有些事他也必須要安排起來了。

朱熙跟周澤林談完，就著周澤林屋裡的桌子給承乾帝親自寫了一封報平安的信，將信交給周澤林後，就開開心心的回去找周瑜玩了。

這幾天相處下來，他覺得黑丫頭凶歸凶，但特別對他的脾氣，還一點也不扭捏。不管他跟她聊吃的、用的，還是好玩的，那丫頭都能接上話，能跟他聊得風生水起。

有一回一時興起，朱熙無意中說起了彩雲閣的樂妓彈的琵琶很好聽，說完就後悔了，深怕黑丫頭會著惱。但沒想到她卻一副感興趣的樣子，笑咪咪的問他到底是什麼曲子讓他如此流連忘返，能不能哼出來給她聽聽？

自此以後朱熙就越發愛找周瑜玩，覺得黑丫頭就是長得醜了點兒、黑了點兒、身子太瘦了點兒，但為人處事卻極大氣，十分合他的性子。一點也不像京都那些所謂的名門閨秀、世家公子們，一聽彩雲閣的名字都能驚叫著暈過去，不管是男是女，都一副要死不活的樣子，看他的眼神也是要多嫌棄有多嫌棄，跟他提句彩雲閣，渾身就變髒了似的。

結果就是，那群人越嫌棄他，朱熙就越跟他們提，他們越躲著他，他就越暗地裡給他們下絆子，看他們出糗。漸漸的，他的名聲就越來越不好……

但朱熙並不是想將他們怎麼樣，他只是真的想找一個也同樣喜歡彩雲閣的琵琶、芳菲閣的舞蹈的同伴而已。

「喂！常三郎！你在這兒幹麼呢？找你半天了！我娘想給你裁身衣服，找你量身呢，快跟我走吧！」

朱熙正想去找周瑜玩，就看見周瑜也在找他，連忙往她的方向跑去。

周瑜圍著幾家的屋子轉了一圈都沒看見常三郎，剛想回去就見他從周珞家出來了，也幾步奔過來拉著他就往自家的院子走去。

昨天她哥剛買回來幾疋棉布，她娘正打算裁了給他們做衣裳。常三郎這幾日穿的一直是周瑾的衣裳，就想著也給他做兩件，結果左找右找也不見常三郎。

「喂，黑丫頭，妳被親近的人騙過嗎？」朱熙被周瑜拽著袖子往他們的院子裡走，不知怎的就鬼使神差問出了這一句。

周瑜被他這莫名其妙的問題問得一臉懵，轉頭看去，見他眼睛似乎有些紅腫，鼻頭也有些紅，忍不住問道：「你剛躲起來哭啦？怎麼？想家啦？」

「沒有。」朱熙忙搖搖頭否認道，剛才的好情緒突然就沒了。

想到他奶兄其實是他祖父的人，卻一直在瞞著自己，又想到這都好多天了，也沒有他的消息，一時又是難過、又是擔心，整個人都消沈起來，聲音也啞啞的。

「我就是剛剛知道，原來我一直覺得親近的人，其實一直在騙我，雖然知道他也沒有壞心，但還是心裡難受……」

「噢，原來你是為這個啊。」周瑜見朱熙像是真傷心了，就故意拉長聲音道：「那我也被親近的人騙過啊！剛周瑾還騙我說那疋桃紅色的格子布我穿好看呢，其實是想將那疋淡粉色的留給小阿瓔。」

周瑜就像哄小周瓔時一樣故意鼓起腮幫子，雙手扠腰氣道：「我如今都黑成這德行了，他卻偏說桃紅色襯我，當我傻啊！」

看著面前氣得鼓起腮幫子扠腰憤怒的小丫頭，朱熙的愁緒突然就消失了一些，上下打量周瑜一眼，認真建議道：「就妳這膚色，穿淡粉估計也不會好看。」

見小丫頭眼刀子不要錢似的朝他飛了過來，才失笑著改口道：「那妳哥這麼騙妳，妳就不生氣嗎？」

「氣啊！不過氣一下就完了，他是我哥，雖然愛欺負我，但也會護著我，我又怎麼會真的生他氣啊？」周瑜踮著腳尖拍拍朱熙的肩膀，大度道：「你小子這幾天不也常惹我生氣，我最多在你碗裡多放些花椒油，扎針時故意扎得痛些，也沒拿你怎麼樣啊！哈哈！」

「好啊，小爺怎麼說昨天中午的燉菜那麼麻嘴呢，小爺還以為是嬸子不小心花椒放多了呢，都沒好意思說，原來是妳個臭丫頭搗鬼啊！」

周瑜的插科打諢讓朱熙的愁緒又退了一些，畢竟只是十幾歲的少年，玩心頓起，手在嘴邊呵了一口氣，就朝周瑜的癢癢肉撓去，見周瑜邊躲邊被自己撓得哈哈笑，也忍不住樂了起來。

黑丫頭那些惡作劇，他以前也經常幹，他父王、他大哥，還有周閣老，甚至他祖父都受過他的捉弄。

記得有一次父王管教完他，吃飯的時候，他就偷偷將父王旁邊的糖碟子給換成了鹽，害父王被嘔得不輕，足足喝了一壺茶才解了鹹。還有有一次他偷偷將大哥常舉的石鎖烤熱，害得他大哥舉起時因為太燙而將石鎖直接丟了，還差點砸到腳。

想到已經去世的大哥，朱熙又有些難過起來。若是大哥還活著，就算他父王、母妃都沒了，有大哥護著，也沒人敢欺負他。可老天卻把他們都奪走了，雖然還有他祖父，但祖父有那麼多孫子，好像也不缺他這一個……

朱熙兀自難過，看在周瑜眼裡，就是剛被自己逗笑的小子，突然之間又變得沈默起來，一時也不知道怎麼辦了，只能也訕訕地止住了笑。

「怎麼，騙你的人跟你感情很深嗎？」周瑜小心翼翼問。

「嗯，他是我的奶兄，比我大八歲，從我出生時就在我身邊守著我，我大哥去世後，我就一直把他當成親大哥，他也是把我當親弟弟般疼。但我剛才卻發覺，原來他一直是我祖父安排在我身邊的人，聽我祖父的命令行事。不過我倒不是生他的氣，就跟妳說的一樣，他雖然騙了我，卻並不想害我，相反的，還一直保護著我……我就是突然覺得好多平時捧著你、關心你、照顧你的人，都有另一副面孔，不知道該信誰、不信誰了。」

哦，原來是被人心給嚇怕了，嚇得都不相信人類了。

周瑜這回聽懂了。

於是她裝作一臉嚴肅的問朱熙。「常三郎，要是我跟大哥在山上發現你的時候，懷疑你是壞人或者逃犯，救了你可能對我們有危險，因此沒有救你，任你暴屍荒野，你會怎麼想？」

朱熙本能地怒道：「你們敢？小爺怎麼可能是壞人！」

「哈哈，不對，你應該回答，我都已經死了，還能怎麼想啊？或者說，我就算做鬼也不會放過你們才對啊！哈哈哈！」

周瑜被自己現編的冷笑話逗得哈哈大笑。

徒留朱熙一臉茫然狀，然後隨著她的笑聲，他的臉色逐漸鐵青起來。

好啊！好妳個黑丫頭！小爺跟妳訴衷腸，妳卻跟小爺鬧著玩是吧？簡直太氣人了！

在朱熙瀕臨發作前，周瑜終於止住了笑，安撫道：「我的意思是，別人背叛是別人的事，我們總不能因噎廢食，從此見個人就杯弓蛇影，覺得他想害我們吧？那些想害你的人，他沒有真心待你，以後自然也不用再當他是親人或朋友。他害你傷你的，下次碰到他，你一一還回去就是，贏了輸了各憑本事！但因為他們那些人而不敢交新的朋友，不敢信其他待你好的人，那不是更加如了他們的意，讓親者痛、仇者快嗎？」

對啊！那些暗害他的人他也同樣還回去就是，憑什麼要為了他們讓自己難過啊？

而且，就算他不想跟他們爭那個位置也要爭口氣啊！他可是承乾帝的嫡孫，太子的嫡子，鄂國公的親外孫啊！怕他們個球啊？要是他逃了躲了，豈不是正如黑丫頭所說，如了他們那幫人的意，正好在他祖父面前再給他安個懦弱無能的名聲嗎？

本來，在那群人不遺餘力的引導下，他在祖父眼裡就已經夠頑劣跋扈、愚蠢至極了，要是再這麼下去，他的大封地、他的世外桃源、他的一群媳婦，都得沒戲！

朱熙深覺周瑜說得有理，突然就覺得自己不能再這麼頹唐下去了，為了自己的世外桃源他也得努力。最起碼也得讓他那些叔叔、兄弟們知道，他也不是好惹的才行。

「妳說得對，總不能因為一個人害我，就一竿子打翻一船人。小爺怎麼能因為那些壞人就否定待小爺好的人呢？妳放心，以後小爺再也不會這麼想了！」朱熙朝周瑜保證道。

「呃！我覺得也不能那麼絕對，或許，你也應該反思反思。」周瑜也一臉認真的建議道：「比如為何會有那麼多人不待見你呢？是不是跟你這個人太過自以為是、自戀，開口閉口就自稱小爺也有點關係呢？」

朱熙本來興起的雄心壯志，一下又被潑了一頭冷水。

周瑜開導朱熙的同時，周瑾也被周珀請去了他們院子，屋裡周澤林正坐在炕上等著他。

周瑾眉毛一挑，很好奇這位族叔特意屏退眾人，叫他過來想跟他說些什麼。

但見周澤林不開口，行過禮後，周瑾也就眼觀鼻鼻觀心的站在一旁不動了。

周澤林被他一番看著小心翼翼、恭敬有禮，實則暗含心機的小動作直接給逗笑了。

你小子連人都敢殺、親伯父都照揍，還在這兒裝什麼老實啊？

但這時他也懶怠拆穿周瑾，只指著一旁的炕沿說道：「行了，別杵那兒了，坐吧。」

見周瑾小心翼翼的挪過來，挨著炕沿半坐下，周澤林才開門見山問道：「再過幾日你們幾個就要去軍營報到了，你可有什麼想法沒有？」

不開門見山不行，看這小子這副防備的樣子，要是他迂迴著說，估計這小子能跟他裝傻迂迴個一天不說正事。

「澤林叔是指？」果然自己問完，這小子還在裝一副懵懂無知的樣子，將話頭又給他扔了回來。

周澤林只好更乾脆的問道：「我的意思是，此去軍營，你是想韜光養晦、保命為主，還是想激進些，掙些戰功呢？」

第二十五章

「敢問澤林叔，保命又如何？激進又如何？珀堂兄此次也跟小子同去，他又是如何打算的呢？」周瑾一邊站起身來，一邊瞅了一眼一旁站著的周珀，躬身問道。

還真是個滑不嘰溜的小子！

周澤林又被氣笑了，道：「你珀堂兄跟你不同，若是我們家不倒，踏踏實實的走文官的路子，可能還會有一番作為。但如今除了韜光養晦，待求以後這條路，他也沒有別的路子好走了。我打算託昔日舊友，給他在軍中安排個文職，能保命的同時也能稍微練練膽子。

「倒是你，小小年紀，遇事果斷，卻又不盲目激進，膽大心細的性子倒很適合走武將這條路，因此就想先問問你，若是你想跟你珀堂兄一樣，那我就一起託了我那舊友，給你也找個文職或者主管屯田的差事。若是你另有打算，也可跟我說說，雖說我軍中的朋友不多，但找人打點一二，想來也不太難。」見周瑾似乎想開口推諉，又緊接著道：「你放心，不光你們倆，你玳堂兄和其他周家的兒郎我也會盡力安頓好，我們周家的兒郎已經損了好些，不能再這麼折損下去了。」

周澤林笑著將自己的打算都跟周瑾說了，絲毫沒有將他當小孩看的樣子，在他看來，面前才十三歲的周瑾比他當年二十多歲的時候都老成。

他剛才聽周珀說，這小子不過去鎮上賣了幾隻山雞，就幫周理找了個酒樓記帳的活計，把他堂嬸婆媳倆感動得千恩萬謝。小小年紀，就這麼會為人處世，他年輕時真不及也。

原來是為了這個才將他叫過來的。

周瑾終於明白了周澤林的用意，既然是好意，周瑾自然也就不再端著，也坦誠說道：「姪兒聽聞，像我們這種軍戶，只有做到總旗的位置，家中其他人才有機會讀書科考，姪兒不想自己的兄弟、兒子以後也要被迫去沙場拚命，所以，這個命姪兒打算自己去拚！姪兒打算在軍中博個前程！」

「好！好啊！好一個自己去拚！好一個在軍中博個前程！我就知道你小子是個有志氣的，我們周家兒孫若都有你這番志氣，又何愁將來會起不來？哈哈，咳咳，好，好啊！咳咳咳……」

周澤林被周瑾的一番話說得整個人都激動起來，結果一激動，又忍不住嗆咳不止。

一旁的周珀急忙倒了一碗水，周瑾接過餵周澤林喝了幾口，壓了壓才好了些，又開口道：「既如此，我便知道如何安排了。」

幾日後，不管鄭氏如何不捨，周瑾幾個去軍營報到的時間還是到了。這天晚上，鄭氏將周瑾明天要帶的行李是理了又理，深怕落下些什麼。

周瑜看著她娘收拾出的七、八個大包袱，十分無語。明兒她哥可是要跟周珀幾個一塊兒走的，行李又不能放空間，這麼多可讓她哥怎麼帶啊？就想讓她娘再精簡精簡，比如棉衣帶兩套就夠了，不用非得帶四套，被褥一套就行了，幹麼非得帶兩床呢？

還是周瑾進來說帶得了，讓他娘儘管收拾就是，鄭氏聽了才稍稍安了心。

周瑾安撫完他娘，就又去安撫因為捨不得他已經哭了一天的小周瓔，好不容易將小丫頭哄睡了，結果回屋一看，他弟周璃正躲被窩裡偷偷哭呢。

沒辦法，只得又將小傢伙從被窩裡刨出來，摁著腦袋一陣揉。

「大哥，阿璃以後一定跟著澤林叔好好念書，等你升了總旗，阿璃一定也能考個舉人回來，好讓我們家脫離這軍戶之苦！讓你將來的兒子、我的姪子以後想當兵才當兵，想讀書就讀書！」小傢伙邊哭邊紅著眼眶保證。

昨兒周澤林特意將幾個小的男孩都叫了過去，也不管他們聽不聽得懂，就跟他們說了大燕想擺脫軍戶的政策，還言明，等周瑾幾個走了，就讓周璃幾個跟著他讀書。所以，小周璃才會這麼說。

「哈哈，成啊！那作為我們家唯二的兩個男子漢，我們兄弟倆就一塊兒努力，爭取讓我們家越過越好，好不好？」周瑾摸著小弟的腦袋，鼓勵道。

「嗯，澤林叔說了，阿璃也是男子漢，不能全指著大哥養家，也要幫忙才行！」周璃鼓著小臉，抿著小嘴堅定道。

好呀，自從周叔叔打起精神來後，這忽悠人的功力是大漲啊！只是叫過去說了幾句話，看把小周璃給激勵成這樣。唉！還是做平民百姓好啊！起碼這兄弟情深是真的而不是演的，不像他跟他二哥，一見面一個比一個假。

朱熙坐在屋子的炕頭，一邊腹誹，一邊看著周瑾兄弟倆上演兄弟情深的戲碼。

「喂！你出來一趟！」朱熙正走神想起那個不像家的家，一抬頭，就見周瑾已經安撫好他弟，朝他勾了勾手指。

「呃……」

朱熙雖然被周瑾救過兩次，但因為周瑾這幾天一直在忙，跟他相處的機會反而沒有跟周瑜、周珞幾個多，此時看他板著臉讓自己出去，心裡不由得就有些發怵。

他可是聽周珞說過，他們頭兒殺過人的，可別看他不順眼將他給滅了啊！

「你想幹麼？」朱熙見周瑾直接將自己帶到院子的陰影裡，不免有些慌張。

「你到底是誰？跟澤林叔什麼關係？你倆接觸為何要避著人？族長爺爺見了你為何要一臉巴結樣？」周瑾開門見山的直接問道。

原來自己這幾天的行蹤這麼暴露嗎？

「呃，我、我……」朱熙結結巴巴道。

「行了，若是想騙我或有難言之隱你就別說了。」周瑾見他一副欲言又止的樣子，又直接道：「只是你在我家都住了七、八天，身體早就養好了，是不是可以走了？」

這兄妹倆怎麼都這麼愛一言不合就攆人呢？

朱熙倒不是不可以搬到周珞家去，但周珞家就他們父子仨，平時連個熱湯飯都吃不上，朱熙有幸吃過一回澤林叔煮的菜，差點沒被直接送去見自家大哥。

要是住他家，他還不如回京都去呢！

「嘿嘿，瑾哥，雖然不能告訴你我是誰，但我可以保證，我絕對是個好人，也絕不會幹出對你們家不利的事，不信你可以去問澤林叔，他是你族叔，總不會害你吧？若我是壞人，他早就攆我走了，對不對？」

周瑾只比朱熙大一個月，為了自己的胃著想，朱熙決定還是巴結周瑾些好，連哥都叫上了，深怕周瑾真將他給攆走。

周瑾叫常三郎出來也就是想敲打他，既然周澤林都默認他住在他們家，周瑾覺得這小子應該不會有太大的危險。而且他覺得這小子的身分絕對非富即貴，多半是哪個大家族犯了中二病偷偷離家出走的少爺、公子，要不老族長也不會那樣巴結他。他們家若收留了他，以後也多半會有些好處。

不過……敲打還是要敲打的，要不這小子說不定還以為他們收留他是應該的呢！

於是周瑾又說道：「既然你這麼說，那我就再信你一次。不過，你總得說說，到底打算在我家住多久吧？總不能沒個期限。」

「澤林叔已經給我祖父捎了信，等他的信到了，我是去是留也就知道了。不過，遼東到京都這麼遠，這一去一回的最少也得個把月吧？」朱熙急忙答道，怕周瑾嫌他吃得多，又加了句。「你放心，等我祖父給我捎了銀子來，就都給你家，絕不會白吃你家的！」

「那倒不用，幾頓飯我們還是供得起，我只是希望，你能說到做到，不會做出連累我家的事。我們家能全鬚全尾的走到這遼東，十分不容易，我可不想因為你再給家裡招來禍事。」

周瑾見敲打得差不多了，也就假裝大度道。

「不會，不會，你們是我的救命恩人，我朱、豬油……蒙了心也不可能害你們！嘿嘿，瑾哥你放心就是！」朱熙慌忙保證道。

自己為了吃口好飯容易嗎？堂堂皇孫竟然這麼跟人點頭哈腰的！好在對方是自己的救命恩人，他態度低些也還說得過去，要是旁人，將來傳到京都去，他真沒法做人了。

第二日一早，周瑾就準備好了，同周珀、周玳、周澤茂一起，一人一匹馬，帶著自己的行李物品，在親人的百般不捨中，去了軍營。

這一去還不知道什麼時候才能回來，因此幾人帶的行李都不少，其中以周瑾的行李最多。除了駝在馬上的，還在身上揹了幾個大包袱，周瑾的小身板簡直都要被行李山給淹沒了，就只一個小腦袋露在外面，離遠一看，真是要多詭異就有多詭異。

因此，到了報到的地方，頓時就引起了一陣哄笑。

眾人心裡都道，也不知是誰家的小嬌嬌，來軍營竟然還帶這麼多行李，怎麼不把家都給搬來呢？

韓百戶此時正坐在一張藤椅上，一邊喝著手下給他倒的茶，一邊看著底下管徵兵的幾個文書登記，自然也看到了周瑾，見他揹著大包小包，十分艱難的爬下了馬，也是忍不住一笑。

這樣的慫包，可別他娘的分到他這兒來啊！

但怕什麼來什麼，韓百戶剛想完，就見周瑾幾個朝他們這邊的隊伍走了過來。

真他娘好的不靈，壞的靈！韓百戶險些想給自己腦袋一巴掌。

周瑾幾個自然不知道韓百戶的內心活動，過來後就老老實實的隨著隊伍排好隊，等輪到自己的時候又老老實實的將自己的名帖遞了上去。

負責徵兵的兵士接了，看了看名帖上的名字，又詫異的看了看周瑾幾個，拿著幾人名帖就朝韓百戶走了過去。

周瑾見了，知道應該是周澤林給他們走的門路要兌現了。

果然，片刻後，韓百戶端著個茶壺就過來了，斜眼看了幾人一眼，就拿著名帖道：「你們之中誰叫周澤茂？」

周澤茂忙上前一步，躬身應了一聲。

「行吧，一會兒你就跟著他走吧！」韓百戶朝他點了點頭，指著一旁的一個兵士道，又問：「誰是周……

「這字他娘的怎麼念？」韓百戶看著面前的名帖念不出來，氣得踢了一旁負責招兵登記的文書一腳。

「頭兒，這字念破，周珀！」文書忙應了一聲，提點他道。

真他娘的有意思，也不知這些世家大族怎麼想的，竟然給自家孩子取名叫「破」？韓百戶腹誹，面上卻不顯，知道眼前這幾位都是有後臺的，自然也不好得罪。就又朝著周珀笑道：「以後你就跟著我，做個行軍文書吧！一會兒我就讓人帶你去營帳。」

周珀忙應了是，也站在一旁不動了。

「呃……」

韓百戶再一次認不出字，這次那登記的文書不等他踹了，急忙看了看他手中名帖，小聲提醒道：「頭兒，這兩個名字念周瑾、周玳……」

這回韓百戶給了他一個讚賞的眼神，又問：「周瑾、周玳是誰？」

周瑾和周玳一起邁步站了出去。

這下韓百戶驚了。他娘的，這不是剛才那個小嬌嬌嗎？還有一個看著比他強點，但也強不了多少，也同樣是個十二、三的豆芽菜！

又讓旁邊文書確認了一下二人名字，心道是不是上面搞錯了，竟然指定兩隻小雞仔做他的親兵。但旁邊文書卻告訴他，沒錯，上面發下來的文書上寫的就是這兩個人，戶籍名字都對得上。

韓百戶又抬眼看看面前的小嬌嬌和豆芽菜，只覺得嘴裡發苦。這他娘的不是扯後腿嗎？要是打起仗來，是他們保護他，還是他保護他們啊！

但上面直接下來的命令韓百戶也不敢違背，於是好心的朝周瑾兩個小聲提醒道：「上面的意思是讓你倆做我的親兵，但做我的親兵可不是你們想的那樣。老子可是要上戰場的，到時候殺起來，可沒人護得了你們倆。要不，你們倆再想想，要不要跟你們兩個同伴一樣，也換個文職？」

「不用，小子兩個就是聽聞韓將軍乃我大燕的強兵猛將，不但驍勇善戰，還足智多謀，這才讓長輩特意託了人分到您的旗下的，就是想跟著您好好學學，等以後有機會也能征戰沙場，戰場上揚名。」周瑾忙笑著恭維道。

韓百戶對他的恭維倒是很受用，但事關自己性命，還是有些不願意收這兩個豆芽菜。

周瑾見了，忙將來之前周澤林讓他帶來的幾人孝敬禮，一荷包金豆子拿了出來。藉著韓百戶側身的時候，將一包十二個金豆子都塞到他懷裡。速度之快，除了被掖了一荷包金豆子的韓百戶，周圍的人竟一個都沒發覺他動了。

我靠！小嬌嬌竟然會武功！

韓百戶捏著懷裡的荷包很是詫異。

因為周瑾的一番特意展示，又塞了重禮，總算如願讓韓百戶同意他和周玳作為他的親衛入營，接替了剛雙雙升了小旗的兩個前親衛。

而周珀也跟二人分到了一起，不過他任的是韓百戶身邊的行軍文書，大都只需在後方待著，若真開戰，並不需要上戰場。

韓百戶的百戶所位於百里鎮的東邊五十來里，離複州衛差不多有百十里的距離。共有士兵一百五十人，士兵們都住在一起，每十人一處營房。十個男的住一起，大冷的天，又不能時常洗澡，那味道……周瑾有幸進去聞了一次，簡直快趕上末世那些腐爛的喪屍味了！

好在周瑾三個作為韓百戶的貼身護衛和文秘，幸運的跟韓百戶分到了一個營帳裡。雖然同樣要忍受韓百戶的臭腳丫子，但比起忍受十個人的臭腳丫子，如今只需忍受一個，幾人還有什麼不知足的？

而且，在經過烈日下的三個月流放之旅後，三人對這些臭味、汗味也早就免疫了。就連他們三個中最愛乾淨的周珀，如今守著韓百戶的臭腳丫子，也能安然入睡。

韓百戶這個人看著粗野，實則心細如髮。周瑾來之前已經託周澤林打聽過，知道他的這位新上司，可是實打實憑軍功掙得的百戶，平時雖看著不拘小節，但訓練起來，卻是一絲不苟，雷厲風行的。

進入兵營後，緊接著就是長達三個月的新兵作戰訓練，周瑾和周玳自然不能倖免，周珀也被要求參加了。

韓百戶說，只要是他的兵，哪怕是個做飯的廚子、餵馬的馬夫，或是執筆的文書，到了關鍵時刻也必須能上戰場殺敵才行。

要想在他的百戶營立足，就必須做到不怕苦、不怕累，憑自己真刀真槍的本事才行。慫包、軟蛋這些，就算後臺再硬，新兵訓練都撐不下來的兵，他韓德弓也不會留！

如今整個百戶所憑著走關係進來的人就周瑾他們三個，韓百戶說的是誰也就不言而喻，就差直接報他仨名字了。

為免被人真當作慫包、軟蛋，周瑾三個只能憋著一口氣，全身心的投入到作戰訓練中。

——未完，待續，請看文創風1149《天才醫女有點黑》2

為流浪貓狗加油 和貓寶貝 狗寶貝

廝守終生(一定要終生喔！)的幸福機會

對人來說，貓寶貝狗寶貝只是生活的一部分，但妳（你）對牠們來說，卻是生活的全部，領養前請一定要考慮清楚——

▲ 暗夜裡的小星星　小藍

性　　別：女生
品　　種：米克斯
年　　紀：約4～5歲
個　　性：害羞內向
健康狀況：已結紮，已施打三合一疫苗、驅蟲，曾患口炎，已拔牙治療完成
目前住所：屏東縣（中途愛媽家）

本期資料來源：藍先生

第341期推薦寵物情人

『小藍』的故事：

小藍是在服役住處附近的公園被發現的，當時牠特別瘦弱、十分怕生，哀號聲沙啞且身上有新傷口。

經誘補送醫治療後，才發現病因是口炎，進食困難導致營養不良，甚至貧血到體重只剩2.8公斤。經過拔牙治療與照護後，目前已可以正常吃飼料，臉上因治療時裝鼻胃管造成的傷口，與身上過去被其他浪貓欺負的舊傷，將會隨著身體康復而完全癒合。

儘管沒有美麗的花色和血統，又是成年黑貓，甚至因多年流浪導致還不十分親人，但骨子裡是一隻天使貓貓無疑。與小藍相處的這段時間，能感受到牠本性溫柔、也很努力試著想接近人的意願，未來成為最佳家貓絕對可期。

小藍的世界也想要有片藍天，希望每個早晨一抬頭，就瞧見有如生命中陽光的您在對牠微笑。有意者請洽藍先生的聯絡信箱kevinbob0630@gmail.com，全臺皆可親送，只要您願意陪伴牠打開心靈之窗，相信彩虹即將到來。

認養資格：

1. 認養人須有穩定的經濟收入，若與人同住，請先徵得家人、室友或房東的同意，不建議學生族群領養。
2. 不放養，必須同意施做門窗基本防護。
3. 須同意簽認養寵物切結書，並出示身分證件核對。
4. 認養前請三思，對待小藍不離不棄。

來信請說明：

a. 個人基本資料：姓名、性別、年齡、家庭狀況、職業與經濟來源等。
b. 想認養小藍的理由。
c. 過去養寵物的經驗，及簡介一下您的飼養環境。
d. 若未來有結婚、懷孕、出國或搬家等計劃，將如何安置小藍？

2023年3月出版

天降好孕

文創風 1145～1147

前世她有兒不能認，只能以乳母身分看顧孩子長大。
為了守護世上唯一與她血脈相連的人，她願意傾盡一切。
卻眼睜睜看著孩子死在自己眼前……
這一世，她要逆天改命，帶著孩子遠離紛爭。
只是她改名換姓，有了新身分，怎麼卻還是和這個男人扯上關係呀——

碧落黃泉，纏綿繾綣／松籬

死過一回的碧燕，覺得自己實在是不怎麼走運——
孤苦無依、賣身為奴的她，陰錯陽差上了主子的床，珠胎暗結。
生下孩子後，碧燕只能以乳母的身分陪在親生兒子身邊，
更慘的是，想這樣靜靜看望著孩子長大成人，都不得如願。
重來一世，卻回到荒唐的那一夜之後，碧燕真的是無語問蒼天。
既然這是上天賜給他們母子的緣分，再艱苦她也會珍惜。
好在，找回自己真實身分的碧燕有了家人，不再是隻身一人，
這次，她決定逃得遠遠的，不讓那個男人左右她和孩子的人生。
卻沒想到，事情完全與她記憶中的發展背道而馳，
那個男人堂而皇之的出現在她面前，兩人「巧遇」的次數，
多到碧燕想大喊：孽緣，這絕對是孽緣——

2023年3月出版

大齡女出頭天

文創風 1143～1144

委身做妾又被人打發拋棄的大齡女，
與年近而立的黃金單身漢比鄰而居，
曠男怨女喜相逢，命定姻緣隨即來！

女人有底氣，從容納福運／櫻桃熟了

當王府外頭正歡天喜地、張燈結綵地迎接新主母入住之際，
作為寵妾的李清珮從沒想過自己會有被打發出府的一天。
雖說她才區區二十歲，但在世俗眼中已是大齡女一枚了，
換作他人早就哭得死去活來，她卻灑脫地敞開肚皮大吃大喝；
天知道，在王府後院以色事人，飯不能多吃，覺不能起晚，
好不容易返還了自由身，當然要活得瀟灑愜意，讓別人都豔羨！
只不過這人生一放縱，她就因為吃多了管不住自己的嘴而出糗，
好在隔壁鄰家有一位好心的帥大叔，屢次替她治療積食不說，
還信手取來知名大儒的推舉函，鼓勵她參與女子科舉拚前程。
這股熟男魅力實在很對她的胃口，她就打著敦親睦鄰的名堂多親近，
有道是女追男隔層紗，沒料到對方會一頭栽進情坑急於求娶她，
難道兩人在一起，不能只談情說愛就好，談婚論嫁則大可不必嗎？

同是天涯炮灰人，日久生情自當救／十二鹿

2023年2月出版

扭轉衰小人生

她做人的原則很簡單，就是——
人不犯我，我不犯人；
人若犯我，禮讓三分；
人再犯我，斬草除根！
什麼阿貓阿狗的都敢來招惹她，當真活膩了嗎？

文創風 1139 **1**

平時忙得跟陀螺似的老爸抽空參加了她的大學畢業典禮，還開車接她離校，
她不過是在車上滑個手機而已，只聽見「砰」的一聲，接著就眼前一黑了，
再睜開眼，余歲歲莫名其妙成為了什麼盧陽侯的嫡長女，
所以說，他們這是出了車禍，人生戲碼直接跳到The End的結局了？
話說回來，身為侯府千金，她在府中的待遇實在很糟，連下人都能欺她，
原來她是一出生就被抱錯、在農村養了十年，最近才被尋回的女配真千金，
回府後就處處刁難知書達禮的善良女主假千金，還把人給推落水……
且慢！這劇情走向及人物設定怎麼如此熟悉？媽呀，難不成她穿書了？!

文創風 1140 **2**

十歲，在侯府看來是已經定了性的年紀，因此並不想費心教導她，
但正經的血脈不能廢了，所以侯府還是要意思意思地給她請個啟蒙先生，
嘖，她余歲歲是堂堂21世紀的大學畢業生，還能怕了古代開蒙嗎？
不過這侯府也是好笑，她這真千金認回來了，假千金居然也不還給人家，
想想也是，畢竟是精心嬌養了十年的棋子，說啥都不能白白浪費了，
為了杜絕後患，甚至還把她養父找來，想用錢買斷他跟真千金的父女關係，
本來嘛，若一個願買、一個願賣，這也不干她什麼事，
可一看到養父的臉她就懵了，這是年輕版的老爸啊！難道他也穿書了？

文創風 1141 **3**

自從九歲那年媽媽病逝後，身為刑警的爸爸因為工作忙，很少有時間陪她，
被爺奶帶大的她雖然從小和爸爸並不親近，可兩人畢竟是血濃於水的父女，
本以為已經陰陽相隔，沒想到老天善心大發，給了他們重享天倫的機會，
在這人生地不熟的朝代，她余歲歲能相信的人果然只有自家老爸啊！
武力值爆表的爸爸當了七皇子的武學師父，還開了間武館，一路升官發財，
而熟記原書劇本的她則盡量避開主角，努力改變父女倆的炮灰命運，
她甚至還出了本利國利民的《掃盲之書》，被皇帝破例親封為錦陵縣主，
可人生不如意事不只八九，她越想避開誰，誰就越愛在她身邊轉，真要命！

文創風 1142 **4** 完

七皇子陳煜這個人，嚴格來說算是她余歲歲的青梅竹馬吧，
論外貌，從小他就是個妥妥的美男子，大了也沒長歪掉；
論個性，寬厚聰慧、體貼容人，不大男人、不霸總，正好是她的理想型。
但、是，即便他的優點多到不行，也改變不了他是炮灰的事實啊！
是的，在原書裡，七皇子也是個炮灰，從頭到尾沒幾句話，
戲份最多的一場就是他在皇家圍場被突然出現的熊重傷，不治而死時，
不過算他幸運，有她這個集美貌、聰穎與武力於一身的心上人罩著，不怕，
即便前路忐忑難行、危機重重，她也有自信定能扭轉這衰小的人生！

文創風
1148

天才醫女有點黑 1

國家圖書館出版品預行編目資料

天才醫女有點黑 / 荔枝拿鐵著. --
初版. -- 臺北市 : 狗屋出版社有限公司, 2023.03
冊 ; 公分. --(文創風 ; 1148-1150)
ISBN 978-986-509-409-6(第1冊 : 平裝). --

857.7　　112001156

著作者　荔枝拿鐵
編輯　林俐君
校對　黃薇霓
發行所　狗屋出版社有限公司
地址　台北市104中山區龍江路71巷15號1樓
電話　02-2776-5889～0
發行字號　局版台業字845號
法律顧問　蕭雄淋律師
總經銷　知遠文化事業有限公司
電話　02-2664-8800
初版　2023年3月
國際書碼　ISBN-13　978-986-509-409-6

本著作物由北京晉江原創網絡科技有限公司授權出版

定價280元
狗屋劃撥帳號：19001626
網址：love.doghouse.com.tw　E-mail：love@doghouse.com.tw